人生关键词

胡映泉 / 著

海峡出版发行集团
海峡文艺出版社

图书在版编目(CIP)数据

人生关键词/胡映泉著. — 福州:海峡文艺出版社,
2019.10(2024.3重印)
ISBN 978-7-5550-2055-4

Ⅰ.①人… Ⅱ.①胡… Ⅲ.①散文集－中国－当代 Ⅳ.①I267

中国版本图书馆 CIP 数据核字(2019)第 224732 号

人生关键词

胡映泉　著

出 版 人	林　滨
责任编辑	林可莘
出版发行	海峡文艺出版社
经　　销	福建新华发行(集团)有限责任公司
社　　址	福州市东水路 76 号 14 层
发 行 部	0591－87536797
印　　刷	三河市兴博印务有限公司
厂　　址	河北省廊坊市三河市杨庄镇大窝头村西
开　　本	890 毫米×1240 毫米　1/32
字　　数	260 千字
印　　张	10.375
版　　次	2019 年 10 月第 1 版
印　　次	2024 年 3 月第 2 次印刷
书　　号	ISBN 978-7-5550-2055-4
定　　价	58.00 元

如发现印装质量问题,请寄承印厂调换

目 录

人生关键词 >>>>>

理想　3
能耐　6
韧性　10
吃苦　14
智慧　18
谦虚　23
胸襟　27
善良　31
诚实　36
亲人　40
朋友　45
老师　49
同学　54
同事　58
邻里　63
路人　67
运动　72
养生　76

爱好　81
生命　86
生计　90

生活的河流 >>>>>>

论"阿Q精神"　97
人到中年　100
过年的衣裳　104
行善的艺术　109
说话的艺术　112
童年的烟花　116
我的养狗经历　120
望子成人　124
一件"小事"　128

阅读人生 >>>>>>

我为什么读书　133
阅读是一种生命的方式　137
网络阅读的喜与忧　140
读书永远不怕晚　143
童年的连环画　148
怀念读报年代　153
最忆当年读《读者》　159
"一二一大街"淘书记　164

心上的书房　169
真善美的追求　172
　　——余易木作品赏析
批评的价值在于直率和犀利　178
　　——读王彬彬的《顾左右而言史》
智者的思考　182
　　——读周有光的《静思录》
求同存异:不同学术观点的共处之道　186
一生求索在于斯　191
　　——读孙越生的《官僚主义的起源和元模式》

世间百态 >>>>>

知识分子的金钱观　199
话说公德观　202
话说"中国式"　206
"新四大发明"云云　210
从共享单车到"共享垃圾"　213
从电动车说到法律　218
崔永元的"网上商城"　222
名人反转基因的危害　224
方舟子:侠之大者　228
滥用抗生素现象谁之过　234
富豪曹德旺的奢华生活　237
真理向前跨越一步就变成谬误　241
　　——再说奢侈

中国人的味道　245

我们被老板剥削了吗　248

黑心老板的"超级剥削"　253

翟天临："打假警察"被打假　257

城市要不要禁烟花爆竹　261

当我们面对狗患时　264

建房子是为了拆房子吗　268

一起网络谣言引发的思考　273

明星的"人设"及"流量数据造假"　277

国民的谦卑　281

我们的戾气从哪里来　284

家乡的食事 >>>>>>

酒席　291

荔枝　294

炸鱼　298

采菇　301

杨梅　304

糖　307

阳桃　311

吃肉　315

"搓搓丸"　319

换糖　322

跋　325

人生关键词

理想

人生不能没有理想,理想就像一盏灯,指引着人们前进的方向和奋斗的目标,从而生活才有了奔头,才会产生生活的激情和动力。一旦失去了理想,就像行路时陷入无边的黑暗一般,不知道何去何从了。同时,理想又往往是自己的兴趣所在,在追求理想的过程中还会产生出莫大的人生乐趣,做起事业来再苦再累也会乐此不疲、孜孜不倦,在精神上会感到分外的充实和富有。倘若理想丧失了,人生中的最大乐趣也就没有了,在生活中就会感到分外的空虚和贫乏。

我从前曾经有过当作家的梦想,并为此而努力地奋斗过。然而,任何一种理想都不是轻而易举就可以实现的,不然它就不是理想了。通往理想的道路无一不是异常崎岖坎坷的,这是一条光荣的荆棘路。当时由于我的作品始终无法得到发表,并且自己也缺乏足够的耐性,这个文学梦想也就逐渐破灭了。于是我转入了社会科学的研究,并为此而不懈地努力着,也发表了大量的学术论文,但依然无法敲开学术界的大门,取得学术上的一席之地。当然更主要的还是因为我的著作在学术界所产生的影响与自己所期待的落差太大,于是又再次选择了放弃,当学者的理想也遗憾地告终了。但人活着总得做点事情,一事不做,浑浑噩噩地过下去,这是对生命的巨大浪费,也是对自己以及社会的极大不负责任。于是我又拾起了老本行——文学写作，并在一位朋友的鼎力相助下，在一家报纸上发表了几篇散文、随笔作品，并得以加入了作家协会，实现了自己一个多年的心愿，成为我继续在文学道路上前行的一个重要起点。

远大的理想需要具备相应的机遇以及巨大的付出不说，还需要具备极高的天分与才能，倘若自己在这方面的条件不具备，树立远大的理想无疑是不现实的。但理想又并非都是远大的，才具平平者在自己力所能及的范围内树立起一个目标并为之而努力奋斗，这同样也是一种理想。本人的学术论文诚然达不到多高的水平，但毕竟经过了广泛的研究，对所涉及的问题都有自己的思考，对社会还是具有一定参考价值的，因而自己的理想仍然在一定程度上得到了实现。今后我也许不会再从事研究了，但学术方面的著作还会继续阅读下去，在阅读过程中有所会心还会写些感想，在思考过程中有所心得还会写些随笔，从某种意义上说这一理想还在继续。至于文学上的理想，更将是我今后的主攻方向，作品能够在报刊上发表固然可喜，发表不了还可以在网络上发布。通过坚持这些理想，自己的人生价值能够得到实现，同时生活也会变得充实起来，从中感受到生活的乐趣无穷。

希望自己能够有所贡献于社会，这也是人生理想的题中应有之义。但如果大事做不了，不妨做做小事，从对社会具有正面意义的点滴做起，亦是在践行自己的理想。我有一天出去散步，看见一个人问不到路，便主动上前帮了个忙。她道了一声谢谢，我也从中感受到了一种成就。这就是一种正能量，有益于社会和他人之举。它小则小矣，总比那种大事做不了，小事不屑做，整天在那里唉声叹气更具有正能量和建设性，更是那种处处干着损人利己、损公肥私勾当的宵小之徒所无法比拟的。从个人的角度讲，实现自己的各种合理欲望，不但要拥有良田美宅、香车宝马，还要跻身于名流，为世人所重，这也是人生理想的重要内容。但倘若心有余而力不足，与名利无缘，那么安顿好自己的生计，使自己的生活过得富足一些，惬意一些，并实现自己的一些小目标，这也不失为一种正确的选择。不要好高骛远，不要眼高手低，不要存非分之想，有多大的能量就设定多大的目标。理想只有适合自己的才是理想，否则就会流为一种空想和幻想。

有人说我是一个理想主义者，这就要看如何理解理想主义了。如果把理想主义理解为以一种理想化的眼光来看待现实的生活，要求其都能变成自己所希望的状态，那么我其实并非属于这种类型——我对生活的要求向来是不高的，也不奢求能够按照自己的愿望去改变现实。但如果把理想主义理解为一生都在努力追求一种人生理想，那么这倒是很准确地概括出了我身上的气质类型。我从小就向往着外面一个更加广大的世界，而不把自己局限在一个小小的天地里，我从小就对人生有一种抱负，而不甘于过一种平庸的生活，常人所看重的我并不看重，常人所不看重的我却看得很重，因而我在一些人眼里就成了一个理想主义者。在追求人生理想的道路上，我走得异常艰辛，甚至多次面临着绝望，但我始终没有放弃自己的追求，仍然在风雨无阻地勉力前行着。我的人生就是靠着这种理想而支撑着，一旦失去了这种支撑，我的生命就将委顿下来。生命不息，理想不死！

2018 年 12 月 15 日

能耐

我们汉语中形容一个人本事的大小常用到一个词儿——能耐。赞赏对方很有本事就说"你真能耐",表示自谦或者自嘲时就说"我没能耐"。如何理解这个词,可以实行"字开花":"能"即能力,"耐"即耐性,一个人既有能力又有耐性,就不愁不能在某个领域成就一番事业,就不愁不能取得人生的成功,实现人生的价值。要想取得事业上的成功,首先必须练一身扎实的本领,不但可以养家糊口,还可以闯出一片天地。有志于当领导干部的,必须具备很高的综合素质,带领下属去实现组织的目标,完成组织的任务。有志于当企业家的,还应具备敏锐的市场眼光和很强的创新意识,去发现市场上的各种机遇,并组织人力、物力和财力进行攻关,从而占领市场。所有这些都是一种能耐,而且是很大的能耐。

倘若没有太大的本事,既当不上领导干部,也成不了董事长和CEO,但只要我有一技之长,许多地方都需要我,甚至都离不开我,我也可以变成一个香饽饽。特别是那些高精尖技术领域的优秀人才,在社会上更是十分稀缺和抢手了。甚至有些人没什么特别的专长,但人很勤快,每一件事情都能够用心地去做,能够及时地把自己的任务办妥,从而让领导感到满意,进而得到肯定甚至是获得提拔。就连最普通的搬运工或者清洁工，也有干得好与不好的区别，也能够行行出状元。当搬运工的人，能够及时地把物品运到目的地，途中没有磕磕碰碰，更不会短少什么，服务态度又热情周到，就会让客户十分满意，进而广受好评，得到更多的业务。这也是一种能耐。

倘若什么都拿不起，放不下，做起事情来都是笨手笨脚的，甚至不知从何下手，同时又不能吃苦耐劳，不肯动脑筋学习，就会变得一无所长，"十八般武艺，样样稀松"。这样的人用人单位一看就会皱起眉头，就是一时看走眼让你混进去了，很快也会因为力不胜任而让你卷起铺盖走人。要是始终处于这种状态，在人生中就会四处碰壁，从而过得十分落魄，同时也会觉得自己一无是处，毫无所成，从而不停地嗟叹和懊恼。

要实现人生的理想，成就一番事业，最重要的一点就是要正确地认识自己，知道自己的长短处在哪里，从而进行扬长避短，把自己身上的长处充分地开发出来，练就一身扎实的本领，具备足够的能耐。同时还要把自己的优势与兴趣、志向结合起来，既能做什么，又想做什么，从而就会如虎添翼，做起事来不但会熟能生巧，还会充满了一种热情，乐此不疲地做下去，就会把它当作一种事业而不仅是一种职业，就会取得更大的成功，实现更大的自我价值。

我儿时就朦胧地想到长大后要有一番作为，用一句不无庸俗的话说就是要出人头地。然而，长期以来我都不知道自己的长处到底在哪里，因而也无法确定自己的人生志向。后来经过不断地摸索，我渐渐明白了自己既不是当官的材，也不是经商的料，同时也缺少这些方面的兴趣和志向。于是我慢慢找到了人生的方向，即从事写作。既然立志要写作，就要看你是否具备足够的写作能力，能否下笔千言，同时又有出色的文采，内容还有相当的深度。著名作家王蒙说过，作家是用作品说话的。说自己从事写作这一行当，何以为凭？就是不断地写出作品，写出有分量的作品，否则所有的帽子和荣誉等都是不足为凭的，这些虚名得到再多，都是一个有名无实的空头作家。

要能够写出真正的作品，首先需要一种对文字方面的感觉，从而才能对写作产生发自内心的兴趣。其次要进行大量的阅读，不仅是文学的领域，还要广泛涉猎其他的领域。同时还要带着一种好奇心去读，而不是为读而读，也不是为写作而读。阅读多了，不但知识面变广了，同时还会受到一种熏陶，在潜移默化之中使自己的境界得到升华。阅读多了，受到的启发就多了，产生的感悟就多了，就会引出许多写作的灵感以及话题。当然更重要的还要阅世阅人。生活中的现象丰富多彩，我们并不需要刻意地下去体验生活，也不需要参加太多的集体采风活动，只要真诚地面对生活，用心地去观察，去体验，去行走，就会产生无数的写作灵感，就会积累无数的写作素材。同时还要开动自己的脑筋，养成独立思考的习惯，观察各种社会现象时要有自己的眼光，写作时要有自己的真情实感，而不要人云亦云，也不要哗众取宠。写作还是一个对自己的思想感情以及语言文字不断进行锤炼的过程。没有一篇作品不是一改再改的，无论是为了改正错误还是为了得到一个更好的表情达意效果都是如此。遇到不懂以及没有把握的地方，需要多方查找，还要虚心求教。写作的过程同时也是学习和提高的过程，它充满了艰辛，也充满了乐趣。当有如神助地获得一个灵感，找到一个更好的结构方式和修辞手法，突然冒出一个金句时，心情就会感到无比的畅快。这些都是写作的能耐。

  当然,这是一个学无止境的过程,我们永远无法达到一个最好的状态,也永远无法写出一部最好的作品,最好的作品永远是下一部,我们只能朝着这个目标不懈地努力下去。

            2019年3月15日

韧性

能耐这个词还可以作一解,即能够耐得住,包括耐得住寂寞,耐得住辛苦,甚至耐得住冷嘲热讽,耐得住明枪暗箭,还要耐得住成功之后的鲜花和掌声。风雨过后方能见到彩虹,没有谁可以随随便便成功,凡是能够成就大事业者,无一不是经过常人难以想象的奋斗,克服常人难以想象的困难才实现的,所树立的理想越高远,所要面对的困难就越大,所要付出的代价就越大。不要遇到一时的挫折就心灰意冷起来,就对自己的理想失去了信心,而是要不断地突破障碍,锲而不舍地追求下去,咬定青山不放松。

凡是理想,都是需要经过长期的奋斗才能实现的。在这个过程中别人也许对你的追求是不理解的,也许对你的奋斗是不看好的,因而就会投之以各种异样甚至是嘲讽的目光。这时候你就要能够扛得住,不必在意别人的非议,专心致志地做好自己该做的事情。在这个过程中,你往往得不到社会力量的支持,也没有人愿意参与你的事业,因而会备感寂寞。这时候你也要能耐得住,在困境中依然执着地前行。甚至还要把这种困境当作一种动力,鞭策自己要做出一些名堂来才能更好地证明自己,要把它转化为一种有利条件,使自己可以不受干扰,聚精会神地追求自己的事业。

追求自己的事业还会损害一些人的利益，尤其是对立面的，譬如打假者会断了造假者的财路，良商会吸走奸商的客源，甚至什么都不为，就因为你木秀于林而风必摧之，因而必然要遭到外界的各种诬蔑和诽谤，打击和报复。所有这些，我们都要能够经受得住，要拥有一颗强大的心脏，要撑得起多大的赞美，就要经得住多大的诋毁，不要因为各种的造谣中伤而退缩不前，而是要勇往直前，只要认定自己走的是一条人间正道——对自己有益，对社会也有益。

功成名就之后，周围就会有掌声响起来，前面就会有鲜花送过来，人们就会向你投以羡慕的目光。这时候你又要面临一个严峻的考验，又必须能够扛得住，不要让自己变得飘飘然起来，不要以为自己有多大能耐了，而要认识到事业永无止境，我们不管取得多大的成就，在世界上都十分渺小，我们不管取得多大的进步，身上都还存在很多不足。只有始终保持这种谦卑的心态，我们才不会骄傲自满和故步自封，才会不断地提高和进步。

我们要追求人生的理想以及事业，缺少以上这些能耐能成？所有这些品质，都可以归纳为人生的韧性。人生不可以任性，却不能没有韧性。

我很早就选择了写作这一人生志向，然而在这条道路上我却走得异常艰辛，异常坎坷。最早从事文学写作，但苦于没有地方发表，就转到社会科学上来，开始大量地钻研各种社科领域的著作。积累了很多年之后，我开始学着撰写学术论文，并向许多刊物投稿，但都泥牛入海。后来有一位同事告诉我投到江西去相对容易发表一些。于是我就把一篇论文投给了江西一所本科院校的学报。没想到几天后就收到了一份录用通知，当时我真是欣喜若狂，简直高兴得跳了起来。这可是我在苦苦地等待之后，头一回在正规刊物上发表论文啊！不料第二天又风云突变，那个编辑打电话过来说，是他看了我的论文后觉得很满意，就自作主张录用了，但主编终审这一关却没有通过。我的心顿时又掉进了冰窟窿里，懊丧极了！我没有气馁，又向江西的另一所本科院校投稿，终于发表了，并且接连发表了两篇。接着又在贵州的一所本科院校发表了一篇，从此心里有了底气，并且也具备了一定的论文撰写和投稿的经验，写起论文来也轻车熟路了。我于是变成了一个论文高产户，每年都发表十篇八篇，至今已发表了五十二篇，其中绝大部分都是在正规刊物上发表，并且有几篇还是在核心刊物上发表。

然而，由于种种不足与外人道的原因，我无法真正进入学术界，无法实现自己的学术理想，于是又遗憾地放弃这种追求，不再从事社会科学研究了，转而写各种随笔类的文章，同时也写一些散文，重新拾起了当年的老本行——文学写作。但在报刊上发表文学作品其难度并不亚于在学报上发表学术论文，甚至还要更难。虽然我已经有了更多的阅读积累和人生阅历，也有了一定的写作功底，但写好一篇作品后如何让它发表出去却是颇为不易的。我在万般无奈之下，只好去找我以前的一个校友，他供职于福建省的一家报社。他看了我的作品后也认为这是一种浪费，因此把它们推荐给了同事。我就这样在这家报社接连发表了几篇作品，并得以加入了作家协会，初步实现了自己的文学理想。

在追求人生理想的道路上，许多时候我都是看不见未来的，甚至几次都因为绝望而想到了放弃——太难了，我已经心力交瘁了！然而，因为对理想的割舍不下，因为自己的不甘平庸，我最后还是选择了坚持，继续在这条艰难无比的道路上苦苦跋涉着。我幸运地遇到了许多同事和朋友，他们知道我有这方面的兴趣和追求，一直在关心和鼓励着我，这是我在困境之中仍然勉力前行的一个巨大动力，也是我不敢轻言放弃的一个重要理由，我无法面对他们失望的眼神。然而也有一些人包括我的亲人，他们对我是十分不看好的，认为我瞎浪漫和瞎折腾，把大量的时间精力耗费在这徒劳无益的事情上面，劝我还是趁早把心收回来吧。更有一些人甚至对我冷嘲热讽，有一个同事说你这样累不累，还有一个同事直言不讳地说你这样没有用。我听了他们的话也感觉挺无助的，但并不往心里去——我走自己的路，让你们说风凉话去！即便有一天我放弃了，也是出于自己的选择，而不是因为你的一句嘲笑。由于我始终"我行我素"，他们也变得"没脾气"了。

我还远谈不上取得多大的成就，只是发表了一些作品，做了一些自己想做的事情，在人生的征程上仍然任重道远。我需要始终保持着一颗谦逊的心，持之以恒地努力下去，多阅读，多思考，多观察，既读书本这有字的书，也读社会这无字的书，以写出更多更好的作品，不断地朝着自己的人生目标前行。

2019 年 3 月 15 日

吃苦

从小父母就不断地对我们教诲说要学会吃苦,只有吃得苦中苦,才能过上称心如意的生活。人生在世,似乎除了要吃饭之外,还要吃各种各样的苦。经过长期的耳濡目染,这个词儿的含义已经不言自明了,从未深究也不必深究为何要叫"吃苦"。现在要写这篇关于人生需要吃苦耐劳的文章,就把这个词琢磨了一番,发现这么叫还真有道理,我们的许多汉语词汇是十分生动和传神的。人生中会遇到各种各样的困难,要有所收获,就必须有所付出,要抵达成功的彼岸,就必须经过艰苦的跋涉,就必须克服路上各种各样的障碍,成就事业者就一定要吃苦,要成就大事业者就一定要吃大苦,两者是成正比的。"艰难困苦,玉汝于成",苦难是人生的必修课,我们不但要承受它,还要把它吃下去,化作人生的财富,所以才叫"吃苦"。唐僧经历了九九八十一难,历尽千辛万苦之后才取到了真经。我们只有经历过失败和挫折,才能"吃一堑,长一智",从而取得进步。"吃得苦中苦,方为人上人""嚼得菜根,做得大事",这些都是关于吃苦的古训,无疑是很值得我们后人学习的。

我有一次带儿子去一家本地知名企业下属的游泳池学游泳。人们正游着,管理人员突然出来清出了一个泳道,专门给这家公司的老板游。这个老板下水后就游了起来，动作显得十分规范和娴熟，十分稳健地游着，一看就知道是个游泳老手。我以为他游几个来回就会上来，没想到他一直游了下去，游完一种泳姿后再换一种。我有些不敢相信自己的眼睛——我们年轻力壮的人连续游几个来回就快游不动了，而他已是一个年过花甲的人了，居然能够连续游上几十个来回，并且始终保持着一种十分稳健的状态。由此可见他能够从无到有、从小到大成为这样一个大型企业的掌舵者，不是没有理由的，他身上具备着常人所不具备的各种素质，至少他的身体素质比常人强，比常人更吃得了苦。如果认为这些老板都是骄奢淫逸、四体不勤，那就大错特错了。

　　我的父母都是农民，过的是面朝黄土背朝天的生活，平时干的都是重体力活，挑百把斤的重担走十几里的山路乃是家常便饭。他们在烈日下汗流浃背地干活，一滴汗水砸下来摔成八瓣是生活中的真实写照，而丝毫不是文学的夸张。尤其是到了双抢季节，更是忙得喘不过气来。那是一年当中最热的"六月天"，白花花的太阳直射着，没有一丝半点的风，十点过后大地就热得跟蒸笼似的。全家老小都要上阵，我们小孩也要去割稻、抱稻捆、踩打谷机等，只是帮点忙而已，与大人比起来简直算不了什么。即使这样，我们也常常累得腰酸背痛，被毒辣的太阳晒得口干舌燥的。为了供应我们读书，父亲农忙过后还要出去打工，从早干到晚也只能得到不多的一点工钱。比这更苦的还是找不到活干。他年轻时有一次挑着一副几十斤重的石匠担子，沿着古道从连江一直走到了福州，一路上都揽不到活，第二天只好又挑着沉重的担子打道回府了。所以他经常对我们说，你们将来要想不吃我这样的苦，就得用功读书，成为一个吃皇粮的人。

　　然而，要通过读书改变命运并非一件轻而易举的事情。古代学子为了在科举考试中跃过龙门，需要"头悬梁，锥刺股"，其读书的辛苦由此可见一斑。我读书的年代，能够考取大中专学校的比例还是非常之低的，用千军万马过独木桥来形容并不为过。重点中学的录取率会高一些，普通中学一个班级通常只有一两个能被录取，多的有几个，有时甚至全军覆没，即"被剃了光头"，竞争的激烈程度是不难想见的。我早先没有明确的人生目标，只是要考上什么学校，从而能够出人头地，成为公家的人。我从小学开始读书就十分自觉，从来不需父母督促，早上很早就起来晨读了，作业也都很认真地完成。进入中学后，功课变得更重了，晚上教室熄灯之后，我们还要点起蜡烛继续读下去，或者站在昏暗的路灯下捧着课本读。高一时，我由于用功过度患了神经衰弱症，严重地失眠起来，经常快到天亮时还睡不着觉。

　　我至今依然被睡眠问题困扰着，这与平时用脑过度是分不开的。失眠严重时我出于健康的考虑，就要少看书，少写作，特别是到了晚上就不敢再进行下去了，从而可以减轻一些。然而，我毕竟是以此为业的，不可能为了睡个好觉而放弃自己的追求，一旦状态好转仍然会把时间抓得紧紧的。今年春节期间，我利用这一段空闲时间，二十天一口气读了十本书。易中天成名之后经常在媒体上抛头露面，有一次他接受记者的采访，对着镜头说他一沾枕头就睡着。这不过是哗众取宠的信口开河罢了，当不得真的。从事脑力劳动的人睡眠不好是一种通病，许多人还要靠服用药物帮助睡眠。现代社会随着生活节奏的加快和竞争压力的加大，更是很难一沾枕头就睡着了，所以每年的3月21日被定为世界睡眠日。

  我走上了一个文字生涯,这首先需要读万卷书。读书是一件费力劳神的事情,那些晦涩难懂的学术著作需要沉下心来读,需要绞尽脑汁地去理解。尤其是古代的文献,对于古文功底较差的我更是一个拦路虎,只能硬着头皮往下读,有时不免困惑古人为何要以这样一种语言来书写,这简直是对人们智力的一种摧残!写作更是一种艰苦的脑力劳动,有时一想到要写,心里就直发虚,坐在书桌前有点像在受苦刑,写完之后会感到浑身发软,像被抽去了什么。写作过程还需要查阅资料,有的资料似曾相识但又不确定出自何处,或者知道出处却无法找到资料。如今有了网络,使查找资料方便了许多,但有些冷僻的资料仍然很难找到。初稿之后还需要一遍遍地修改,而且修改得再多遍也都还有不尽人意之处。写成之后,能否发表又是一个问题,往往投了许多地方仍然一无所获。有时即便要被发表了,还要根据他们的要求对稿件进行近乎伤筋动骨的修改。人们通常认为文化人晒不到太阳淋不到雨,整天坐在屋里动动嘴皮摇摇笔管的,其实他们所承受的身心压力和所付出的辛劳外人是很难理解的。

  我有时也真不想再吃这份苦了,只要过个简单、随性的生活,从而吃得好,睡得香。然而,自己真能满足于这样的一种生活吗?人还是要有理想和追求的,虽然要为此吃尽百般的苦,但唯有如此才能收获成功的喜悦。一事不做、浑浑噩噩的人似乎是很优哉游哉的,但也是十分空虚和贫乏的。当回首往事时,他们就会为自己的碌碌无为和虚度年华而懊悔不已。

2019年3月18日

智慧

从懵懂的童年开始,从长者的嘴里就经常听到一个词儿——聪明。一个小孩的脑袋很灵光,学什么都有模有样,反应十分敏捷,很会出各种的鬼点子,就说他很聪明。一个人的脑子很好使,什么都是一学就会,不论读书、做事还是学一门手艺,很快就能进入状态,并且还做得很出色,他就是一个很聪明的人。听得多了,就早早地记住了,无须深究便能知晓其含义为何。长大后若要成为一个有出息的人,从而受到人们的重视,很重要的一条就是必须聪明。我很希望自己也能成为这样的一个人。成为一个有能耐的人,做到事业有成,人生的理想得到实现,吃苦耐劳固然是十分重要的,但仅会吃苦又是不够的,同时还得足够的聪明。无论哪一行当,要做到炉火纯青的地步都需要很高的技艺,尤其是那些技术含量很高的领域,更是那些高智商人才的天下。那些卓越的科学家、企业家以及政治家等,无一不是人中翘楚,无一不是绝顶聪明。

发明大王爱迪生说过,天才就是百分之一的灵感加上百分之九十九的汗水。这一句著名格言,激励着人们尤其是青少年要树立远大的志向,只要通过不懈的奋斗,就能够取得事业上的成功,就能够实现人生的理想。这话当然是对的,但我们也切莫想当然地认为,只要全力以赴了就可以实现人生的目标,只要发挥那种"一不苦,二不怕死"、不怕脏不怕累以及流血流汗的精神,就可以创造出各种的人间奇迹,就可以干出一番轰轰烈烈的事业。灵感虽然只占百分之一,但这百分之一又是至关重要的。尤其在音乐、美术等艺术领域以及高精尖的科技领域,必须具备足够的天分才行。虽然后天的努力也是很重要的,还需要洒下无数的汗水,但缺少了这天分都只能望洋兴叹。因此,我们还是不能好高骛远,首先要认识清楚自己的才具,倘若天资不够,就不要把人生目标设定得过高,要在平凡的位置努力做到最好,在适合自己的地方充分发挥自己的才能,做到"平凡生命,极致绽放"。倘能如此,亦无愧于这短暂的一生了。

本篇谈的是智慧,它与聪明相关却又不能画上等号,不聪明的人是很难有智慧可言的,但聪明的人也未必就是智慧的。聪明只是一个中性词,形容一个人的智商高,悟性强,什么都能很快学会,但它可以用于正道,也可以用于歪门邪道,高智商人才利用高科技手段进行犯罪的例子俯拾皆是。而智慧是一个褒义词,指一个人善于把握人生的方向,善于使用自己的力量,往往能够做到事半功倍,更容易取得事业上的成功。同时,他还善于处理各种人际关系,在人情世故方面十分的练达和圆通。而且他都把这些智慧用在了正道上,无论对自己、他人以及社会都是有益的,都是建设性和正能量的。有的人不无聪明,但都是些小聪明,其为人十分的精明,工于心计,对于自己的利益总是盘算得很精准,并且总能够心想事成,但由于目光过于短浅,总是蝇营狗苟和锱铢必较,因而就永远也成不了气候。更有甚者,还会一门心思想着如何算计和捉弄别人,把自己的利益以及欢乐建立在他人的损失以及痛苦之上。此种人就更是品流低下，距离人生的智慧就更加遥远了。

聪明与否在很大程度上是先天决定的，即父母只给我们生得这么聪明，虽然后天的开发也会起到一定的作用，通过努力学习也会使自己变得聪明一些，但比起先天来毕竟还是次要的。然而，智慧在很大程度上却是可以通过后天的努力获得的，它更多是一种人生经验的结晶，只要你善于对过去进行反思，善于吸取人生的经验教训，善于从大处着眼，从小处入手，把眼光放得长远一些，就可以提高人生的智慧。我们也许不够聪明，但不能没有智慧，我们没有大智慧，但也要有小智慧。唯有如此，才能更好地把握人生的方向，在一些重大的关口才能做出正确的抉择，才能更有效地使用自己的力量，才能更妥善地处理各种人际关系。

我向来认为自己是一个笨人。小学时老师教我们音乐，我毫无音乐细胞，至今还不会识别简谱。老师教我们拼音，我也只掌握个大概，需要细致区分的 an、ang、n、l、平舌、翘舌、福州、湖州等是无法分辨出来的，因此我的普通话至今仍然没有达标。数学的成绩也不理想，考不及格是经常的事，到后来才慢慢地跟上去。中学阶段也曾经想过要读理科，但无奈高中后物理成绩较差，因而只能放弃读理科了，而据说物理是最能检验一个人的智商水平的。大学时上的高等数学还只是初级水平，但我听起来却一头雾水。在生活中我也同样笨得可以，上当受骗不止一回两回了，遇到什么情况自己的反应总是比别人慢了半拍，许多事情别人都能想出办法来，自己愣是想不出来。在日常交往中也不知道如何把话说得更加妥帖，如何巧妙地与人周旋，因而常常说错了话，做错了事。同时，由于自己有些笨拙，还经常受到那些有点小聪明的人的算计和捉弄。屡屡碰壁之后，我就变得愈发谨小慎微，轻易不敢开口说话，不敢与人打交道了。

人生的阅历多了，我也慢慢认清了自己，知道自己到底是个什么样的人。那些需要高智商的事情与我是无缘的，那些需要伶牙俐齿的事情与我也是无缘的，那些需要见风使舵的事情与我更是无缘的。我只有找准自己的位置，心无旁骛地一直努力下去，才能有所作为，做出点事情来。我教了几年书之后就果断地离开了三尺讲台，别人都为我感到惋惜，只有我自己心里清楚这一步走得多么正确。我根据自己的长处、兴趣以及追求，选择了读书和写作这一人生的方向，并为之而不懈地奋斗着。在大方向确定的前提下，如何实现自己的目标，在哪个具体的领域实现，却又是一回事了。我通过不断地摸索，放弃了不切实际的方向，重新找到更切实可行的方向。经过不断的调适，使自己更加接近人生的目标。这就是人生的智慧。

在为人处世上，我也渐渐找到了感觉。"世事洞明皆学问，人情练达即文章。"我无法也未必有兴趣把那一套为人处世的技巧学到家，使自己在社会上可以左右逢源，应付自如，但我可以选择小心谨慎，能不说的话尽量不说，能不做的事尽量不做，倘若不能不说不能不做，也要多长一个心眼，选择一种更加妥帖和周全的方式。我以前有些厌恶人情世故，后来开始认识到它们之所以能够在社会上广为流传也有其道理，自己不妨也适当地融入进去。人不能只为自己而活着，也不能只为自己着想，同时还要考虑别人的感受，还要尽可能地满足别人的需要，只要这种需要是合情合理的。唯有如此，才能找到一种人与人之间的温暖与和睦。这于人于己都是必要的，谁又愿意生活在一个孤立、冰冷的环境之中呢？

我在人际关系上犯过许多错误，曾经伤害过身边的同学、同事、亲人、朋友等，为此也深深地自责过。"往者已矣，来者可追。"只能通过吸取过去的经验教训，以后不再重犯这样的错误了。我无法保证今后都不会再犯类似的错误，但一定要争取少犯，尤其不能犯原则性的错误，必须牢牢地守住做人的底线。我自忖自己犯过许多大大小小的错误，但没有做过那些毫无人品的事情。同时，我也时常提醒自己在社会上必须多长一个心眼，不要落入别人精心设计的各种圈套，不要被那些小聪明的人所算计和捉弄。

然而，讲究为人处世的通融又并非是一种阿谀逢迎和八面玲珑，而是有一定的原则和信念的，否则就不是人生的智慧了。人是社会的动物，三人成众，就构成了一个小社会，我们必须面对这样的事实，即必须妥善地处理人际关系。每个人都有自己的利益，也都有自己的性情和喜好，而我们每天都必须跟别人进行沟通和协作，因此，在不失去原则的基础上如何学会跟人打交道，使我们具备一个良好的人际环境就变得十分重要了。处在一个和谐、和睦的人际环境之中，我们就可以减少许多摩擦，心情就会更加舒畅，合作就会更加顺利。这是人生智慧的一个重要内容。

2019 年 3 月 19 日

谦虚

"虚心使人进步，骄傲使人落后。"这是伟人毛泽东说过的一句经典名言，我们从上小学起就开始接受这样的教导，老师经常提醒我们要谦虚不要骄傲，我们也经常这样提醒自己。谦虚也是一个我们从小就耳濡目染并且能够深刻领会其义涵的词汇，是我们人生必须具备的一种优良品性。

无论多么伟大的人物都不是一个全知全能的神。他的知识是有限的，再怎么学富五车，在知识的海洋里也只是沧海一粟，未知的远多于已知的，还有无穷无尽的奥秘等着去探索、去解开。他的能力也是有限的，再怎么神通广大，也无法让世界都按照自己的愿望去改变。同时，长江后浪推前浪，前浪死在沙滩上，他不可能永远都是领先的，迟早都要被取代的。真正懂得下棋的人其实是希望棋逢高手的——只有这样才更具有挑战性，才能从中学到更多的东西，也才能把这门事业更好地发展下去。倘若一个人不知天高地厚，自以为已经无所不知，无所不能了，就会在残酷的现实面前碰个头破血流，同时更会严重阻碍自己的进步，因为他已经看不到自己的缺陷，不知道如何进一步提高了。因此，我们必须始终保持一种谦虚谨慎的心态，不断找到自己的不足，不断进行学习和提高。我们越是谦虚谨慎，就越能取得进步，越能取得事业上的成功；越是骄傲自满，就越会停滞不前，越难以实现人生的目标。

我在中学阶段就特别喜欢地理，课本都翻烂了，课外书也看了不少，无论是自然地理还是人文地理，别人问起来都能对答如流，讲得头头是道。有一次我和二哥在一起闲聊，他说错了一个地理方面的知识，我给他纠正了过来。我这时有些得意忘形起来，认为我的知识面已经比他广了。他一开始时没有听清我说什么，等我又说了一遍，顿时勃然变色起来，把我狠狠地训斥了一顿，认为我太张狂了，想当初他也能把这点知识拿出来显摆两下。后来他又几次旧事重提，对我进行了责备。我每次都承认了错误，向他表示了歉意，他才渐渐不提了。此事他也有过当的成分，我说得不对批评一番提个醒也就可以了，不必这样厉声厉色地斥责，更不必一而再再而三地抓住不放。然而，他也给我上了生动的一课——以后无论自己有多大的能耐都不要在别人面前显摆，否则只会自讨无趣，自讨苦吃，更严重的是会使自己变得膨胀起来，不知天高地厚了。

在人生的起步阶段，还容易保持谦虚和低调，而取得一定的成就之后，往往就开始变得飘飘然起来，从而迷失了自己。其实越到后面，所面临的挑战越大，所遇到的诱惑也越多，稍有不慎就会使局面发生逆转，结果功败垂成，功亏一篑。因此，这个时候更要诚惶诚恐，更要谦虚谨慎，更要虚怀若谷，从而才能迎来最后的胜利。我们要"百尺竿头，更进一步"，而不能"行百里者半九十"。即便一个目标实现了，我们也不能止步不前，躺在功劳簿上吃老本，而要树立起更加远大的目标，同时认真地总结过去的经验教训，补充自己的短板，以一个更好的状态去迎接新的挑战，实现新的辉煌。人生如逆水行舟，不进则退，只有这样才能始终保持一种昂扬的心态，不断地实现人生的价值。

　　除此之外，保持谦虚和低调也能更好地处理人际关系。嫉妒被认为是人的本性，我基本认同这样的观点。不论人们是否羞于承认自己身上也有着这样的根性，但现实生活中这种现象是常常发生的。有的人涵养深，能压抑住这种根性，不让其直接表现出来，有的人涵养浅，压抑不住这种根性，从而直接地表现出来。我们不能保证遇到的人都是很有涵养的，因此需要保持一种谦虚、低调的作风，不要过于张扬和炫耀自己，即便有何出众之处也不要自己宣扬，而要由别人来夸，并且当别人称赞你时还要多强调自己的不足。这并非虚伪，而是一种礼貌，也是一种涵养。只有这样，才有利于处理好人际关系。张扬的结果只会引起别人的醋意大发，最后自己也变得闷闷不乐，这又是何苦来哉！很多年以前，我跟两位女同事闲聊。一个同事说到我读了很多书。我说书读多了，也会把很多东西都看透了。另一个说，"那你还刚到'看山不是山'的阶段，尚未进入'看山还是山'的阶段"。我这次倒没有多少显摆的成分，而是自己读书读到一定程度后产生的一种感觉，感到已经看透了许多东西，这是一种真实的错觉。虽然这位同事的语气有些尖刻，但我还是要感谢她在关键时候点醒了我，让我更加清楚自己有几斤几两，无论何时都不要找不着北了。

　　以上这些道理谁都懂，但要真正做到却并非易事。许多人尝到一定甜头之后就会沾沾自喜起来，从而翘起了尾巴，似乎什么都不在话下了。就以本人年轻时而言，这种情况可多了，结果往往发现自己原来太不知天高地厚了，自以为感觉良好，实际上却浅薄得可以。我有一次去登山,在路上听到两个人在对话,其中一个人的一句话给我留下极深的印象。他说,越厉害的人越谦卑!诚哉斯言!越厉害的人往往越不会自我膨胀,而且他们之所以厉害,就因为他们始终能够保持着一种谦卑的心态,不断地找到自己的不足,不断地完善自己,也不断地挑战自己。厉害的人尚且如此,普通如我之辈就更不必提了,始终要谦卑再谦卑,低调再低调。

我也知道大尾巴狼是多么的令人生厌,也时时提醒自己要保持低调,但就像嫉妒是人的本性一样,人的表现欲也是与生俱来的,遇到喜事精神爽,巴不得地球上的人都知道,知道自己有多了得。但我们不能由着自己的性子,在这方面必须学会克制和收敛。我们必须时时提高这方面的修养,稍有松懈就会故态复萌。我乃凡夫俗子,常人所有的虚荣心我同样也有,甚至还有过之而无不及,我无法保证今后都不会再装大尾巴狼了,但我会尽量学会克制和收敛,争取少犯这样的错误,犯了也及时地悬崖勒马,回头是岸!

2019 年 3 月 20 日

胸襟

从小大人就教我们做人要大方,不要太小气。要是在鸡毛蒜皮的事情上斤斤计较的话,人就会活得很累,整天就会因为这种事情而与人龃龉不断,就会让人觉得你这人过于小家子气,不愿意接近你,更不会与你合作,从而使自己的生活圈子越变越小,发展空间受到了很大的限制。这说的其实就是一个人的胸襟或者襟怀。

同时,一个人要是鼠目寸光,只看到眼前的一些利益,而看不到长远的利益,就会捡了芝麻丢了西瓜,从而就得不到更大的发展,人生的格局就十分的有限。为了让我们明白这个道理,父母经常给我们举一个堂伯父的例子。此人相当聪明,口才也十分了得,讲起道理来都是一套一套的,是一个在周边说得上话的人,人们许多事情都要向他请教,有时吵架了也要找他评评理。他曾经上过中学堂,这在那时的乡下无疑是凤毛麟角的。中华人民共和国成立之初,政府急需他这样有较高文化程度的青年补充干部队伍,准备把他调到南平地区当一名文书。他请教了他的叔叔即我的祖父。我祖父动员他去。他反复思量了一番,认为自己留在家里可以照顾好老小,凭借自己的本领可以撑起一片家业来,于是一个重大的人生机遇就与他擦肩而过了。人们后来说起这件事时都十分惋惜地认为,他当时要是去了，凭他这样的才干当个厅级干部是不成问题的。

　　我牢牢地记住了这一人生掌故，也明白了人生要有宽广的胸襟这样的道理，因而相对会把自己的眼光看得更加长远一些，会把更多的精力放在追求自己的人生理想上，而不大会在细枝末节的问题上与人纠缠不休。因此人们大都对我有一个印象，即我不大会去争权夺利，也不会把金钱看得太重，而主要做自己想做的事情，追求我自己所向往的事业。从某种意义上说，他们也是没有看走眼的。人的精力是有限的，把更多的精力用在对功名利禄的追逐上，就无法追求自己的人生理想了。鱼和熊掌不可兼得，舍鱼而取熊掌也。人的胸襟有多宽，抱负有多大，就决定了人生的道路能走多远，决定了人生的格局能有多大。

　　我去年放弃了学术研究，重新回到老本行——文学写作上来。在一位大学校友的大力推荐下，在一家报纸连续发表了四篇作品，并得以加入作家协会，实现了自己的一个心愿，也为今后的写作提供了一个必要的基础。然而，我也不能一直劳驾这位友人为我牵线搭桥，在这家报纸上发表的机会也是很有限的。我的作品可以源源不断地写出来，充其量只能在刊物上发表一小部分，还有大量的作品怎么处理？写还是不写？我今后的写作道路又该如何走下去？这些都是我当时需要认真思索的问题。

　　对于从事写作的人而言，能够看到自己的心血之作变成铅字无疑是再美妙不过的事情，说不在乎自己的作品能否发表，这话如果出自一个真正热爱写作的人之口，一定是假惺惺或者酸溜溜的。王船山把自己的著作藏之名山，可那是无可奈何的事情，况且他是王船山，只要假以时日，终能得以刊布和流传。而对于普通的作者而言，要是天真地效仿起他老先生来，恐怕就永无出头之日了。我本凡人，以前特别在乎作品能否发表，一旦无处发表就会失去了写作的动力和热情，从而懒于动笔了。并且这种发表还是指在各种刊物上发表，而不包括网络。在我看来，不管网络上多么的热闹和火爆，但到底是不可靠的，所有的东西都有可能被格式化。只有白纸黑字才是可靠的，在刊物上发表才是真正的发表。况且在网络上发表，还会担心自己辛辛苦苦写出来的东西都被梁上君子收入囊中。

因为发表作品困难重重，我也几次选择了停笔。然而，对于一个真正喜欢写作的人而言，停笔的痛苦是外人很难理解的，时间久了之后我就会感到无比的焦虑，觉得自己是在虚掷光阴和浪费生命，内心无法安顿下来。我思前想后，最后决定仍然要写下去，无法在刊物上发表，就上传到网络，不必前怕虎后怕狼的，有更多的人点击尤其是点赞就会心一笑，少人光顾和喝彩也不必挂怀，对社会有一定的价值当作自己的一种贡献，对社会没有多大的价值也当作自己的一种兴趣爱好，使自己的生活变得更加丰富和充实。于是去年底我就在天涯论坛上注册了一个用户名，三天两头就写一篇帖子挂上去。没想到一路写下来，却收到了意想不到的效果。

最重要的是改变了我的观念，不再认为只有在刊物上发表才能产生写作的动力，网络写作同样也可以找到一种乐趣，甚至是莫大的乐趣。帖子发布后如果是人们所关注的社会话题，就会吸引大量的读者点击，就会有很多人跟进留言，虽然其中也有不少反对的意见，但都让我从中了解到人们对同一个问题是如何看待的，社会上对这个问题有着多少不同的声音。同时，写作的过程也是一个学习和提高的过程，不但通过不断的练笔，语言表达能力提高了许多，文章越写越顺手了，而且遇到不懂的东西，包括陌生的字词、各种的知识盲点等，都要进行查找，向网络这个不收费、全天候同时又永远不愠不恼的老师请益，从中学到了许多知识。写作的过程还是一个创造的过程。在"哒哒哒"的键盘敲击声中，自己的思想和情感不断地流淌了出来，自己的思路不断地变得清晰起来，文章的结构不断地变得合理起来，语言的修辞不断地变得生动起来，就会充满一种创造的欢乐。有时看到自己创作出了一篇有见解有风格的作品，还会感到了一种神奇。刚开始时还不觉得，写着写着，积累起的作品就颇为可观了，这时自己也不免会感到惊讶——原来自己身上有着这么大的潜能！而如果不坚持写下去，这种潜能也许永远都不会变成现实。

通过这段时间的写作，我感触最深的就是人的胸襟必须足够宽广。倘若因为作品得不到发表就不动笔了，我就无从获得写作的快乐，也不会在写作中取得不断地提高，更不会产生出这一篇篇的作品，而只会整天长吁短叹和怨天尤人。观念的东西往往被认为是务虚的，但观念其实是行动的先导，有时可以发挥决定性的作用。我的观念一旦转变过来，眼前就变得豁然开朗起来，我找到了写作的真正动力。作品能够发表固然可喜，但我不会再去强求，而要把更多的精力放在写作本身上，尽力写好自己的作品。我将在这条道路上一直走下去！

2019 年 4 月 23 日

善良

做人要善良，要与人为善，这是我们从小就开始接受的一种家教。那种慈眉善目、心地善良的人都会受到人们的喜爱，人们都愿与这种人相处相交。生活中遇到这样的善人，人们都会交口称赞，用我们老家的话说就是这种人很"好疼"。善良是表现在各个方面的，譬如态度的谦和，礼数的周到，对人热心，不锱铢必较，不褊狭刻薄，等等。而一个态度粗鲁蛮横，缺少应有的涵养，对人冷漠，并且斤斤计较、睚眦必报的人，只会让人生厌和敬而远之，用我们老家的话说就是这种人不"好疼"。善良的人在社会上可以广结人缘，可以生活得很愉悦，很充实。而不善良的人在社会上就会显得格格不入，从而变得郁郁寡欢，孤单寂寞。善良的人会有一种开朗的心态，他对得住别人，也对得起自己，能充分享受到生命的阳光。而不善良的人虽然表面上经常多吃多占，实际上只要精神没有完全麻木，都会感到一种良心上的不安，尤其是在夜深人静的时候扪心自问，都会感到愧对别人，也愧对自己。他的内心是充满阴霾的，也不会有多少幸福可言。

我有一次乘坐公交车，车上十分拥挤，上车后就没法往后走了，于是趴在司机旁边的一根横杆上，并不影响别人的通行。我后面还有一个青年带着两个小孩上了车，我又紧紧地往里缩了一点。突然，我的背部被什么击打了一下，顿时感到一股钻心的疼痛——原来是那个青年故意用胳膊肘捅的。我回头看了他一眼，他正背对着我，一副装聋作哑的样子。我也不想跟这种人一般见识，只好自认倒霉，尽力挤到后头去，离他远一些。后来到了一个站，一个上了年纪的阿姨见后门不好下车，要从前门下。那青年面带愠色地说下车要从后门下。那阿姨无奈地说了一声，这小弟真是不好疼。后面拥挤成这样，叫人如何从后门下车？再说司机都不抱怨，他还嚷嚷个啥？我后来也下车了，隔着前门的玻璃愤怒地瞪着他。他心中也有数，尴尬地把头转开了。这青年就是一个典型的不善良的人。车上这么拥挤本来就要互相体谅，有什么可以好好说话，而不是那么下作地从背后猛捅别人。人家从后门不好下车走前门也要予以谅解，而不是如此的刻薄。他要是遇到一个同样蛮横的人，如果针尖对麦芒，就很容易干起仗来，从而打个头破血流，如果认怂了，就是一种十分可耻的欺软怕硬。

我以前也不太注意这方面的修行，气量有些狭小，同时又不注意控制自己的情绪，再加上对许多社会现象横竖看不惯，因此就显得有些愤世嫉俗，脾气有些暴躁，经常对身边的人特别是自己的家人发火，而且经常是没有道理的，从而伤害了不少人，事后想想实在是后悔。以我对儿子的态度来说，我虽然也知道疼爱他，但经常因为计较一些细枝末节的问题而对他又打又骂，有时甚至只是因为自己的心情不好而往他的身上发泄，使他的身心受到不应有的伤害。

有一次他的成绩退步了很多，我一怒之下对他破口大骂起来，并把他的一支玩具笔重重地摔烂在地，说他只会把心思花在玩具上，学习一点都不专心。玩具是儿童的天使，是他们心目中最珍贵的东西，学习成绩的好坏与此并没有多大关系，更何况学习成绩本身又有多重要呢？我怎能如此狠心地毁掉他的东西，并且还要骂个不休，从而深深地伤害了他的内心？特别是有一次，他妈妈从外面带回了一包食物，我做起来很麻烦，而且这种食物很油腻，不那么健康，于是我就开始牢骚满腹起来。当时他生病了，正在接受治理，所服用的药物产生了很大的副作用，使他的情绪变得十分不稳定。而我这次老毛病又犯了，又往他的身上发泄自己的怒气，从而使他的情绪严重地发作起来。我意识到自己犯下了不可饶恕的错误，紧紧地把他揽在怀里，不停地说我错了我错了，你要是打我会好受一些就只管打吧。从此以后我再也不对他进行打骂了，跟他变成了朋友，有什么事情都会好好地进行沟通，自己有缺点也会反省，做错事也会向他道歉。

对儿子如此，对其他人也同样如此，我必须改正自己的毛病，不断地提高自己的气量和涵养，学会控制自己的情绪，尊重别人，与人为善。不与人为善的结果是让别人痛苦的同时自己也变得闷闷不乐，过后还要加上深深的自责。与人为善的结果是你我都心情舒畅了，都沐浴到温暖的阳光了，都感受到清风拂面和鸟语花香了。对一些社会现象看不惯也可以理解，但如果因此而把怨气撒到无辜的人身上，这不也是一种恶吗？倘若无法改变现状，我们心平气和地进行生活，建设性地开展工作不是更为可取吗？我们倘若不好好地对待他人，到有一天都不再有机会向其表示忏悔时，就会感到痛彻心扉！鲁迅先生在一篇散文中写道，他小时候毁坏过弟弟的风筝，而他后来意识到自己的罪过，要向弟弟承认自己的过错时，弟弟却没有任何印象了。我读了之后丝毫没有为鲁迅先生感到轻松，心情反而变得更加沉重起来——此时连进行忏悔的机会都没有了，这实是一种更大的惩罚！

与人为善不是没有原则的，也不是以德报怨，别人打了我的左脸还要再把右脸凑过去给他打，而是说对人不必那么斤斤计较，那么睚眦必报，那么褊狭刻薄。对于各种损人利己、心术不正的宵小之徒，我向来认为是不能对他们宽容的，否则只会使他们觉得自己可以畅行无阻，从而更加的肆无忌惮。对坏人的宽容，就是对他们的纵容，就是对好人的不负责。我们对他们固然不必针锋相对，不必"以眼还眼，以牙还牙"，但可以"以直报怨"，必要时要敢于进行理论和抵制，从而使原则得到坚持，使正气得到伸张，同时也使他们有所顾忌和收敛。这也是善良的题中应有之义。对各种不合理的现象都"事不关己，高高挂起"，都当起了缩头乌龟，都实行鸵鸟政策，都当好好先生，这并非善良，而是一种伪善，一种乡愿。

我们民间有一种观念是人要行善积德，特别是上了一定年纪之后。人们通常认为这辈子多行善举，多积点德，下辈子就可以更好地转世投胎，同时"积善之家，必有余庆"，多修点善行，就可以给自己的家庭带来平安和幸福。这是一种带有功利色彩的迷信观念，对于社会也是不无益处的。然而，我们还要从更高的层次思考我们为何要行善，要把善良作为一种人生必备的品性，不断地提高这方面的修养。我们老家上了年纪的人常说这样一句话：要去修善了！因为他们已经来日无多，同时也经历了很多事情，把世事都看淡了，感到要与人为善。其实何止上了年纪要这样,早就该如此!因此,我使用微信后,当要选择什么作为个性化签名时,想来想去最后想到了两个字:"修善。"

我要好好做人,做一个好人!

2019 年 3 月 21 日

诚实

人无信不立，诚信是一个人的立身之本，只有对人以诚相待，信守承诺，童叟无欺，一就是一，二就是二，才能得到别人的信赖，别人才愿意和你进行交往，才愿意与你进行合作，你在世界上才会有更多的朋友，才会有更多的机会。一个人要是缺少了这种品性，总是弄虚作假，坑蒙拐骗，打肿脸充胖子，别人就会对你失去信赖，就会对你敬而远之，你在世界上就不会有更多的朋友，就不会有更多的机会。而且不诚信还有一个"后遗症"就是当你说过一次谎言之后就没有人再相信你了，不管你说的是真话还是假话。这就是"狼来的故事"告诉我们的道理。欺骗别人表面上看让你占了个便宜，但你却会因小失大——每个人都是有经济理性的，都是会长记性的，被你蒙骗一次就会多长一个心眼，就不会再上当受骗了，除非是一个糊涂虫。因此，有一句俗话说得好：骗一次是你坏，骗两次是我傻。正因为诚信对一个人如此的重要，父母从小就不断地对我们教诲说做人要老实，不能对人说假话，不能做骗人的事情。经过这样不断地教诲，"诚实"这两个字就在心里扎下了根，成为立身处世的一个重要原则。

每个人都希望别人对自己诚实守信。就是那些弄虚作假和坑蒙拐骗的人，他们何尝不希望别人在他们面前说真话，对他们诚实守信呢！只是他们没有将心比心罢了。同时，每个人也都希望别人能以一个真实的面目出现在自己的面前。就是那些喜欢装模作样的人，他们何尝不希望别人对他们敞开心扉，展现真实的一面！只是他们没有推己及人罢了。我们在生活中都遇到形形色色的欺骗行为，稍有不慎就会上当受骗，而每次被骗之后都是对之痛恨不已，觉得世界上再没有比这更可恶了：你有什么要求可以光明正大地提出来，别人能够满足你的就满足你，不能满足你的也不要勉强，平等自愿，坦坦荡荡的，没必要那么的下作，采取这种卑劣的手段。人被欺骗了，钱财受点损失还在其次，被你算计和愚弄了就才是最让人气愤不过的。同时，我们在生活中也会看到许多张张扬扬、装模作样的人。有的也有半桶水，但你不装人们也都知道，你把水溅得到处都是，人们反而会产生反感和厌恶。至于那种只有桶底一点水，也要把它晃荡起来的人，就更让人瞧不上眼了。既然都对形形色色的不诚实行为厌恶有加，我们就应当将心比心，推己及人，不要使自己也成为这样的人，就应当学会变得诚实起来。

我们都知道诚信很重要，也都想做一个诚实的人，但真做起来又不是那么容易。在人的本性中除了有求真的一面，还有着与之相反的一面。人多少都有些虚荣之心，都喜欢在人群中比别人高出一筹，从而可以出人头地。为了实现这一目的，在"成色"不足的情况下就靠虚假来掩饰，使自己变得光鲜靓丽起来，这就是所谓的"装"。同时，人往往都是利己的，要实现自己利益的最大化，从而容易忽略了他人的利益，做出许多不诚信的行为。人们容易看到的是这种不诚实，平时谈论的也多是这种不诚实。其实，前面的那种不诚实也是十分不可取的，对于当事人而言更是要加以避免的。

　　干那种坑蒙拐骗、损人利己的勾当，我缺少这样的心机，也缺少这样的胆量，因而在许多人眼里我这人显得比较老实，心地比较善良，没有那么的贪婪和奸诈。然而，我的虚荣心却是有的，因为虚荣心作怪而做过的不诚实行为也着实不少。许多人认为我这人不会装模作样，但这也只是相对而言的，我的身上其实也有这种毛病，尤其是在青春年少时。我在学生时代十分争强好胜，很在乎自己在班上的成绩排名，为此曾经做过两件很不诚实的事情。不记得是初二还是初三的时候，有一次物理试卷发下来后，我的成绩还可以，但仍然不满意，还想锦上添花。恰好有一道题我的答案算错了，但只要再在旁边添上一个数字就对了。于是我就小心翼翼地把这个数字添了上去，做得滴水不漏，丝毫看不出痕迹来。我课后去找老师，说有一道题被改错了，少得了两分。老师看了看，眼中露出了一丝怀疑和不信任。我坚持说被改错了，他就说好吧，我给你加上分数。第二天他又过来说，这次就不改过来了，你下次努力就好了。我的阴谋没有得逞，事情也就过去了。后来中考前的一次"市质检"，我数学考了 99 分（总分是 120 分），觉得不够好看，要是再多两分就超过 100 分了。于是我又故技重施，课后去找老师说他给我少算了两分，我心想老师重新算一下分要是发现没有错，我就说自己算错了。没想到他二话不说就把我的成绩改成了 101 分，眼中却露出一丝不信任和鄙夷。想必他认为算错分数的可能性很小，你既然这么不诚实就给你改吧。这其实是对我的一种惩罚，我看出了这种异样的目光，心里感到忐忑不安。

  这两件事情是我一生中的耻辱，每当想起时都会羞愧难当，恨不得时光能够倒流，使这种事情没有发生。我虽然没有损害到他人的利益，但我是十分不诚实的，我欺骗了老师，在他们面前暴露出了自己的卑劣人格，同时也失去了老师对自己的信任。这种弄虚作假的行为除了能给自己带来一时的虚名之外，又能真正得到什么呢？得到的也许只是别人对你的不信任，是你个人形象的败坏，真可谓"图虚名，招实祸"！多两分少两分又能怎样呢？这能当饭吃吗？更何况还是弄虚作假的，欺骗了别人也欺骗了自己。

  随着年岁的增长，我对许多事情也慢慢看开了，变得不再那么爱慕虚荣了，实实在在地过着平淡的日子，不逞强称能，也不装模作样，有一说一，有二说二，不欺骗别人，也不欺骗自己。我在其他方面也许都是无足称道的，但在做人不装、不虚伪方面却为身边的许多人所赞赏，这也是让自己可以感到欣慰的一个地方。我很少在别人面前谈及自己，除非是一些信赖的朋友，才会对他们讲些自己的事情。当然，我也不能说自己已经绝对没有虚荣之心了，绝对没有这种"打肿脸，充胖子"的行为了，但我会时时地提醒自己：做人要诚实！

2019 年 3 月 22 日

亲人

人是不能像孙悟空那样从石头里蹦出来,人一出生来到世间,就有了亲人,存在着各种无法割舍的亲情。父母之外还有兄弟姐妹,长大后成家了,又多了配偶,生儿育女了,又多了子女,这些都构成了亲人关系,如何处理好亲人关系是我们人生中一项极为重要的内容。现在许多人选择不结婚,或者结婚了也不生育,成为所谓的丁克家庭,但我们可以没有配偶,可以没有子女,却不能没有父母。血缘关系是人类一种最天然的关系,亲人之情是人类一种最天然的情感。同时,亲人又是不能选择的,我们无法逃避,只有学会如何与亲人相处,才能获得人生的幸福。我们在外面也许是孤单无助的,但至少还有家庭可以作为人生的港湾,还有亲人可以作为生活的后盾,还有亲情可以作为情感的抚慰。别的关系都可能是短暂的,而亲人关系却是永远的,即使彼此之间矛盾闹到不可调和的地步,仍然是"打断骨头连着筋",亲兄弟还是亲兄弟。别的关系再好,都无法取代这种最天然的关系。

小时候兄弟姐妹都在一口锅里舀饭吃,长大后就开始慢慢独立出来,一个个都分出去了,有了各自的小家庭,忙于各自的生活和工作,这样就不再吃同一锅的饭,甚至都很少团聚了。然而,亲情依然维系着,即使身在遥远的地方,很久没有见面了，亲人之间的那种牵挂还在，我们都还共同拥有一个永远的情感的家。当然，与其思念，不如见面，书信往来再频，电话打得再急，也不如亲人之间的团聚，坐下来彼此嘘寒问暖，谈谈家长里短，一家人围着吃一顿团圆饭。只有这样才能更好地享受天伦之乐，更好地抚慰我们的心灵。因此，只要条件允许，都要尽可能常回家看看，看看年迈的父母，看看各自打拼的兄弟姐妹。对于未成年的子女，我们更要陪伴着他们成长，不是万不得已，不要让他们成为留守儿童，而要带到身边生活，否则给他们再多物质上的满足也无法弥补情感上的缺失。他们长大之后，我们想跟他们在一起也许都没有机会了。

以前在农村那种环境，兄弟即使分家也还住在一起，人口也很少流动，都在家里讨生活。长期地朝夕相处，并不觉得有什么亲密可言，甚至还会因为利益上的冲突，甚至只因为性格不合或者因为一件琐事，而吵得不可开交，而大打出手。然而，亲情依然还在，"打虎亲兄弟，上阵父子兵"，到了关键时刻还得靠自家兄弟出马才能摆平。后来都进城了，亲人分散各处，兄弟姐妹之间也许一年都难得见上一面，在异乡打工的子女也许一年都难得回家看望父母一次。亲人之间固然冲突变少了，但亲情也同时变少了，什么事情都没有亲人可以提供支援，什么委屈也都没有亲人可以听你倾诉了。生活在城市当中，亲情其实变得更加重要了。好在现在有了越来越发达的通信手段，从公用电话到手机，从普通手机到智能手机，大大地缩小了人与人之间的距离，使我们可以十分便捷地与远方的亲人进行语音通话、视频通话，通过各种的社交聊天工具进行频繁的交流。技术的发展在很大程度上弥补了亲人之间的情感缺失。然而，这样的联络再频繁，也抵不上一位亲人坐在你的身边，即使什么话都不说。

亲人之间要变得融洽和亲密无间，也是需要讲究正确的相处之道的。我们都有自己的性情，因此就需要彼此包容对方，不要斤斤计较。同时，我们也要清楚自己身上的坏脾气，不要无视它，更不要把它当优点，要考虑对方的感受，即使是亲人，即使是父母，也要为他们着想，克制自己的脾气，不要太任性。亲人之间还要好好地沟通，这样才能消除不必要的误会。不要认为亲人就可以成为对方肚子里的蛔虫了，其实人心永远都隔着肚皮，即使是最亲的人也未必知道对方心里真正想着什么。同时，亲人之间还不要太啰唆。作家刘震云有一次对主持人说过，家庭和谐最重要的因素是不啰唆。这看似戏言，其实包含着很高的生活智慧。人们通常认为亲人不关心还有谁关心，因此整天唠叨个不休似乎就是天经地义的。其实这是十分烦人的，许多的家庭纠纷都是因为过于唠叨引起的。况且还有许多的唠叨并非出于关心，而是因为气量狭小，小题大做，甚至无事生非，自己的心情不好，也会唠叨起来，拿自己的亲人当出气筒。这些话我与其是说给别人听，不如是说给自己听，我自己在这方面也是存在许多缺点的，是需要时时反躬自省的。

亲人之间总是会牵肠挂肚的，关心着你的成长，关心着你的生活，关心着你的工作，尤其是做父母的更是如此。可怜天下父母心，你身在异地，家中的父母总是关心着你的冷暖。在外面有没有遇到坏人了？生活还适应吗？工作还顺利吗？有没有遇到人生的缘分了？子女成长得如何？牵挂似乎是无穷无尽的。正因为如此,我们也需要注意安排好自己的生活和工作,各方面都做得妥妥帖帖的,从而让他们感到宽心,让他们感到欣慰,我们过得好就是他们最企盼的。当然,人心都是肉长的,我们也要主动关心亲人的冷暖,也要时时送去一份浓浓的亲情。

然而,我们对亲人不但要爱,还要懂得如何去爱。对亲人不是关心就够了,还要讲究关心的方式和方法,否则使对方得到的也许不是幸福而是苦难,许多痛苦都是因为亲人之间不正确的爱而产生的。每个人都有自己的独立人格,也都有自己的人生追求,即使亲人之间也要相互尊重各自的选择和各自的生活空间,而不能横加干涉,把自己的意愿强加于对方,即使你是出于一种爱。我有一次乘坐火车,看到一个年轻妇女带着自己的儿子上了车。那孩子好动,一上来不就动个不停。那母亲却要求他这不能动那不能动的,要他规规矩矩地坐在那里。吃饭时也是要什么姿势就得什么姿势,快了也不行,慢了也不行。稍不顺她的意就开始训斥起来,什么难听的话都出来了,再不老实就开始打起来,把他打得眼泪哗哗的。这种教育方式对小孩的身心成长是极为不利的。但又不能说她不爱自己的孩子,夜里她把座位让出来给他睡觉,自己窝在地板上睡了起来。她如此苛刻地要求自己的孩子,也许是要按照自己的理想模式塑造他,也是为了使他得到更好的成长,殊不知却给他带来了巨大的伤害。这无疑是更为可悲的!

儿女总是要独立的,他们总是要独立地面对生活,面对人生道路上的各种挑战,这需要他们自己去摸索,自己去闯荡,即使出现失误了也可以学到人生的经验和智慧。我们可以提供一些必要的建议，但不能代替他们自己的选择，更不能把我们的观点强加于他们，即使我们认为这是对的，是为他们着想的。他们也是自由的个体，即使尚未成年，也有着自己的人格尊严，也有着自己的自由权利，我们也应当学会尊重他们的人格，尊重他们的选择。再说每个人都是独一无二和不可复制的，即使是自己的子女，他们的才具、性情、兴趣爱好等都可能与我们大异其趣，我们擅长的未必就是他们擅长的，我们喜欢的未必就是他们喜欢的，我们看重的未必就是他们看重的。再加上每个人所处的环境都不一样，所具有的价值观也都不一样，我们对他们的人生选择都要予以足够的尊重。

儿女羽翼丰满了，就让他们展翅飞翔，走向自己的人生吧！

2019 年 3 月 27 日

朋友

"在家靠父母，出门靠朋友。"这是流传在我们民间的一句古老格言，几乎无人不知，无人不晓，即便不知道这句话，也知道这其中的道理。当一个人漂泊在外，漫漫的人海中满眼都是陌生人时，就会感到太需要朋友了。有了朋友，有困难就可以找他们帮忙，或者为我们指点迷津，或者为我们牵线搭桥，或者为我们慷慨解囊，都是我们所需要的。当我们陷入无助时，当我们遇到困境时，得到了热心朋友的无私帮助，真有一种雪中送炭的感觉，不胜感激之至。不仅有困难可以得到朋友的帮助，人还是一种情感的动物，需要与人进行情感上的沟通和交流。在家有什么话可以对亲人说，出门在外无亲无故时，就需要有朋友可以说说心里话，心里堵得慌时需要找朋友倾诉，心里乐开花时也需要找朋友分享，遇到工作和生活上的困惑时也可以听听朋友的意见。就是坐在家里，也希望有朋友过来，坐下来喝杯茶，交流一些工作和生活的心得，谈一些家长里短，谈一些天南海北，只要有共同感兴趣的话题都可以漫无边际地交谈起来。朋友之间的交谈是无拘无束的，也是推心置腹和敞开心扉的。家中的环境不好，也可以转移到外面的茶馆。所以现在社会上的茶馆越来越多了，除了谈生意之外，更多的是友人之间轻松的交谈。时候不早了，还可以把朋友留下来用饭，或者到外面的餐馆请客。"有朋自远方来，不亦乐乎？"朋友，是我们人生中的一个重要内容。

很少人是没有朋友的，只是多少而已。朋友的多少要依一个人的性格而定。有的人性格外向，天生喜欢交际，没讲几句话就跟人热络起来了，可谓朋友遍天下。我舅舅就是典型的这样一个人。他从小就会交际，我外公说他就像我们当地的"鼎边糊"一样，"一炆就熟"。"鼎边糊"是我们家乡的一种美食，先在锅里煮好底汤，然后舀一瓢米浆沿着锅边浇下去，炆熟后再把它们铲到底汤里。我外公这句话的意思就是，舅舅与别人都能谈得来，很容易就能变成朋友。有一次我外公家炒了一锅香喷喷的糯米饭，他带回了一群朋友。这些年轻人饭量都很大，再则那年头又没什么吃的，于是一人一碗，三下五除二就把它吃个精光了，外公他们一口也吃不上。他走出去到处都是朋友，也能得到朋友的一些帮助，更重要的是他喜欢这种生活，从中可以得到很大的快乐，这也够了。有的人比较内向，不善于也不喜欢与太多的人进行交往，但这不等于说他们就不需要朋友，也不等于说他们就交不到朋友。我就属于这样的人。我生性不太喜欢交际，不太懂得讲话以及行为的分寸，在与人交往的过程中常常得罪了人，这也使我变得更不喜欢交际了。但我在生活中也需要得到别人的帮助，也需要与人进行情感上的交流，同时生活中还是有一些肚量比较大、对人比较包容的人，我与他们也能成为朋友。我的朋友虽然不多，但朋友有时并不在于多，人生得一知己足矣。

朋友多了，我们在生活中就可以得到更多的交流，在社会上就可以得到更多的帮助，如果有可能，我们需要广交天下朋友。当然，这里指的是真正意义上的朋友，而不是那种逢场作戏的酒肉朋友。真正的朋友性情十分的契合，聊天十分投机，在一起其乐融融的，同时当一方遇到困难时另一方总会热情地伸出援手。我一生中有好几次都因为朋友的帮助而渡过了难关，从而迎来人生的重大转机。同样的，朋友有什么需要帮助的，只要是我力所能及的，我都会毫不吝惜地帮上一把。

　　交朋友总是抱有某种动机的，朋友总是有用的，那么，这合情合理吗？这些年一个从事思政教学的女教师变得十分走红，她课堂上一段讲朋友的视频曾经在网络上广为流传，我在好奇心的驱使下也找来看了。她在讲台上从容自若，侃侃而谈，旁征博引，内容也确实有许多新颖别致的地方，与传统的思政课迥异其趣。她说朋友不是用来用的，不是当你遇到困难时可以找朋友帮忙，也不是当你感到寂寞时可以找朋友聊天，使他们成为你话语的垃圾桶。我看了后也感到这种观点很有见地，对我们传统的交友观念是一个巨大的冲击甚至是颠覆，我们通常确实把朋友当作一种可以利用的资源。

　　然而，我细细一想，又觉得其中有些不对劲。她无疑达到了一种很高的人生境界，但这种境界又是很少人能够达到的，我们作为凡夫俗子，都是食人间烟火的，这种境界只能心向往之，在现实生活中行得通的还是以上这种普通的交友之道。这也没什么不对的，也没什么不好的。当朋友遇到困难，需要你伸出援手时，你却在冷眼旁观，无动于衷，这还叫朋友？这时候也许陌生人都会上前帮扶一把的，更何况是朋友！当然，如果是朋友无能为力的事情，就也不能责怪朋友，否则就不够朋友了。我多次得到过朋友的帮助，但我也时常提醒自己，自己能解决的事情尽量不要麻烦朋友，更不要叫朋友做一些勉为其难的事情。

朋友之间是需要仗义的，但这又不能突破法律和道德的底线，不能因为朋友义气而违背社会的公平正义原则。为朋友两肋插刀的江湖义气在一个法治的社会是不被允许的，也是不值得提倡的。卖友求荣固然为人所不齿，但包庇朋友也是不光彩的，为朋友洗地更是不正当的。同时，朋友是可以选择的，也是可以放弃的。当你觉得自己交友不慎，对方其实是一个不走正道、心术不正的伪君子时，就应当果断地中止这种关系，否则就有可能被拖下水。我们需要友情，但不能被友情所绑架。

2019 年 3 月 28 日

老师

在我们中国人的心目中，老师的作用是十分巨大的，地位是十分崇高的，在他们的头上笼罩着一个神圣的光环。在古代，老师就是师父。师父师父，一日为师，终身为父。以前人们是把老师当作父母看待的，家长把子女交给了老师，要打要骂都由老师了，就像在家里棍棒底下出孝子一样，在学校严师才能出高徒。老师手中都有着一把令人望而生畏的戒尺，稍出差池就要挨打。我上小学时，尚未像现在这样老师不能体罚学生，挨打是一件稀松平常的事情。老师经常让我们罚站，有时拿长长的教鞭抽我们的手心。年幼的我们皮肉还很细嫩，抽起来也是火辣辣的疼，经常眼泪都被抽出来了。然而，老师也只有这般的严厉，才镇得住我们这些顽劣的乡下少年，我们才会专心地跟着他们读书，从而受到了启蒙，打下了人生重要的基础。

这种轻微的体罚我们还能承受，还有更加不人道和伤害人格的体罚方式，就是踢屁股、扇耳光等。我初中时有一次数学老师在交代一件什么事情，我没有认真听，过后又拿上去问他。他一时火起，狠狠地扇了我一耳光，让我又痛又羞。我从此对他敬而远之了，也很少跟他打交道了。因此，我认为在学校里取消各种形式的体罚是必要的，虽然这也会给学生管理工作带来一定的影响，但符合教育的规律，有利于学生的身心成长，是大势所趋。老师对学生严厉是必要的，但必须寻找其他更好的方式。

老师对我们严厉，目的是要把我们教好，使我们得到更好地成长。他们不但要教我们各种知识和技能，教我们学习和思考的方法，同时还要教我们如何做人，使我们养成良好的品行，学会如何为人处世，如何面对人生，甚至如何讲究仪容仪表，注意言行举止。不但我们的知识本领是老师耳提面命教出来的，我们的人格也是老师精心塑造出来的，老师会影响我们的一生。当然，这是指称职的老师尤其是优秀的老师。

唐宋八大家之首的韩愈在《师说》一文说过，"师者，所以传道授业解惑也"。这是我们在中学语文课本上学过并且令我至今记忆犹新的一句名言，它说出了老师的本质以及使命，一个老师是否对得起这一称号，就看他是否符合这三条标准，一个老师是否优秀，就看他在这三个方面是否出类拔萃。现在也有人对此提出了质疑，我并不以为然，认为它仍是并且还将是衡量老师这一职业的正确标准。对于老师，他们所要做的就是传道、授业和解惑，虽然其中的具体内容会随着时代的发展而改变。老师教学生如何做人就是传道，教学生知识本领就是授业（当然这除了要教各种知识之外，更重要的是要教如何学习，即古人所说的"授人以鱼，不如授人以渔"），解答学生的各种疑难问题就是解惑。现代与传统在许多方面都是相通的，我们可以从传统中汲取智慧，而不是轻易地抛弃传统。

在老师的使命当中，传道是第一位的，即在教学生各种知识和技能之前先教他们如何做人。然而，正人先正己，老师要把学生塑造成一个品德优良的人，他自己首先必须是一个这样的人，从而才能为人师表，行为世范。一个称职的老师可以不是道德的楷模，但必须品行端正，要有良好的公德和私德，对学生、对他人要有一种爱心，同时还要注意自己的言行举止，要有端庄的仪容仪表。你站在讲台上下面那么多双眼睛在看着你，你的一举一动，你的一言一行，甚至你的穿着打扮学生都会看在眼里，同时也是在效仿着，可不慎乎！尤其是在中小学阶段，学生的人格尚未形成，一切都还在塑造之中，他们通常会以老师为榜样，老师的状况如何对于他们的成长可谓至关重要。正因为老师如此的重要，所以才有师道尊严一说。遇上一个良师是学生莫大的幸运，会对他们的一生产生十分有益的影响，这样的老师也会让人们久久地怀念。而一个在道德上有缺陷的老师在学生的心目中就会失去师道尊严，也无法让人们产生怀念之情。

  小学时我有一个数学老师。他所在的生产队与我们的生产队因为在修路的问题上发生了纠纷，两边的人打了起来。在冲突中，他咬伤了我们这边一个后生的手指。那后生顿时怒火中烧，挥起铁锤打断了他的两根肋骨，敲掉了他的几颗门牙。他受了重伤，是很值得同情的，我们这边的一个主事者也被关进了监牢，并且各家各户也分摊了不少赔款。他养伤养了很久，重新教书后刚好教我们班。我们生产队的这些小孩与此事毫无关联，但他却对我们怀恨在心，尤其对我更是白眼有加，经常在课堂上对我进行嘲讽和挖苦。有一次不知哪个班的学生在黑板上写了"老师狗"三个字，这可闹翻天了，全校上下进行了追查。他一直怀疑是我干的，在课堂上喋喋不休地说老师如果是狗那你们的父母又是什么,边说还边狠狠地瞪着我。我变得如坐针毡起来,虽然我与这事毫不沾边,但在他的一再数落和"注视"之下,都开始产生了一种幻觉——难道这真是我干的不成?我似乎跳进黄河也洗不清了。这节课好不容易挨过去了,我真有一种从地狱出来的感觉。后来很快查明了真相,与我毫无瓜葛。他这时才良心发现,在下一堂课上说这是另一个班的学生干的。然而,他已经严重地伤害到我的自尊了,他不是一个心地善良的人,他的师道尊严在我的心目中已经荡然无存了。

老师在有德的基础上还要有能,即要具有相当的教学能力,要有足够多的学识可以传授给学生,同时又应教学得法,能够让学生容易学会,不但要肯教,还要会教。老师品德高尚但业务水平不够也是不行的,无法让学生学到应有的知识和技能,同样也达不到教书育人的效果。

我高一时有一个政治老师,他教起书来也算投入,但无奈学识不高,教学不得法,语言也不够风趣,业务水平十分的有限,我们听得都不大理解,也不大爱听。高三后我们要面临高考,而且政治作为文科的一门主课,总分也是 150 分,耽误不得,因此我们班的同学都在考虑要不要要求学校换一个老师。这位老师在师德上中规中矩的,工作上也兢兢业业的,因此有人不主张换,但更多的人认为要换,毕竟高考关系到我们的前程。经过反复的争论,后一种意见最后占上风,决定要求换老师。我们写了申请书,全班都署名了。正当我们要把申请书递交上去之际,学校也听到了这个动静,顺应了我们的意见,给我们换了一个老师。我们也感到挺对不住这位老师的。

由此可见，老师的业务水平还是很重要的，这决定了他能否在教学岗位上站稳，能否得到学生的认可，能否对社会做出更大的贡献。空有一腔热情是不够的，如果力有不逮的话，也只能对着自己的职业理想望洋兴叹了。

2019 年 4 月 1 日

同学

　　同学，是指在同一个班级就读的人，有时候也可以把外延扩大，在同一所学校就读的人也可以叫同学，这当然是指隔壁班或者上下级相互认识的。在古代，同学又叫同窗，窗就带有寒窗的含义，学子们在同一个寒窗里跟着先生苦读不已，在一起交流情感，切磋学问，砥砺品行，以求得共同的成长与进步。说起同学或者同窗，人们总是带着一种亲密无间、一种无拘无束和一种其乐融融。那时，我们都尚未走上社会，尚未学会成人的世故和圆滑，都对未来有着各种美好的憧憬，都是青春年少，身上充满了朝气，每天都是阳光灿烂的。我们彼此之间相亲相爱，生活上互帮互助，学习上共同探讨，在宿舍里天南海北地神聊着，在运动场上尽情地奔跑着，在出游的路上欢声笑语不断，在集体活动中学会了团结协作，产生出了集体的荣誉感。毕业之后，虽然各奔东西了，但是已经结下了深情厚谊，这种情谊在今后的人生中还会永驻心间，时时地温暖着我们。我们有机会还会重新相逢，还会回到校园，共同回忆起以前的学生时代，不管当年是多么优秀的，还是多么平庸的，是多么乖巧的，还是多么顽劣的，是多么成熟的，还是多么幼稚的，如今都已经变成了回忆和怀旧。当年我们在一起时总觉得时间过得真慢，怎么还没毕业，毕业之后又发现那段生活过于短暂了，只有那么短短的几年。

为了延续这种珍贵的情谊，就组织了各种的同学会，有小学的，有中学的，有大学的，以此来联络同学之间的感情。每逢多少周年时组织一些活动，一起去什么地方玩玩，在酒桌上共叙彼此之间的友情，讲述各自的工作和生活。当你在生活中遇到困境时，同学也会关心着你，必要时也会向你伸出援助之手。在这一点上我们也是不必难为情的，人们彼此之间就是要互帮互助，相互传递着温暖的，就是陌生人之间都理应如此，更何况是同学之间了，只要我们不拉帮结派，不党同伐异就可以了，只要我们不利用同学关系做违背社会道义的事情就可以了，只要我们不叫同学做勉为其难的事情就可以了。同学关系也是一种重要的社会资本，它是合情的，也是合理的。就是在国外，人们也十分重视这种关系和这种社会资本，各种的同学会和校友会也是十分盛行的。当然，我们也不应当本末倒置，必须把同学会这样的活动更多地看作是交流感情和保持友谊的手段。人是需要感情的滋润才能更好地生活下去的，否则人们的心田就要干枯了。而同学之情就是一种重要的感情，那时我们没有多少的心机，也没有太多的利益冲突，都比较单纯，因此也更值得怀念，更能够让我们的感情得到滋润。

以前通讯不发达，毕业后要再见面就十分不易，往往只能鸿雁传书。毕业时留下了地址，但往往随着工作以及居住地址的变动而变得音讯全无了。多年以后，在茫茫的人海中偶然遇到过去的老同学，就会有一种喜从天降的感觉，尽情地拥抱着，激动得热泪直流。高中毕业前夕，一位老师看见我们在纪念册相互留言，语重心长地说你们要尽量留言，以后再见面就很难了。我大学毕业 30 年总共才见到两位老同学，分别在两次见到的。这不愧是过来人的一番肺腑之言。在一个县的还好些，跑得了和尚跑不了庙，都还有亲属故旧在那里，通过辗转询问，一般都能联系得上，而在外地上学的可就难了，一旦家庭或者工作地址发生了变动，往往就中断了联系。

20 世纪 90 年代网络产生后，这种状况就发生了翻天覆地的变化。记得互联网兴起不久，就顺应人们的这种需求应运而生了一个著名的"5460"网站，深受人们的欢迎，许多人就是通过这个网站而与失散多年的同学重新联系上了。在网络上面又出现了一个虚拟的班级，人们可以在上面留言，可以进行探讨，人多时你一言我一语的，煞是热闹。后来又出现了更为便捷的 QQ，人们建起了这个群那个群，这个网站就被渐渐取代了，但我们不能忘记它，正是它给我们的同学联系带来了极大的方便，产生了一种革命性的变革，极大地拉近了同学之间的距离，我们后来回忆起来时还感到十分的温暖。感谢这个平台！感谢这个网络时代！再后来，又出现了智能手机，出现了微信，人们只要有一部手机在手，就可以随时随地地接上网络，进入微信群，与老同学进行无拘无束的交流，或者单独联系，或者群聊，互相诉说着友情，互相交流一些工作和生活的体会，互相上传一些个人的照片，让同学看到自己有什么变化，互相上传一些文章共同欣赏，仿佛又找到了当年在一起学习的感觉。到了年节之时，还可以发起同时上线，来一场网上的同学会，互相致以节日的问候和祝福。

我这个人生性不太喜欢跟人打交道，在校读书期间与同学的交流就比较少，毕业之后就更是于疏于联络，很少与同学进行来往，同学会也很少参加，时间久了同学之情就变得更加淡漠了。对于通过网站、QQ 和微信群这些社交工具与同学进行交流，我刚开始时还有些热情，发言也挺积极的，但后来发现人们都各自忙于工作和生活，也就兴味索然了。

然而，我来往的同学也是有的。我上大学期间各方面表现都十分平庸，就主动地退到自己的一个小角落，而班上同学也好像把我给遗忘了。临近毕业时我打点好行装即将踏上归途了，没想到有位来自西藏的同学叫我留下家庭地址。我顿时心头一热，立即就把地址给了他。他对我一向是比较了解的，为人也比较大度，大概觉得我这人虽然有许多缺点，是不讨人喜欢的，但人品并不坏，也许身上还有什么闪光点令他欣赏。他是我大学期间唯一可以在内心产生共鸣的同学，但也只要一个就够了。"人生得一知足矣，斯世当以同怀视之。"

我后来一直与他保持着联系，有什么高兴的事情还会跟他分享，我相信他的大度，不会因此而引起不必要的误会。他理解我，关心我，会为我的点滴进步而感到由衷的高兴。我们快 20 年没见面了，我一直怀念他，也一定要找到他！

2019 年 4 月 2 日

同事

比起朋友以及同学，同事似乎是人们较少谈及的话题，人们回忆往事时往往也较少提到自己曾经的同事。对于同事，人们似乎缺少了一种感情。事实上我们与同事相处的时间要远远超过朋友和同学——与同学在一起学习生活只有短短的几年，再好的朋友也无法做到经常见面，而在一个单位共事的同事可谓朝夕相处，长期相处，许多人尤其是在国有企业、事业单位的，往往一辈子只在一个单位而没有挪过窝，与许多同事的关系都是终生的。然而，却很少看到人们对同事关系有多么的看重，它在感情的天平上并没有多大的分量，很难在我们的内心激起感情的涟漪。一个终生相处的同事，也许还抵不上一个泛泛之交的同学或者朋友。这种现象无疑是十分耐人寻味的。

人们之所以难以对同事产生出感情来，首先是因为彼此长期相处在一起，时间长了就会产生一种"审美疲劳"，情感的神经末梢变得迟钝了。同学和朋友之所以很让人们投入情感，很让人们怀念和牵挂，就因为在一起的时间太少了，而少了之后就会变得弥足珍贵。物以稀为贵，情感也同样如此。我们对身边习以为常的东西往往不加珍惜，而对天边遥不可及的东西却无比向往。同时，同事之间往往会产生利益上的瓜葛，彼此之间存在着一种相互竞争的关系——位子就这么多，你上了我就下了；指标就这么多，你占用了就没我的份儿了。而且同在一个地方讨生活，你表现得越出色，我就越相形见绌，这无形中也会形成一种压力，也会影响了同事之间的感情。利益往往会成为感情的绊脚石。而同学以及朋友的关系相对要单纯得多，没有多少利益上的瓜葛。同学之间主要看谁的学习好，都未步入社会，比较的纯真，因此关系都相对融洽，会留下了许多值得回味的东西。朋友大都是性情相投才走到一起的，彼此有着共同的志趣，在一起有着说不完的话，就是什么话都不说也会在心灵上感到十分的相契。

其实，同事对于我们的工作和生活是十分重要的，是我们人生中十分重要的组成部分。我们要取得生存和发展，就必须参加工作，而工作就要面对一个个的同事，就必须处理好与同事之间的关系。除了家人之外，我们相处时间最长的要算同事了，我们要珍惜这样的缘分，不要一味地向往天边而对身边的人熟视无睹。同事关系处理得好，就会使一个单位变得有凝聚力和战斗力，大家就会热情高涨，心往一处想，劲往一处使，就可以使单位变得欣欣向荣起来。而大河有水小河满，单位取得更好的发展了，个人也与有荣焉，发展的空间也就大了，机会也就多了。同时，同事关系处理好了，我们也才有一个好心情，才能更好地投入工作，在一个钩心斗角、尔虞我诈的地方，人们就会感到悒悒不乐，在一个人情淡漠的地方，人们的心中就会充满了阴霾。在这样的环境中一天两天还能忍受，时间长了就变成了一种煎熬，就会使自己的心灵世界受到严重的扭曲。在一起共事时对这种关系不加珍惜，离开之后又会感到十分的懊悔——我们当初太不把同事放在心上了，同事之间太缺少交流了。与其将来后悔莫及,不如现在就跟同事好好相处。

同事之间存在利益上的瓜葛,存在着一种竞争关系是无法避免的,甚至也是必要的,唯有如此才会对人们形成一种压力和动力,才会在单位建立起一种有效的竞争机制,倘若缺少这种机制或者这种机制不够健全,社会就很难取得发展进步。然而,我们又不能因此而影响彼此之间的感情。别人比我们优秀而上去了,我们就要大方地接受这个现实。同时,你的升职要建立在比别人优秀的基础上,让人心服口服,而不是靠溜须拍马,靠投机取巧,靠七大姑八大姨的各种关系。然而,这个世界又很难找到绝对的公正。即便还存在各种不公正的现象,我们还得在一个地方共事,还得处理好与同事的关系,还要以礼待人,以诚人待人,别人可以不仁,我们却不能不义。利益是每个人都要争取的,但又不可把它看得太重,人与人之间除了利益关系之外,还有情感的关系,并且情感关系往往是更为重要的。利益只是一时的,也是无法让人回味的,而情感却是绵长的,也是可以让人回味的。一场同事之后,我们就会发现所有的利益都是过眼云烟,只有同事之间点点滴滴的温暖才是最值得回味的。我们不是为金钱而活着,而是要好好地享受人生。倘若因为利益上的冲突而把每天都要面对的同事关系搞得分外紧张和格格不久,我们的人生不就残缺了一大块?

同时,同事之间的关系也不都是竞争的,追名逐利并不是我们生活的全部,我们在单位里也可以把同事关系处理得很融洽。特别是不同部门之间的同事,由于没有多少利益上的交集,如果性情十分相投,也会变成亲密无间的朋友,变成无话不谈的死党。我有一个老同事，他比我早两年到校，他是一个宅心仁厚、性情随和的人，不会与人为难，使各种的绊子，也不会褊狭刻薄。我恰恰喜欢与这样的人交往，而那些为人不厚道、肚子里有许多弯弯绕的人，即使有天大的本事我也会退避三舍。我与这位老兄始终保持着一种良好的同事关系，生活上互相关心，有困难互相帮忙，碰到一起时就兴之所至地聊起天来，总是感到十分的惬意。

林子大了什么鸟都有，同事当中也是各色人等都有的。对于那些人品上不可靠的人，我往往不愿与之进行更多的交往，只要在工作上取得配合就可以了，平时见个面打个哈哈就过去了。有一个同事，人有些聪明，比较有心计，在争名夺利时别人一般不是他的对手。我没他这么聪明，对这些东西也不感兴趣，不跟他争来夺去就是了，再说又不在同一个部门。这人还有一个特点就是喜欢耍些小聪明，经常会挖些坑让人跳下去。我原先也被他捉弄了几回，但被他耍过一回两回就不会再被他耍第三回了。我看透了他的这副德行，便对他敬而远之了。见面时他要跟我打招呼，我只看了一眼就过去了，有时甚至目不斜视扬长而去。我要让他感觉到，这个世界上至少还有一个不需要买他账的人。

我还有一个同事，他为人没有上面那位那么不厚道，但太在意在官场上混个模样了。在他尚未当上一官半职时，也喜欢与我交往。后来他如愿以偿当上中层干部了，我还把他当作一个可以说得上话的老同事，有时还想找他聊聊。然而，他已无心搭理我这样的平民百姓了。另一个快退休的同事看在眼里，说我想找他，但他不喜欢我，把我踢开了。我热脸贴在了冷屁股上,再去找他就显得多此一举了。他后来大约也觉察到了什么,经常热情地跟我打招呼,但那种还过得去的老同事关系已经一去不复还了。我知道他看重的是什么,我跟他并非一个道上的人。既然如此,就各自走好自己的路吧。

2019 年 4 月 3 日

邻里

"金乡里，银厝边。"这是流传在我们家乡的一句著名谚语，几乎每一个土生土长的家乡人都听说过，都深刻理解其中的含义。长期在一个地方共同生活着，并且都沾亲带故的，不处理好与邻里的关系还成？在我们那里，乡里就是乡亲的意思，厝就是房子，厝边就是指周边的邻居。这种关系对于人们是如此的重要，所以就是金就是银。远方的亲戚朋友关系再要好，但都远水不解近渴，比不得乡亲特别是邻居，每天低头不见抬头见。邻里关系要是处理得好，在一起生活就会感到心情十分舒畅，想聊天了可以找几个邻居拉拉家常，在一起谈天说地，说说家长里短，这也是一种重要的精神生活。有什么烦恼可以找邻居说说，有什么困难也可以找邻居帮帮。

而邻里关系要是处理得不好，在一起生活就会感到十分的压抑和憋闷，孤独寂寞时找不到人排解，有困难也找不到人帮忙。关系继续恶化下去，甚至还会干起仗来。而这样的结果是只会结下更深的仇恨。打人的会担惊受怕，在自己的心里也会留下阴影，被人打的更是会在身心上受到巨大打击，在心里留下长长的阴影。我有一个宗堂兄因为地基问题与隔壁邻居发生纠纷而打了起来，人被打成了重伤。他身心受到了重创，从此再也没有从被打的阴影中走出来。他患有高血压，有一次年关向老板讨完工钱后喝了不少酒，结果突发脑溢血去世了。人们认为他那次要是没有被打，后来就不会那么快死。我不知道这话有没有道理，但至少从那以后他的心情是十分抑郁的，过得很不开心。

邻里关系和睦，平时就可以守望相助，抱团取暖，在外人面前都向着自己人，所谓手指都是往里压而不是往外压的。有盗贼来了就会群起而攻之，哪家失火了就会不约而同地上前扑救，因为我们是邻里，都有遇到危难的时候。倘若你见危不救，就会被人看透了，下次轮到你出事时别人也会装聋作哑。同时，一家有什么好吃的，也会拿出来给邻里分享。你吃独食就显得很自私，别人下次有好吃的也不会让你沾光。礼尚往来的结果是我们每次都有好东西吃了，匮乏的生活就得到一定程度的调剂，这也是生活中自然形成的一种智慧。在我小的时候，往往谁家有人从外地回来了，都会给每家每户送去一些带回来的零食，通常是一块饼，几粒糖。有一次我大哥从外地读书回来，带回了一包饼，我母亲要我给周边邻居一家送去一块。我的一个叔叔当包工头，日子过得比较滋润，但不大与人来往，不大要别人的东西也不会给别人东西。在我们心目中，这家人就显得有些离群索居，有些不近人情。我把饼送到他们家，他们在里屋久久没有开门。我又叫了叫，他说什么东西呀，我说是我大哥带回来的饼。过了好一会儿他们才开了门，收下了这个饼，我总算完成了任务。

然而，邻里之间也时常会磕磕碰碰的。我上大学之前都在老家生活，一个很深的印象就是那时乡下很热闹，另一个就是邻里之间经常吵架，冲突不断。有的因为生活琐事引起的，有的因为某个人的性格造成的，我的一个婶婶就是这样，她几乎和每一个邻居都合不来，我们都很厌恶她。有的则因为利益上的冲突，常见的就是地界的纠纷、田地的灌溉、水沟的走向等。对于土里刨食的人们来说，土地的重要性是不言而喻的，为了地界上多一锄头少一锄头而吵得不可开交的情况所在多有。种地还要靠天吃饭，尤其夏季时田里更是少不得水，经常因为浇水的问题而大吵大闹。房前屋后的水沟问题也常常引起邻里间的矛盾和冲突。我家新房子的上面一直都没有水沟，后来他们要修一条水沟下来了。雨水从上往下流也是合理的，而生活的污水照理要排到旁边的一条大沟。然而，上面一户人家的男主人比较霸道，而且与村干部的关系十分铁，于是就仗势欺人，硬生生地把沟修了下来。后来随着自来水的普及，生活污水越来越多。我母亲每次看着它们哗哗地往下流，心痛得直流下眼泪。也正因为此，我异常讨厌这样的生活环境，很想逃离这个地方。

后来许多人都进城了，住进了单元房，"嘭"的一声关上厚重的防盗门，便自成一个天地，与人无涉了。除了对门或者上下层还会认识之外，其他的也许住在同一楼梯每天上上下下的都不认识，或者也不想去认识。串门的几乎没有了，谁家有吃的宁可扔掉也不会分给邻居。门外面出现可疑的人物时，透过猫眼只要不敲自家的门就可以放心睡大觉了。虽然这少了许多人情味，但也带来了其他好处，可以减少邻里之间的许多纠纷，倒也过得相安无事的。有所得必有所失，日子没法过得十全十美。总体而言，这种生活还是比原来的好，否则人们就不会进城后都不想回去了，没有进城的都还想着进城。过年过节时，人们往往回去走走亲戚、拜拜祖宗后连夜就赶回了城里，一夜都不愿意耽搁。这除了生活的不便之外，还因为并不喜欢农村的邻里环境。

　　乡下人进城之后，如何才能找到一种更加合理的邻里关系，是回归到过去的老传统，还是尽情地拥抱新生活，抑或在新与旧的交融中探索出一种更加人性化的交往方式，这是有待于解答的。然而，生活的河流是奔腾不息的，我相信人们终归会找到答案的，让我们跟随着生活的河流阔步向前吧！

2019 年 4 月 4 日

路人

把路人当作人生的一个关键词来写，这似乎有些跑题了——路人在人们的心目中乃是无足轻重的角色，人们谈起人生时也很少把视线投向路人。然而，我还是决心要写下关于路人的篇章，这并非是为了充数，也不是标新立异，而是认为路人与我们的生活实乃密不可分，是我们人生的一个重要组成部分。我们每天都要遇到许许多多的路人，同时我们每一个人也都是他者的路人，我们都要学会当好一个路人。

我们每个人活在世上，除了要跟熟悉的人打交道，还要面对更多的陌生人。离开熟悉的环境来到一个陌生的地方，就会感到举目无亲，要问个路什么的，需要找一个陌生人，要排解自己的孤独和寂寞，也需要找一个陌生人搭讪。在繁华的都市人们会感到过于喧嚣了，而一旦到了荒无人烟的地方，人们最想遇到的其实还是同类，这时哪怕遇到一个陌生人也会感到一种踏实和亲切。同时，熟悉的人往往会客套和伪装，轻易不会暴露自己的真实面目，而陌生人却不必装模作样，往往更容易把自己本真的一面呈现出来，因此，通过陌生人，我们可以更容易看到一个真实的社会，陌生人的素质如何，在很大程度上可以反映出一个社会的文明程度。我们常常用"路不拾遗，夜不闭户"这句话来形容一个具有良好道德风尚的社会——东西丢在路上都不必担心会被人捡个便宜，第二天在路边又可以找回来；夜里大门洞开都不必担心会有盗贼上门，可以放心地呼呼大睡。这种社会是否真的存在过姑且不论，但无疑是很令人向往的，生活在这样的社会是多么的有安全感，又是多么的舒心和惬意！

路人的文明程度反映了一个社会的富足程度，人们都不必做那种偷鸡摸狗的事情了，也反映了民风的淳朴程度。路人的文明程度与社会的经济发达程度有一定的关联，但又不是完全相关的，有时人们虽然仍是勒紧裤腰带过日子，但精神十分高尚，社会上风清气正的，而有时虽然物阜民丰，但社会上物欲横流，出现了道德大滑坡。

经过长期的压抑之后，我们的物质欲望又得到了承认，甚至得到了鼓励，不是"发展是硬道理""唯GDP论"吗？为了发展经济就必须不断地刺激人们的物质欲望，这从铺天盖地的商业广告就可以看出来。在物质欲望极度膨胀的同时，适应过去那个年代的道德规范已经不适用了，而适应现在这个年代的道德规范却没有相应建立起来，于是就产生了道德滑坡的现象，社会治安每况愈下，坑蒙拐骗、偷窃抢劫的现象日益严重，人们为了钱似乎什么都做得出来了，越来越没有道德底线了。在社会上人们对陌生人也越来越提心吊胆了，因为不知什么时候就会冒出一个骗子来，生活已经变得普遍缺乏安全感了。在这样的社会，即使生活水平有了很大的提高，住进别墅开上豪车了，又有多少的幸福感可言呢？不要说丢在路上的东西找不回来了，锁在家里的东西都会不翼而飞。也不要说夜不闭户了，大白天我们还要透过猫眼对陌生人看了又看，盘问个一清二楚后才敢打开防盗门。不但防盗门是一个赛过一个的牢固，阳台还要装上结结实实的防盗网，把一个住家整得像牢笼似的。

我们不敢跟陌生人说话并非是一种自私，而是现实中形形色色的骗子的确令人防不胜防。我有一次在街头看见一个外地人向一个女孩问路。女孩很有礼貌地回答他了，但他仍然继续缠着她。我心里真替她感到担心，担心她会成为受害者。我有时在路上正走着，会突然蹿出一个人来，嘴里说大哥呀什么的。我一听他们的声音就感到不对，立刻快步走开了。路人的关系恶化到了这种地步，已经使我们变得寸步难行了。虽然我们素不相识，但都生活在这个世界上，都是同胞，都是一家人，然而，我们现在面对陌生人时却感到了如临大敌，风声鹤唳。

在一个正常的社会，陌生人之间应该是互致问候的。人们出国旅游一趟回来都有一个共同的感受，就是国外陌生人见面也会打招呼，或者是一句问候语，或者是一个微笑致意，只要你有朝他看一眼，对方都不会无动于衷。被陌生人这么一问候，浑身都会感到暖洋洋的，整天都可以有一个舒畅的心情。生活在这样的社会，人们会是多么的惬意！而我们这边陌生人不跟你打招呼还好，打了招呼你还会觉得他们不怀好意呢。在这一现象的背后，反映出的是我们社会发展的差距，是我们道德风尚的落后。我们刚从一个熟人的社会走出来进入一个陌生人的社会，还不习惯跟陌生人打交道。同时，我们社会的道德状况也十分堪忧，人们不敢对陌生人掉以轻心。

在一个正常的社会，陌生人之间还应该是互相关怀的。我们在生活中都会遇到难题，彼此之间需要互帮互助，这是我们的一种义务，也是一种人生的价值——能够帮上别人的忙也是一种成就感，这种成就感有时并不亚于自己实现了什么。然而，我们的社会却出现了一个十分怪异的现象，就是路人之间"扶不扶"成了一个问题。这种现象已经是越来越成为一个社会问题了。这原本就不该成为一个问题——看见有人倒下了，力所能及地上前帮一把，这乃是一件天经地义的事情，不这样做才是十分奇怪的。有个别老人摔伤了，反而诬赖上前帮扶的好心人，从而使对方寒了心，也使社会寒了心。更何况社会上还有许多以碰瓷为业的人，要是被他们缠上了就更是了不得了。于是人们多一事不如少一事，远离这种是非之地。

我有一次看见一个喝醉酒的老人从一个地方出来，边喊叫着边冲向停在路边的电动车，然后一直趴在那里想起而起不来。我很想上前扶他起来，但犹豫了一番又不敢上前了，生怕会引火烧身。还有不少路人也是站在那里看着他挣扎而不敢上前，包括一个景区的保安也是淡定地坐在那里。后来还是一家商店的老板上前把他扶了起来，让他先坐到路边的一个地方休息。

然而，这种事情也有可能落到自己或者自己家人的头上。有一次我年事已高的岳母出门坐公交车。她下车后要跨上站台，但因为腿脚不便而摔了一跤，补的门牙都磕松了，膝盖也磕肿了，趴在那里半天都起不来。也有人过来看看，但只一味问有没有事，而不敢把她扶起来。后来她慢慢缓过劲来了，才自个儿站了起来。

如何消除这种现象，这是一个复杂的社会问题。我只想说的是，要有效地扭转这种社会风气，首先需要的是我们每个人心中道德意识的觉醒。别人怎样我们左右不了，社会怎样我们也左右不了，但是自己怎样却是可以做到的，就看我们是否愿意去做，是否有这种意识了。我们自己做好了，就会影响到身边的人，我们一个个都做好了，整个社会的风尚就提高了。

2019 年 4 月 8 日

运动

开宗明义,本文所说的运动与竞技场上的运动无涉,它指的不是为了冲击桂冠和奖牌而举办的体育赛事,而是指我们日常进行的体育锻炼。这种运动不是为了得到他人的喝彩,甚至也不是为了"更快、更高、更强",而只是一种日常的行为,一种生活的方式,通过它使我们的体质得到增强,压力得到缓解,意志得到提高。

我由于身体上的原因,很早就不再进行剧烈运动了,打球、跑步等都很少进行。但我又是一个不大坐得住的人,不喜欢整天闷在屋里,而喜欢到外面活动活动,呼吸呼吸新鲜的空气。有一段时期我经常骑自行车出去,漫无目的地转悠半天,这也算一种运动了。后来自行车很少骑了,就经常出去散步,可以连续走上两三个小时。我还经常去登山,福州周边的山大都登过了,有的还登过多次了。外地的名山大川我也登过不少,武夷山的天游峰在一些人眼里似乎高不可攀,但在我眼里真正不过"武夷一小丘",轻轻松松就登上去了,真有一种如履平地的感觉。黄山和华山倒是够高的,且又无比的陡峭和险峻,但我也都从山脚一直徒步走上去,把主要的山峰都登了个遍。要征服这两座高山的确很吃力,但我记住邓小平以75岁高龄徒步登上黄山时说过的话,登山不必图快,不要停下来。

我慢慢地走着，累了就停下来歇一歇，然后继续战斗，最后也都顺利地征服了黄山和华山。这也是我一生中为数不多的可以引以为豪的地方，也是一笔不小的精神财富。

通过经常的外出活动，我不但身体得到了锻炼，始终保持着标准的体型，没有被所谓的"三高"所困扰，也没有被各种的腰椎、颈椎毛病所缠绕，而且心情也变得开朗了，不会像坐困孤城那样感到压抑和郁闷。同时，行走在外面还可以观察到各种的社会和自然现象。许多的人和事，许多的风土人情，不身临其境是感受不到的，通过媒体也是无法真切了解到的，而我们走出去时却可以在不经意间看到社会的万象，并且是十分真切和自然的。走在外面，我们还亲近了大自然，会将世间的一切烦扰和忧愁都置之脑后，只感到一阵身心的轻松和愉悦。走热时找个地方憩息，凉爽的山风一吹，顿时热气全消，变得神清气爽起来。在溪边，听着"哗哗"的流水声，在山头上，看着蓝天上云卷云舒，在丛林间，听着啁啾的鸟鸣，看着烂漫的山花，我们感受到了大自然的幽雅寂静和清新怡人，也感受到了大自然的勃勃生机和自由生长。在一种天高云淡和从容自得的氛围之中，我们的灵魂得到了净化，情操得到了陶冶。

然而，由于年岁的增长，人似乎变得慵懒了，加上腿脚也没那么灵便了，于是我的各种户外运动就变少了。但我仍然会尽量多走路，有时饭后出去溜达，有时外出选择步行，这样既节省了交通费，又使身体得到了锻炼，可谓一举两得。平均下来，日行万步的标准大体上达到了。

儿子长到适合带出去游玩的年纪，我就经常带他去公园等处进行户外活动。我不太看重的他的学习成绩有多好，更看重的是他能够健康地成长，快乐地成长，要有一个良好的身心状态，而这比什么都重要。这其中，运动又是一个十分重要的因素。多带小孩到室外活动，就可以把他们从各种电子游戏和电视节目、视频节目中解放出来，这对于保护他们的视力是有很大帮助的。现在社会上的"小眼镜"现象越来越严重了，这与他们沉迷于虚拟世界是密不可分的。多让他们在室外活动，就可以使眼部肌肉放松下来，这对于保护视力是十分重要的。同时，多带他们到室外活动，多与外界进行接触，也可以使他们心情变得更加开朗。在带他们在室外活动的过程中，我们还可以触景生情地对他们讲一些人生的道理，也可以结合眼前的事物，向他们讲授一些知识，这样贴近实际、形象生动的教育往往可以取得更好的效果。我通过带儿子出来，使本已经变得有些慵懒的自己又重新变得勤于走动，既利于他的成长，也利于自己的健康。

我后来又从方舟子那里了解到，运动可以有效地预防精神疾病。现代社会由于生活节奏的加快，由于各种欲望的增强，使得人们的精神压力大大增加了，再加上生活方式的改变又使得人们运动变得更少了，从而使各种精神疾病越来越多了。我们不能回避它们的存在，只能以科学的态度面对它们，以科学的方法预防它们，除了要调整好自己的心态，使自己欲望不要太强，压力不要太大之外，很重要的是要养成经常运动的良好习惯。据科学研究表明，每天跑步 15 分钟（相当于走路一个小时）可以有效地预防抑郁症的发生。看到这个之后，原本不大运动的我决心要多多运动了。再加上我的身体也无大碍了，于是就开始带着儿子去跑步。

多年没跑步了,年纪也大了,不可能再像年轻时那样跑了,但我给自己打气道:要坚持跑下去,刚开始不要跑得太远,以后再一点点加上去,速度也不要太快,只要有跑起来就行了,以后再一点点快起来。好在我还有些功底,再加上体重也标准,腿脚比较灵便,因此跑起来后并没有想象的那么艰难。然而,跑远之后还是感到有些吃力,胸部有些隐隐作痛。但我每天仍然坚持跑下去,感到吃不消了就慢下来,有时实在不行了,停下来走几步,缓过来后再跑。我终于坚持跑下来了,到现在已经变成一种习惯,每次都能跑到目的地,也不感到那么吃力了。这不仅是对身体的锻炼,有益于身心的健康,也是一种对意志的锻炼,让我可以以更饱满的精神状态面对生活。

我儿子身材有些高挑,因此跑起步来十分敏捷。我开头几次还怕他无法坚持下来,不断地鼓励他,但不久之后他就能跑在我前头了,我还要不时提醒他不要跑得太快太远,我们的目的只是为了锻炼身体。为了提高他跑步的积极性,我除了给他讲运动的各种好处,并陪他跑之外,还给他一些经济上的甜头,跑一次给 5 角,一个月下来也可以得到一笔零花钱。喜欢跑动是小孩的天性,我们要把这种天性激发出来,引导他们多到室外进行运动,而不是成天窝在家里与电视和电脑打交道。他渐渐地也喜欢上了运动,有时跑完之后还意犹未尽,还要这里跳跳那里动动的,或者再骑上自行车欢快地飞驰起来。看他喜欢上了运动,我心里感到由衷的欣慰。身心健康地生活着才是最重要的,它是 1,其他所有的一切都是后面的 0。

2019 年 4 月 9 日

养生

人一要生存，二要发展，我们不但要在有限的人生中成就一番事业，实现自己的人生理想，同时还要好好地生活，提高生活的质量，尽情地享受人生。所有这些，都必须建立在一个的共同的基础上，即首先要拥有一个好的身体，然后才谈得上其他，健康是前面的1，其他的都是后面的0，没有了前面的1，后面有再多的0都还是0。俗话说，身体是革命的本钱。我们要进行创业，就必须承担复杂的任务，克服大量的困难，承受巨大的压力，这些都离不开一个好身体。那些成就大事业者，无一不在身体素质上让人无法望其项背。同时，我们也都想尽情地享受生活，都想延年益寿，如果没有一个好身体，这些愿望也都无法实现。很少有人不喜欢出门旅游，但旅游也是"花钱买罪受"，没有一个好身体，出去走几步就气喘如牛，甚至就病倒了，以至大好的风光美景和奇异的风土人情都无法一饱眼福。我有一次去印度旅游，同行的一个老大爷原本兴致勃勃的，在车上还跟当地导游侃侃而谈，说要加深中印两国的文化交流云云。然而到阿格拉时，他却病倒了，饭也吃不下，整天躺在宾馆里，这次旅游的重头戏即参观泰姬陵也只好放弃了，近乎白去了一趟印度。

身体不仅是我们自己的，同时也是父母给的，尤其是母亲十月怀胎一朝分娩生下来的。母亲在怀胎的过程是要经历一个痛苦的过程，要承受着身体上的巨大负担，有的还会产生严重的妊娠反应，至于分娩时的巨大痛苦就更不必说了，以前妇女分娩被称作过鬼门关。因此，儿女生下来就是母亲身上掉下的一块肉，母亲对儿女都是无比的怜爱和疼惜的。正因为如此，我们中国人才产生了一种观念，就是"身体发肤受之于父母"，我们必须加以爱惜，而不能随便毁伤，否则就对不起我们的父母。父母把我们生下来不易，把我们含辛茹苦、一把屎一把尿地带大同样不易，我们有必要为他们想想，要爱惜自己的身体，而不能随便地糟蹋。

另外，我们还是社会的一部分，任何时候都无法离开社会而存在，我们的身体是由社会所滋养的，同时也会给社会带来相应的影响。身体似乎是我们自个儿的，我的身体我做主，但其实不是这样的，我们对社会是有责任的，包括身体上的责任。只有身体状况良好，才能更好地服务于社会，才能减轻社会的负担。那些酗酒成性的人，他们不仅毁坏了自己的身体，贻误了自己的前程，同时也给自己的家庭以及社会带来巨大的危害。那些染上毒瘾的人，他们不仅毁掉了自己的身体和前途，还会给家人带来深重的灾难，给社会造成极大的危害，远不是自己一个人的事情那么简单。至于吸烟就更是如此了，它除了会给本人的健康带来各种很大危害之外，还会制造出二手烟，给周围的人群带来更大的危害。因此，我们必须善待自己的身体，这不仅是对自己负责，也是对社会负责。

谁都希望自己有一个好身体，能够健康长寿，多享受人生，多看看世事。但要做到这一点却也是不容易的，倘若缺乏一种正确的养生观念，未采取一种科学的养生方式，非但达不到养生的效果，白白浪费了许多钱财，而且还会适得其反，严重地损害自己的健康，给自己的人生带来许多消极的影响。

我们首先要树立一种正确的观念，即我们不是为养生而养生，而是为更好地享受人生，更好地实现人生价值服务的。许多人年纪轻轻就开始怕这怕那了，这也不能吃，那也不能做，许多事情都没有心思去做了，整天张罗着进行食疗，吃保健品，如何预防疾病。不是说这些事情不重要，而是说不能因为一门心思地想着这些事情，而把更重要的人生事业给耽误了。同时，这样终日胆战心惊的，反而会给自己的身心造成很大的压力，也许原本好端端的身体还会硬生生给吓出病来，这又是何苦来哉！人生并非只是为了健康长寿，而是在身心健康的基础上还要去做更多的事情，去享受更加多样的生活，从而不负于光阴，不负于此生。

我们还要培养一种达观的心态。生命都是有限的，我们都是要老的，是迟早都得离开这个世界的。同时人又都是会生病的，我们可以减少疾病的发生，但也仅仅是减少而已，并且随着年岁的增长，身上的各种零件都会磨损乃至报废。因此，我们要坦然地面对这一切。当我们开始慢慢变老时，不要心慌，不要焦躁，做好每一个人生阶段需要做的事情，扮演好自己的人生角色。当疾病袭来时，也不必惴惴不安，想办法治好我们的疾病就是了。对现实采取鸵鸟的政策，只会使我们长期处于一种身心俱疲的状态，从而使衰老更快地到来，使病魔更经常地找上门来。而一旦我们学会达观地面对生老病死了，只会使我们的身心状态变得更加轻松，更有利于保养我们的身体。

同时，我们还要采取一种科学的养生方式。司马南是一个反伪科学的斗士，在科学的问题上是旗帜鲜明的。他虽然不是理科出身，但身上所具有的科学精神和科学素养又是许多学过理科的人所望尘莫及的。他在养生问题上说过的一句话我认为是十分可取的，即"穷养富养，不如科养。基因不行，都是白养"。先天性的基因状况对于一个人是否健康长寿是有决定性影响的，有的人生活习惯其实很不好，可就是少病少痛的，活得十分长寿。因此，当人们向一些百岁老人请教长寿的秘诀时，结果往往令人大跌眼镜，原来他们又抽烟又喝酒，什么不健康的食物都照吃不误。当然，这种人是不具有普遍意义的，我们且撇开这一层不谈，而谈一下普通人应当如何进行科学的养生。

"病从口入"，我们要更好地得到健康，就要把好自己的嘴，不吸烟，不饮酒或者少饮酒。不吃或者少吃那些不健康的食品，譬如高油、高盐和高糖的"三高食品"，那些含有致癌物质的油炸食品、腌制食品、变质食品以及一些野菜等。同时不要暴饮暴食，少吃剩饭剩菜。以上所说的这些人们并不难懂得其中的道理，但又往往不容易做到。譬如，许多人也知道剩饭剩菜是有害的，无奈就是改不了做饭时要大碗小碗摆满桌子的习惯，吃不完又舍不得丢掉，于是只好吃进许多亚硝酸盐了。许多好吃的东西往往都是不健康的，健康的东西往往都是味道不佳的，从严格意义上说清水煮白菜再搁点油和盐才是最健康的，但又是最难以下咽的。因此，我们往往面临要健康还是要美味的两难选择。若把健康看得更重一些，就要更多地委屈自己的味蕾，若更在乎味觉上的享受，就不妨放开肚皮吃美食。

  生命在于运动，运动的好处在这里就不必细数了。人们也都知道运动的好处，但就是无法走到运动场上来。因此，我们要克服自己的惰性，让自己走到运动场上来，动起自己的手，迈开自己的腿，久而久之就会变成一种良好的生活习惯和生活方式。进行运动还要消除一些错误的观念。譬如，许多人认为路走多了特别是跑步会损伤关节。其实这是毫无科学根据的，只要不是高强度的运动，适当的运动，就会让我们越走越能走，越跑步腿脚越灵便。同时，我们运动时还要注意适量的原则，要根据自己的身体状况和承受能力选择适当的运动，进行适量的运动。

  还有一条对于养生也并非多余的，就是要善于释放生活的压力。生活中面临的压力太大，整天处于一种焦虑不安的状态之中，不仅容易产生精神上的疾病，还会降低人体的免疫力，从而容易产生生理上的疾病。因此，我们要学会调节自己的心情，不要把一些世俗的东西看得太重，物质的欲望不要太强，多一些高尚的情操，少一些庸俗的声色犬马。在生活中，还要经常寻找机会使自己得到放松，譬如多到运动场上燃烧我们的卡路里，多出门旅游，放松自己的身心，陶冶自己的情操。

2019 年 4 月 10 日

爱好

人生不可无聊,这是人们十分熟悉的一句话,无聊也是人们口头经常说到的一个词儿。无聊从字面上看就是没人跟自己聊天,感到十分的寂寞、烦闷,时间真不知如何打发过去。人是群居的动物,需要经常与人进行沟通和交流,没有什么正式的话题,随便聊些鸡毛蒜皮,你一言我一语的,也会使人的心情变得舒畅起来。有时你会嫌周围的人太杂,环境太吵了,但真把你扔到一个偏僻的地方独居两天,即使周围环境无比的清幽,也会使人发疯发狂的,也许到那时最想做的一件事情就是找个人聊天。有些人过得实在孤独寂寞,宁愿掏钱请人陪他们聊天,于是社会上就出现了陪聊这一职业,据说生意还挺兴隆的。然而,与自己能谈得投机的人不是随便都能遇到的,就是能遇到也不是随时都能陪你聊天的,能否聊得起来还得看对方有没有这时间,有没有这心情,甚至有没有这需要。因此,我们要使自己的生活变得不无聊,还得寻找其他自己可以更好掌握的途径,就是找到自己的兴趣爱好。

兴趣爱好就是发自内心地喜欢一种事物,做这种事情时不见得能给自己带来什么实际利益,而是会感到一种乐趣,一种心情上的愉悦,会感到时间变得很好过了,不再感到孤独寂寞、空虚无聊和烦躁不安了。要让生活变得充实起来,就必须找到一些爱好。我儿子如果喜欢上什么，我都会替他感到高兴，这意味着他找到了一种爱好。在这种没有兄弟姐妹的家庭环境中，有什么东西可以陪伴他度过童年和少年时代，这正是我们求之不得的。前不久他买了一只苍鼠，那小家伙老鼠不像老鼠，兔子不像兔子，在木屑上爬来爬去的，鼓着两只黑眼珠，有时还会跟你对视起来，十分的乖巧可爱。儿子可开心了，就像找到了一个兄弟和伙伴，一放学回家就和它玩了起来。有时拿手逗逗它，有时用镊子夹一片饲料喂它，有时还对它滔滔不绝地说起话来："叫你吃，你不吃！""你爬呀，爬呀！想越狱了吧。"……他训苍鼠的那副模样，活像大人训小孩一般，我们看了都忍俊不禁。看到他找到了自己的莫大乐趣，我们的心情一点都不亚于他本人。

兴趣爱好是五花八门的，每个人都可以找到自己的爱好，只要自己喜欢的就行，只要能够从中找到乐趣就行。有些爱好也许是十分奇葩和另类的，但我们不妨抱以一种宽容甚至欣赏的态度去看待，社会上多一个有爱好的人总比多一个无爱好的人好，人们有自己的爱好，总比无所事事，整天坐在那里愁闷的好。有爱好的人往往在精神上是充实的，在人格上是健全的，对生活充满了一种热情，无爱好的人往往在精神是空虚的，在人格上是有缺陷的，对生活也失去了兴趣。抑郁症的一个重要表现就是对生活失去了兴趣，对什么都提不起劲来。因此，人们的兴趣爱好要多一些才好，生活充满了情趣，这无论对于个人、家庭还是社会都是有益而无害的。

然而，我们在追求自己的兴趣爱好时，必须把握一个十分重要的原则，即要以不妨碍他人和公共秩序为度。我上高中时班上有一个同学,他喜欢唱歌,嗓子也不错,但有一个毛病就是经常在休息和自习的时间唱兴大发,别人有意见还仍然我行我素。有一次我们几个正在教室晚自习,这位老哥突然兴致又来了,开始引吭高歌起来。另一个同学叫他暂停下来,他不予理睬。后来这位同学站起来走出去了,无言地表达自己的抗议。这种只图自己痛快不顾别人死活的行为,无疑是十分不道德和不可取的,同时也把人际关系搞坏了。现在流行的广场舞亦是如此,那些大妈们自己跳得很嗨,既满足了爱好,又锻炼了身体,却无视他人以及公共的利益。她们占用大片的公共场地不说,还播放高分贝的音乐,让周边的人小心脏都被震出来了。

兴趣爱好还有一个品位的问题。琴棋书画是一种十分高雅的爱好,可以很好地陶冶情操,提高自身的气质修养,但同时也有着很高的门槛,需要有一种艺术技能,还需要一种文化涵养,不是想进去就能进去的。花鸟鱼虫、各种收藏等相对没有那么高雅,但也有一定的文化品位,也可以涵养自己的心性,陶冶自己的情操。还有普通人的豢养宠物,抽烟、喝酒、打牌等,也是一种爱好,但谈不上什么品味,供人们怡情养性和生活消遣而已。通常所说的"饭后一支烟,赛过活神仙",固然有夸张以及为自己寻找借口的成分,但人们吞云吐雾时想必也是可以找到一种趣味的。有些爱好像所谓的"五毒俱全",在可以给自己带来某种感观享乐的同时,更会带来一定的甚至是巨大的危害,它们虽然也是爱好却是不良的嗜好。我们切莫染上这些不良嗜好,染上了也要尽力挣脱出来。我们未必能够追求那些高雅的爱好,但必须追求那些健康的爱好。

我没有什么明显的业余爱好，像唱歌跳舞、打牌搓麻这些市井百姓的爱好我统统不会，至于琴棋书画这些文人雅士的爱好，我更是缺乏这方面的文化品位和艺术细胞。我也会下象棋，但也只是懂得下法而已，下好就远谈不上了，也说不上有多喜欢。五子棋最简单不过了，我偶尔也会跟家人下着玩，但兴趣并不太浓。花花草草也曾经养过，从中也得到过乐趣，但同样也没有多大的兴趣，未坚持多久就半途而废了。我也收藏过钱币什么的，但都是浅尝辄止，算不上是真正的爱好。生活中常见的那些爱好我似乎都没有。至于在衣食住行方面，我也并非不喜欢，尤其对于美食还是有口腹之欲的，但并不太讲究，也不想花太多的精力在这上面。这样说来，我从表面上看似乎是一个没有爱好、缺少生活情趣的人。

　　然而，倘若爱好是真心喜欢一件事情，可以乐此不疲地做下去的话，我也还是有的。我一直都十分喜欢读书写作，并以此作为自己的终生志业。通过读书，我可以神交古人，思接千载，可以足不出户而尽知天下大事，这实在是人生的一大快事。特别是欣赏到深邃的思想、隽永的情感和优美的文笔时，我更是会久久地沉浸其间，感到妙不可言。写作也同样充满了一种乐趣。当自己的情思顺着笔触汨汨地流淌出来，在自己的精心构思和遣词造句下，一篇有血有肉的文章渐渐成型，我的心里会充满了一种欢乐。特别是思路豁然贯通之后笔下变得一泻千里起来，那种感觉真是酣畅淋漓。看着一个个的文字和一个个的词语经过自己的手编织成了一篇篇文章，真有一种指挥千军万马的豪迈感觉。我会一直沿着读书写作这条道路走下去，能否做出什么成果来并不重要，能否给自己带来名利更不重要，重要的是我从中找到了人生的莫大乐趣。

除此之外，我还喜欢旅游。我从小就对外面的世界充满了好奇和向往，很喜欢走出去，走到一个很远的地方。父母走到哪儿我总要跟到哪儿，去看看各种新鲜的事物。游历名山大川更是我一直梦寐以求的。后来参加工作了，有了一定经济收入，这个梦想就可以实现了。如今我国内几乎每个省份都走遍了，许多名胜古迹都参观过了，国外也去过十几个国家了。出门旅游不但可以饱览各个地方的美景，领略大自然的鬼斧神工，同时还可以感受到各个地方的习俗，品尝到各种的风味美食。这不但满足了我们的猎奇心理，也大大地开阔了我们的眼界，增长了我们的见识。旅游需要有钱，还需要有伴，我不喜欢团队游，而喜欢自由行，而自由行要是没伴儿就会十分孤单，往往坚持不了几天。随着生活水平的提高，钱越来越不是问题了，伴儿却不是想有就有的。因此，外出旅游是要受到很大限制的，我更多选择的还是可以当天去当天回的周边游。

2019 年 4 月 11 日

生命

从娘胎呱呱坠地后,一个新的生命就诞生了,无论贤愚不肖,无论富贵贫贱,都要度过一个或长或短的人生,最后都要走向死亡,从无中来,又复归于无。在这个有限的人生中,我们却要经历无数的风风雨雨和悲欢离合,要在人生的舞台上演一幕又一幕的活剧。在这个人生历程中,我们过得怎么样,是否拥有一个高质量的人生,在很大程度上取决于我们是否具有一种健全的人生观以及生命意识,取决于我们如何看待自己的人生以及生命,即认为什么样的人生才是有意义的,从而知道我们该做什么不做什么,什么值得追求什么不值得追求。一个人能够正确地对待生命,持一种乐观向上、积极进取的人生观,他在生活中就会爱惜自己的身体,追求一种良好的生活方式,努力地追求自己的事业,在人生的每个阶段都扮演好自己的角色,从而就可以度过一个完美的人生。

在我们的古语中,人生被称为是"逆旅",人就像过客一般来到世上走一遭,最后都是要离开的。我们国家是一种乐感文化,往往有些忌讳死亡的话题,而注重如何安顿好此生。孔老夫子有一句话是:"未知生,焉知死?未能事人,焉能事鬼?"其实这话还应该倒过来说,即"未知死,焉知生"。不认识清楚死亡,又如何正确地对待人生呢?国外是十分重视对学生进行生命教育的，而生命教育的一个重要内容就是要正确看待生死的问题。而我们往往回避了死亡这一内容，从而人生观就变得不健全了。我们不但要有人生观，还要有"人死观"。这句话是我上大学时听一个老师说的，诚哉斯言！我们不认识死亡，不能正确看待死亡，就很难真正地理解人生的本质是什么，人生的意义又在哪里，从而就不知道如何正确地对待人生，如何度过一个有意义的人生。正因为人生是有限的，我们更应当好好地珍惜人生，积极地追求人生的事业和理想，同时好好地享受生活，享受人生。倘若都认为来日方长，就会做一天和尚撞一天钟，在浑浑噩噩中耗尽宝贵的光阴。正因为人生是有限的，我们还要产生一种向时间交代的意识。我们必须好好地对待身边的亲人、朋友甚至陌生人，不要等到失去他们时才想起来，从而留下了永远的遗憾。汶川地震中，北川县公安局的一位副局长失去了所有的亲人以及许多的战友。他接受采访时想起了他们，顿时潸然泪下："我太对不起你们了！我太想念你们了！"令电视机前的我动容不已！我们必须善待身边的每一个人，履行好自己的责任，一旦错过了就连这样的机会都没有了。

　　我很小的时候便跟随父亲到城里的一处工地生活，看见一个老人也在工地上干些轻活，以挣点微薄的收入。他的须发已经全白了，面容十分慈祥。后来就再也没看到这个老人了，人们告诉我他已经死了。这是我与死亡的第一次相遇，从而在懵懂中开始产生了死亡的概念，我知道了人是会长大，同时也会变老，最后都要死亡的。早年在乡间生活时相信有鬼神的世界存在，人死了还会以另一种形式延续着。后来上学了，逐渐接受了唯物主义的教育，成了一个无神论者。年轻时总觉得来日方长，不妨多进行一些尝试，多追求一些人生的可能性。过了而立之年就越来越感到时间脚步的匆匆了，以前似乎一年都很漫长，而现在似乎十年弹指一挥间。于是我产生了很强的时间意识，要把时间抓得紧紧的，同时还要选择好人生的方向，尽力多做出点事情来，有一种与时间赛跑的感觉。唯有如此，我才能实现自己的人生目标和人生的价值，在将来回首往事时才不会因为虚度年华而懊恼不已。同时，人生除了事业，还有亲情、友情，还有各种的人间之情，我上了年纪之后也开始意识到要懂得珍惜这些东西了，要学会尊重别人，善待别人，感恩别人，帮助别人。我还要享受更加丰富多彩的生活，一些必要的生活享受我也不会拒绝，人不能一天到晚都把神经绷得紧紧的，还得有休闲的时间，实现时间价值的最大化。

　　人们对生命总是留恋的，都希望自己能够活得长久一些，但"神龟虽寿，犹有竟时"，我们对生命终究要变得达观一些才好。我有一次去医院看病，看见一些白发苍苍的老者聚在一起。有的久未见面了，就相互打趣说你怎么还没有走。实在是够达观的，他们已经快走到生命的终点，不达观都不行了。还有一次我陪老母亲到眼科医院做白内障手术，病房里有另外两个六十开外的病人。其中一个说手术动完后视力会一点点地恢复，刚开始时视力表上面这一行看得见，下一次是下一行看得见，最后是最下面这一行看得见。另一个立即接过去说："看不见！都什么时候的人了还看得见最下面这一行？都已经在那里排队的人了！"有了这样一种达观的心态，何愁不会积极地的对待生活、对待人生呢？

我三哥尚未成年就得了一种恶性肿瘤。他躺在床上已经无法坐起来了，还几次做梦梦见医院的医生说这种病可以治得好，要母亲把他送去治。我们病急乱投医，为他请来了一个江湖郎中，看能否妙手回春。他躺在屋里一听说郎中来了，就连声呼道："先生救命！先生救命！"（在我们当地医生与老师一样都叫先生。）他是一个性格内敛的人，而这时却不顾一切地喊了起来，可见他多么的想活下去！这郎中当然无法挽救他的性命，他的人生道路刚开始铺开，生活的酸甜苦辣刚开始经历，生命就戛然而止了。他最后也知道无力回天了，因此情绪稳定下来时，也向我们交代了后事——他生前喜欢集邮，要把自己最珍爱的几本集邮册交给谁才合适。

三哥的早逝在我的心上留下了一道长长的阴影，在很长一段时间内都生怕自己也会步他的后尘，身体一旦出现什么症状就怀疑得了绝症。后来我的心结慢慢打开了，感到自己保持一种良好的生活方式就不会轻易患上绝症，就是患上了也是生命的定数，天塌下来当被盖，要学会泰然处之。生命有时是十分脆弱的，某种绝症就会使我们过早地离开人世，甚至还会突然飞来横祸，使自己面临一场无妄之灾。面对不可测的生命，我们不必心怀恐惧，要坦然地面对人生，要追求的事业努力以求，要享受的生活尽情享受，善待身边的每一个人，深深地爱着这个社会。

2019 年 4 月 12 日

生计

写了《生命》一篇，我的"人生关键词"系列原本打算收尾了，但想想似乎还缺少了一篇什么。仔细琢磨了一番，感到还需要写一篇关于生计的文章，作为这一系列的收官之作。

马克思主义认为，人们在自己生活的社会生产中发生一定的、必然的、不以他们的意志为转移的关系，即同他们的物质生产力的一定发展阶段相适合的生产关系。这些生产关系的总和构成社会的经济结构，即有法律的和政治的上层建筑竖立其上并有一定的社会意识形态与之相适应的现实基础。这是一条关于人类社会发展的颠扑不破的真理，同样也可以运用到个人的层面上。人首先必须能够生存下去，才谈得上进一步的发展，即要把肚子吃饱了，解决了生计问题之后，才能进一步去追求人生的目标，实现人生的价值。鲁迅先生在《娜拉走后怎样》一文中，也以文学的笔法对这一问题作了极为精妙的论述："凡承认饭须钱买，而以说钱为卑鄙者，倘能按一按他的胃，那里面怕总还有鱼肉没有消化完，须得饿他一天之后，再来听他发议论。""人是铁，饭是钢，一天不吃饿得慌。"一个人要是温饱都成了问题，很难想象他还有余力从事复杂的精神领域活动，还会去追求什么丰富的精神生活。

"富贵不能淫，贫贱不能移，威武不能屈，此之谓大丈夫也。"这句话固然是对的,我们心中必须培养起这样的浩然之气,但不能因此而忽视了生计问题的重要。在我们的古代社会,知识分子即"士"这一阶层是由朝廷所供养的,每年都可以领取到不低的俸禄,属于衣食无忧的社会上流阶层。就连"不为五斗米折腰"的陶渊明,也离不开朝廷的俸禄。正因为如此,他们可以一心只读圣贤书,然后或者出将入相,或者授徒讲学,反正都是"货与帝王家",为维护这个专制制度服务。安贫乐道对于少数人也许可以做到,对于大多数人却是做不到的。过于优越的生活条件对知识分子是没必要的,也是有害的,但能够维持一种体面的生活却是必要的,也是有益的,只有这样他们才能投多的精力和更大的热情从事精神领域的探索,才能更加从容也更加自主地进行精神产品的生产。西方近代以来的许多大哲都出身于贵族家庭,他们身上都有着追求精神高贵的传统,都受过最一流的教育,同时也都可以过着衣食无忧的优雅生活,从而可以全身心地投入对知识和思想的追求和创造。像卢梭那样出身寒微,过着颠沛流离生活的也有,但十分少见,况且就是卢梭也得到过华伦夫人的大力资助。我国抗战期间形成的西南联大,由于恶性的通货膨胀,教授们的实际收入大为下降,从而只能艰难度日,许多人都依靠在外面兼差挣些收入以贴补家用。固然他们在艰难的处境中依然弦歌不辍,取得了很大的成就,然而倘若他们处在一个更加安定的环境之中,不是可以取得更大的成就?同时,他们的生活固然是艰难的,但比起当时社会上的大众阶层,至少还是相对有保障的,因此仍然可以从事精神领域的生产和创造。

在20世纪80年代末至90年代初,知识分子的待遇是相对较低的，那时社会上流行着一句顺口溜："造原子弹的不如卖茶叶蛋的。"许多中小学教师都不安心工作，都在想着如何挣取外快，或者干脆下海经商。我初中时学校有一个教师整天在外面跑生意，我有一次还看见他在学校的会议室晾晒中药材。后来他就不知所终了。我二哥也在这所学校当英语老师，他也很想给学生补课以赚点外快。我帮他拉到了几个同学，他干劲十足地做了起来。一个月下来让他挣到了百来块，抵得上一个月的工资，因而眉开眼笑的。但这些同学补一个月后就不愿再来了，他很想再做下去，叫我再去争取把他们拉回来，但我无能为力了。我高中时一个老师教我们政治，课上得很好，我们都为遇到这样一个好老师而感到幸运。当时正好召开了十四大，提出要建立社会主义市场经济了。他有一次在课堂上说，十四大召开后我教不教书已经不重要了。我们听不出他话里的玄机，并不把这当回事。过了不久，他突然不来上课了——原来他乘着十四大的东风，连辞职手续都未办就急匆匆地跳下海了，到石家庄开了一家面包店。

  解决了生计问题之后，才可以更好地实现人格的尊严。只有经济上实现独立了，人格上才能实现独立。"寄人篱下""人在屋檐下，不得不低头"等等，讲的都是这个道理。在生存上要依赖于他人，无疑就得看别人的脸色行事，就谈不上人格的自主和尊严，别人呼唤你做什么就要做什么，别人需要你说什么就要说什么，很难追求属于自己的事业，也很难说出自己的真话。无论是依赖于个人、组织还是体制，结果都是如此。同时，由别人供养着还要牢骚满腹，就连自己也会感到缺少一种底气，也会被认为是一种不仗义。有一种说法是"皮之不存，毛将焉附"，倘若经济上不独立，我们就会成为依附在别人皮上的毛。中国知识分子历来都不是一个独立性的阶层，他们固然可以领到朝廷的俸禄，但也因此失去人格甚至是人身的独立。而现代社会就具有独立的社会空间，具有现代的大学、新闻和出版等方面的制度以及机构，使知识分子具有独立的职业和经济来源，从而产生了独立的人格，可以更加自主地进行精神领域的探索和知识产品的生产。这是一个脱胎换骨的转化，我们目前尚处于这一过程之中。

不仅知识分子阶层如此，其他人也无一不是如此，甚至在家族成员之间也是如此。我父亲有些爱财如命，我多要一些钱都会引起他的不快，于是我就尽量少花钱，同时一直想着什么时候才可以自己挣钱，从而不需要向他要了。因此，当我参加工作后第一次领到工资时，不免感到有些心花怒放起来——自己已经在经济上从家里独立出来了。我从小就培养儿子在生计方面的意识，他在学习上得到我们的一些奖励，或者拿到长辈的一些压岁钱，我就让他把钱存进我的理财账户，随着数量的增长，每个月都有一元、两元、几元的利息收入。我还会把一些报纸、纸箱以及塑料瓶什么的给他拿去卖钱。看着他怀着希望向废品店走去，我心里着实替他感到高兴。他回来后，我们都很开心，问他卖了多少钱，如果有多卖了一些，就更开心了。他旧玩具不要了，自己想到把它们带到学校去卖给同学，居然也卖出了一些。我很意外，同时也很为他高兴，连声说不错不错，这旧玩具虽然卖得便宜，但能卖出去一个是一个，也能说明你的本事。我要让他从小就懂得量入为出，懂得安排自己的生活，懂得有机会也要争取一些经济收入。我们不把金钱当作人生的唯一目的，甚至也不是主要目的，而是为了更好地实现人生价值、更好地享受生活服务的。让小孩从小就羞于谈钱，这只会培养出一种虚伪的人格，无法建立起一种独立的人格。

钱只要是从正道挣来的，都是对个人能力的一种肯定，我们从中可以产生出一种成就感来。我读大学时十分向往出去打工，从而能够自食其力。但由于在社会上的活动能力有限，一直都没有机会。后来在一个老乡的帮助下，去各个学校的学生宿舍推销小型的灯具。这种事情做起来也是颇不容易的，我跑断了腿，磨破了嘴皮，才卖出了一些，从而小赚了一笔。但这已经足够让我感到开心和欣慰了。特别是第一次卖出东西后，我来到街上买了一块菠萝。我已经走得又累又乏了，吃菠萝可以补充水分和能量，同时又感到特别的甜，这可是我用自己第一次挣到的钱买的！我现在主要从事写作，不会刻意去追求挣钱的机会，但有这样的机会我也不会拒绝，即使只是一个小小的机会。我更在乎的并非挣到了多少钱，而是对自己有了更多的信心和底气。

2019 年 4 月 15 日

生活的河流

论"阿Q精神"

鲁迅先生在小说《阿Q正传》中,通过刻画阿Q这个人物,对我们的国民劣根性做出了淋漓尽致的揭示,即那种自欺欺人的精神胜利法,从而使阿Q成为一个经典的文学形象,"阿Q精神"也成为我们国民劣根性的经典概括。其实在我们古代也有许多对这种国民精神描述,譬如《增广贤文》中的一段话"别人骑马我骑驴,仔细思量我不如,待我回头看,还有挑脚汉"这就是典型的"比上不足,比下有余"的思想,在与别人的差距中寻找一种自我安慰的心理平衡术。这种精神从消极意义上说,会使人变得不思进取,苟安现状,同时也不会去正视自身的差距和不足,从而去积极地提高自我,改变现状。然而,这种精神也并非没有丝毫的正面价值。当人们无法实现自己的目标和理想,处于人生的困顿之中时,通过这种精神胜利法取得一点精神上的安慰,求得一点心理上的平衡,也有利于调整自己的心态,从而更好地面对人生的复杂和严峻。人生总是充满了艰难坎坷,人生不如意之事十有八九,不能要求人们的目标都能实现,都能无往而不胜。当人们面对失败的时候,求得一种心理上的安慰也未尝不可。而且也不只我们中国人才具有这种精神,无论哪个民族都多少具有这个特点,这其实是人们出于适应外部环境以保护自己的一种本能,只是由于我们国家特定的历史和文化背景，使得这种精神变得更加突出罢了。因此，我们不在于要不要这种精神，这种精神在相当程度上乃根植于人的本性，是无法得到根除的，而在于要分析其中的利弊得失，争取做到扬长避短而已。

"物之不齐，物之情也"。人也不例外，总有贤愚不肖、高下短长的分别。同时人又是唯一能够进行价值判断的动物，而价值的高下往往又只有在比较中才能体现出来，人们总是乐于"人比人"的。而这种比较也是一把双刃剑，一方面有利于人们看到自身的差距和不足，从而取长补短，发奋图强，另一方面也可能导致凡事都要跟人比较一番，既破坏了人际关系的和谐，又让自己背上不必要的心理包袱，就看人们如何妥当地加以处理了。我们在看到差距时，就要认真地反思一下问题到底出在哪里，是自己的目标设定得太高，还是自己的努力不够，方法也不对头。倘若是前者，我们就要重新设定自己的目标，使其变得切合实际，经过一番努力以及使用得当的方法可以达到。倘若是后者，我们就要更加努力以赴，并改进自己的方法，从而重新取得成功。同时我们还可以从差距中发现别人的长处以学习之，从而赶上别人，甚至还可以在学习中进行创新，做到后来者居上超过别人。

人到底是为自己而活着，是要实现自身的价值，活出自己的精彩，别人只是一种参照，只是我们学习和借鉴的对象，而不必事事都拿自己跟别人比。重要的是要实现自己的人生目标，是要挑战自我，超越自我。当一个目标实现之后，就要设定下一个更高的目标，并努力地实现之。若能如此，就不存在什么阿Q精神了。如果自己马也骑不上，驴也骑不上，甚至连这样的志向和兴趣都没有，就当好自己的挑脚汉又如何？"三百六十行，行行出状元"，当好适合自己的角色，一旦选择了就要做争取做到最好，这又有何不好呢？而且无论是哪一个行当，要做好都是不容易的，都必须尽心尽力。同样当一个挑脚汉，有的吃苦耐劳，服务周到，诚实守信，活做得又多又漂亮，收入也不菲，有的却三天打鱼两天晒网，就是不好好营生，从而难以养家糊口。挑脚汉当好了，积累起一定的资本以及声誉，并且有了新的志向之后，还可以自己当老板，组建一支运输队伍，或者鸟枪换大炮，买驴买马去也。

本人年轻时很少有技不如人的感觉，那时一切都还未定型，一定都还在努力追求之中，而且与同龄人的差距尚未显现出来。而活到不惑之年后却发现一切都变了，同龄人在各方面都把自己甩出了几条街，令自己望尘莫及了。远了不说，就自己认识的人而言，当官的当官，经商的经商，治学的治学，许多人都已经成就了一番事业，而自己几乎就是最不济的了。这时候心态开始变得复杂起来，感到相当的自卑和自弃。然而生活还得继续，明天太阳照常升起，必须调整好自己的心态。若是自己设定的目标不切实际，就要重新设定之。别人有值得学习借鉴之处，就要虚怀若谷地学习之。同时，也不必处处与人比，做好自己能做的也想做的事情，从中实现自我的价值，找到生活的乐趣。要在自己的人生轨道上生活着，过得自由自在，活得快乐潇洒。

2018 年 12 月 16 日

人到中年

孩提时代，总是盼望着快些长大，可以拥有许多大人才能拥有的东西，可以过上大人那样的生活。青年时期，总是浑身有使不完的劲，做起事情从不觉得苦和累，在运动场上也是健步如飞。而且这时总觉得来日方长，时间似乎也停滞了，可以尽情地享受着青春的快乐，当然也承受着青春的苦恼。然而不经意间，我已经步入了不惑之年。有一天悄然发现，头上白头发长出了不少，脸上也有些暗淡无光，出现了一道道浅浅的纹路。同时身手也不那么矫健了，登山已经无法征服一座又一座，而是有些望而却步了。走起长路步伐也不那么轻快，走远了就要缓慢下来，感到不无吃力了。这些变化似乎是量变引起了质变，忽然在某个时期分明地感觉到——原来我已经不年轻了，人到中年了。

这时候衰老以及死亡便不再是十分遥远的事情了，而且时间也开始过得飞快，眨眼之间又是一年了。年轻时身边的那些老人大多不在人世了，而那些中年人也变成了头发花白的老人，青春年少、精力旺盛的同龄人也都步入了中年。岁月不愧是一把杀猪刀，无情地催促着人们日渐变老，这是一个自然规律，谁都无法逃脱。似乎只有从这个角度上看才是人人平等的。已经不再年轻了，难免会去想想人的生死观这些问题，同时也只有把这些问题想清楚了,才能使自己的人生方向变得清晰起来,从而更好地走过自己的一生。

面对生死,有人是乐观的,认为既然人生如逆旅,就要充分地享受这个人生,尽量地满足自己的各种欲望,"人生得意须尽欢,莫使金樽空对月",这是乐生论。有人是达观的,认为既然死亡不可避免,就要活得洒脱一些,既不悲观厌世,也不纵情享乐,而是顺其自然,做自己该做的事情,这是顺生论。还有人是悲观的,认为人生充满了各种的苦难,死亡乃是一种解脱,这不妨名之为悲生论。当然,还可以根据人们对人生的不同态度归纳出其他的类型。人的生死观总是多种多样的,可谓一人一个活法。但无论如何自己的生死观都必须是清晰的,从而才不会陷入人生的迷惘和混沌。在这个基础上,还要尽量使自己的生死观变得健全起来,从而过上一个充实的人生。

既然最终要走向死亡,人生是短暂的,我们就要珍惜光阴。"未知生,焉知死",孔老夫子在这里阐述的是如何看待人世和鬼神的关系问题,倘若从人的生死观的角度来理解,其实应该倒过来:"未知死,焉知生。"只有知道自己终有一天要面对死亡,才能更好地理解人生是什么,才能更加清楚活着时应当做些什么,应当怎么过好日子。这又包括两个方面,一方面必须积极进取,不断地发展自己,完善自己,努力地追求自己的人生理想,从而不断地实现自身的价值,也不断地贡献于社会。人是社会的动物,其生存和发展须臾离不开社会,贡献社会既是自己的一份责任,也是自身价值的重要体现。另一方面必须善于享受人生,在繁忙的工作之余追求一种生活的惬意,使自己的生活变得更加丰富多彩，使自己各方面的合理欲望都能得到满足。人生目的不是吃苦，吃苦只是我们实现人生目标以及过上更好生活所必须付出的代价，是我们人格变得健全所必须经过的磨砺。人到中年了，已经过了人生的中点，开始走下坡路了，却上有老下有小，在工作中也挑起了大梁，身上的担子和责任可谓是最重的。这时候就应当更加珍惜光阴，既要开拓进取，承担责任，又要懂得享受生活，不要错过美好的时光，不要透支自己的身体。

每个人都是同胞，谁也离不开谁，因而我们应当与人为善，善待身边的每一个人，以礼相待，以诚相待，守望相助，相濡以沫。不仅对人必须如此，甚至对万物都必须如此，此即"民胞物与"。这个道理每个人都需要懂得，而作为中年人更需要懂得，因为此时已经开始感受到生命的短暂，同时又是社会的中坚力量，承载着更多的使命和责任——中年人的素质状况在很大程度上决定着整个社会的素质状况，中年人的精神境界在很大程度上决定着整个社会的精神境界。因此，我们不必那么的斤斤计较，那么的睚眦必报，而要豁达开朗，与人为善。然而，与人为善又并非当一个好好先生，凡事都和稀泥，见人都讨好卖乖，遇到不平之事也难得糊涂，而是在是非的问题上要敢于坚持原则，面对不公不义要站起来伸张正义。当一个好好先生在本质上并非与人为善，而是在作恶，至少是在纵容恶。

人到中年，感到时间不仅不多了，而且还过得更快了，从而人的心态就会发生微妙的变化，即对死亡会产生一种恐惧，产生出一种焦虑感。这种心态还会反映到生理上来，即所谓的更年期综合征。女性由于爱美的天性，面对人生的这种巨大变化，这种特征就会更加突出。贪生怕死乃是人的本能，青春不老也是每个人都梦寐以求的，然而自然规律又是不可违拗的，日渐老去是每个人都必须面对的现实，一味地害怕反而会加重自己的负担，反而会加速衰老的到来，而且还会因此而做出许多不理智的事情，譬如，追求健康长寿的却损害了自己的健康，追求红颜永驻的却毁坏了自己的容颜。设想一下，倘若人们都不会变老了，那不是活见鬼了？人老了，头发白了，步履蹒跚了，这是自然的规律，体现出一种自然的美。我们只有变得更加旷达了，从容地面对生老病死，过好每一天，做自己该做的事情，生活才会变得更加的美好。

2018 年 12 月 17 日

过年的衣裳

"人在衣裳,马在鞍",人类文明发展后渐渐学会了穿衣裳,服饰文化是人类文明的一项重要内容。衣裳不但可以起到遮羞和御寒的作用,还可以起到装饰身材和美化生活的作用,漂亮、得体的衣裳加之于身,会使人变得更加落落大方、楚楚动人。人是社会的动物,在独处的时候衣着可以不甚讲究,而一旦走到外面,就需要精心打扮一番,以一个更好的面貌出现在世人面前,破衣烂裳只会让人瞧不起自己。以貌取人固然不对,然而在现实生活中又是难免的,所以在穿着方面当讲究处须讲究,而不可过于将就、马虎。同时适当地穿得美观大方一些,亦是对人的一种尊重——倘若别人也衣冠不整地出现在自己面前,我们也会产生一种感观上的不适。只有我们都用得体的衣裳装饰起来了,生活才会得到更加的美化。

"爱美之心,人皆有之。"只要条件许可,人人都想得到美,都想在衣着上更加讲究一些。然而在过去生活贫困的年代,吃饱肚子尚难做到,穿着就更无从讲究了。人们平时都穿着一身破旧的衣服,穿破了就打上一个补丁,补丁破了还要再摞上一个补丁,时间久了就变得有些衣衫褴褛。衣服破得不成样子,实在不能再穿了,还要废物利用,拿去做"破布",用来抹桌子什么的。同时在过去那个年代,几乎家家户户都儿女成群，从老大到老小可以排成一溜，从而在衣服方面恰好可以进行接力：先做一件新的给老大穿，老大穿短了就传给老二穿，老二也不能穿了又传给老三……如此循环不已，直到这一代人都长大成人。

"爆竹一声辞旧岁"，春节是一个辞旧迎新的盛大节日，是人们对过去一年的告别，对新一年的企盼，因此正月初一那天都要以一副崭新的面貌出现，平时穿得再破再旧，过年无论如何也要穿上一身崭新的衣裳。倘若一户人家连过年的新衣裳都穿不上，不难想见其光景落魄到了何种地步！正月初一一大早我们就起床了，穿上母亲除夕夜就准备在那里的新衣裳，然后再洗漱一番，顿时显得神清气爽、容光焕发起来。吃过"时"（我们家乡的一种米食，正月初一早上必须吃，寓意是大吉大利），吃过年菜（正月初一这天不能吃荤，要吃十样的素菜）后，我们纷纷喜气洋洋地出门了。我们都装了一衣兜的蚕豆、花生以及糖果什么的，沐浴着温暖明媚的阳光，一边吃着零食，一边兴致勃勃地闲聊着，场上热热闹闹的，充满了欢声笑语。每个人的身上都穿着崭新的衣裳，比起平时的穿着来，衣服的款式都更加新颖，颜色都更加鲜艳，场上变成了一个五颜六色、花花绿绿的世界。

为了张罗一家子过年的衣裳，当家的可没有少费心思。那时不兴到市面上买现成的衣服，而且也很难买到，一般都要自己把布料买回来请裁缝师傅做。会这门手艺的师傅大都很吃香，一年到头都有活计，有的还收学徒、请雇工，收入也颇为可观，一家子的生活比普通人家要高出一筹。后来没过几年，城里商店卖的服装就多起来了，专门的服装店也如雨后春笋般地开起来。这些衣服虽然在结实耐穿方面不如裁缝师傅做出来的,但款式新潮,花样繁多,而且价格低廉,于是人们都纷纷去买衣服而不是做衣服了,裁缝师傅的生意日渐清淡下来,有的改了行,有的接些缝缝补补、换拉链、卡裤脚之类的活计,在这个空当中继续维持下去,但那种裁缝店门庭如市的年头显然不会再回来了。那时已经是20世纪80年代初了,过去长期实行的布票基本上已经退出了历史舞台,人们买布一般要去供销社,叫"断布",本村没有还要到外地去买。当时最常见的是卡其布,这种布很厚,十分耐穿,人们做衣服一般都买这种布,要是买不到就得去买一种"台湾布"(为何我们当地会出现这种布料?待考)。

布料准备齐后就要把裁缝师傅请到自己家里做了,为时一般两天,多则三天,由东家供应饭食,做完后结算工钱,这叫"收工"(把工收回家做)。做衣服一般在正月前的农历十二月份,头天晚上派人过去把缝纫机、案板之类的搬过来摆放好,第二天早上师傅过来后就可以开工了。师傅先把一家需要做衣服的叫到一起,逐一进行量身并记录下来,接着把布料展开,在上面熟练地测量、画线、裁剪,然后再经过缝纫,一件衣服便逐渐成形了,再经过一番熨烫的工夫,一件簇新、笔挺的衣服便挂在那里了。他们娴熟的技艺像变戏法似的,让我感到分外的神奇,觉得这些人真有能耐,站在一旁可以看上半天。无论从事哪一门行当,首先必须具备扎实的功底,然后才谈得上其他,即要先有"一技之长",然后才能进一步上升到"道"的层面。

有一次做衣服,一个本家的大嫂师傅为二姐做了一件水红色的衣裳。比起男孩，女孩更喜爱穿着和打扮，况且二姐生性胆大、泼辣，对于新鲜的事物总是敢于尝试和追求，她和裁缝合计了一番，又在领子处加上两条长长的带子。衣服做成后她试穿了一番，显得无比的开心，脸上洋溢着灿烂的笑容。我们也觉得这件衣服鲜艳而且花哨，内心虽然羡慕却又不敢进行这样的尝试。有一天二姐把它穿在身上，被父亲看见了。他是一个观念十分传统和老派的人，对这种"有伤风化"的"奇装异服"无疑是很难接受的，因而顿时火冒三丈起来，非要把这带子剪去不可。在饭桌上，他责骂不已，二姐则痛哭流涕，拼命保护自己的衣裳。后来在母亲的一再劝解下，父亲还是手下留情了。二姐这玩意儿比起后来流行的服装款式不过是小菜一碟，但在当时却是不无前卫色彩的。她敢于第一个吃螃蟹，由此可见她过人的胆识。后来她在生意场上敢打敢拼，也闯荡出了一番不小的事业，在女性当中算是一个能人了。

家里我是老小即"末子"，在各方面都受到家人的疼爱，尤其在吃饭方面受到的照顾最多，兄姐们碗里都装着黑褐色的用"番薯米"（晒干的蕃薯丝）煮的饭，而我碗里却可以多装一些白色的米饭。然而有所得必有所失，我在穿衣方面却只能享受"二等公民"的待遇，衣服接力到我这里时往往已经又破又旧了，因而我在穿着上一向是很寒碜的。这无形当中对我的心理产生了负面影响，使我对自己的外貌产生了一种自卑感，同时对穿着又不太讲究，从而又加剧了这种自卑感。后来我逐渐调整了心态，认识到自己即使不必像别人那样在着装上过于讲究，但基本的端庄、得体仍是需要的，这不仅关乎自己的形象，亦是对人的一种尊重。然而，我时至今日仍然在物质上不太讲究，在得到基本满足之后便不再把心思放在这上面，而是把更多的时间和精力投入到对精神领域的追求。二者不可兼得，我舍前者而取后者也。

有一次做衣服，布料不够用，师傅做完时还差我的一条裤子未做，琢磨了一番就用剩余的边角料给我做了一条裤子。这裤子的前后部分用两种颜色的布料拼接而成，看起来怪模怪样的。这在后来看来似乎有些新潮和前卫，但在当时却是一个无奈之举。然而，它毕竟是一条簇新的裤子，而且做工也很地道，我穿在身上仍然感到心满意足。我非但不以为意，还觉得自己的裤子与众不同，因而显得有些洋洋自得。由此可见，人的身上既有保守从众的一面，也有标新立异的一面，前者是为了获得一种心理上的安全感，后者同样也是出于人的一种本性。如何在这二者之间求得一种平衡，让社会既能保持稳定又能得到发展，这需要一种智慧。

这条裤子很结实耐穿，同时由于那时营养缺乏，小孩的个儿长得慢，因此我穿了很久。穿破了母亲又给它打上一个补丁，这样便由双色裤变成了三色裤……

有一年的春天，我去后山的自家园子。山路很滑，我跌了一跤，这条裤子的膝盖部位又破了一个洞。我除了感到肉体的疼痛之外，就是心疼自己心爱的裤子又摔破了。后来它越来越破了，我也渐渐长高了，就不能再穿了。再后来不知何时就不知其下落了。它永远地消失了，但在我的记忆中却永远也不会消失……

2019年2月8日

行善的艺术

我有一次乘坐公交车外出,在车上听到前面一位老年妇女和一位中年妇女在亲密地拉着家常。那位中年妇女有一位年事已高的母亲,因为中风而瘫痪在床,生活无法自理,需要几个子女轮流侍奉。她十分感慨地说道,她母亲怎么也没有想到自己做了那么多好事,平时待人接物那么好,却还会得这种病,落个这样的下场。她们母女俩对此都感到十分的困惑和不解。在公交车上显得无聊,遇上熟人可以拉起话来,时间容易打发过去,作为旁边的听众,倘若所讲的也是自己感兴趣的话题,也会支棱起耳朵听下去,有时还能听出一些道道来。这位妇女的一番话我就听得很认真,留下了深刻的印象。以前类似的话也曾经听到过,但没有她讲得这么生动形象,对我的触动也没有这么深。

人们行善可以出于各种的动机,可以分为不同的类型。有的是故意做给人看的,目的是要在众人面前树立起一个助人为乐、乐善好施的形象,从而能够得到别人的赏识和提携。有的是出于一种互帮互助的心理,与人方便就是与己方便,别人遇到难处时我们伸出了援手,我们遇到难处时也会得到别人的慷慨相助。有一次我从单位里出来,有个同事骑着电动车从旁边经过,问我要不要坐上去送我一程。我说声谢谢,他说不要客气,以后搞不好他也有什么需要我帮忙的地方。这老兄话说得够实在的，我们许多人伸出手帮助别人时也都是这样想的，这是十分朴实的，也是十分合理的。在生活中谁都难免会遇到一些难事，需要彼此帮来帮去的，我们每个人都得到过许多热心人的帮助，因此当别人遇到困难时，我们也应力所能及地帮上一把，这是出于一种感恩之心，也是对社会的一种责任。最简单的就是问路了，我们出门到一个陌生的地方需要向别人问路，从而顺利地到达目的地，因而当别人也向我们问路时，也理应耐心细致地为其指路。倘若只有索取没有奉献，就过于自私和缺乏社会责任感了，同时也会影响到自己的形象，最终变成了孤家寡人——当别人都知道你的自私时，就会离你而去。

　　文章开头提到的这种行善则不是为了得到别人的回报，而是出于一种民间的"善有善报，恶有恶报"的迷信观念，怀着一颗善心，平时多行善举，对于有困难的人总是慷慨相助，从而使自己以及家人得到平安富贵，自己一帆风顺，子孙兴旺发达。这种行善其实动机并不单纯，与上文提到的第二种类型同样有着一种功利之心，甚至从某种意义上说还有过之而无不及，因为它的目的更加明确，就是希望得到自己想要的东西，而第二种类型虽然也是为了给自己方便，但并没有具体所指，也不是一定要发生的，不发生也没有关系——就像买保险一样，目的是为了保险起见，而不是为了得到理赔。这种功利性很强的行善看似境界很高，其实不无庸俗的色彩。同时，这种人往往会事与愿违。他们以为多行善积德就可以身体安康，长命百岁，但要是不懂得科学地进行养生，照样会有各种的病患缠上身来，就像那个困惑的母亲一样。况且他们还可能会认为自己做了这么多好事，就可以安然无恙了，从而在养生方面疏忽大意，而那些不做好事的人要是多注意科学地进行养生，或许还会活得更加健康。因此人们才常常发出有好人得不到好报，而坏人却可以活得更好的感叹。

还有一种行善则达到了更高的境界，不是为了得到任何回报，而是把扶危济困，帮助人们从困境中走出当成自己的一种崇高使命，做了好事之后会使自己的内心变得更加充实，灵魂得到进一步的升华。他们非但不图回报，还要真诚地感谢人们给了他们行善的机会，譬如台湾的证严法师每次行完善举之后都要向受施的对象道一声谢谢。

我们固然需要多多行善，但要把它做好却是需要讲究的，它同时也是一门艺术。首先要以一种平等的态度去行善，不要让人感到你在施舍，也不要让人感到你在悲天悯人，否则也许你让人走出物质的贫困，却又让人走进精神的贫困。其次要征求对方的意见。不是说你出于一番好意就可以理直气壮了，倘若对方不领情就认为好心被当成了驴肝肺，因而感到满心的委屈和愤愤不平。不经过别人的同意就大发起善心来，乃是一种自讨无趣。再次要有正确的动机，即行善并非要图什么具体回报，不能因为对方没有回报和感恩就说成是忘恩负义，同时也不要有什么"善有善报"的功利之心，否则就会让人感到你的行善是做一笔投资，是一种交易行为，从而变了味。在以上这几种行善类型中，我更认同的是第二种。这种行善是低调的，却又是可行的，同时也是有温度的，只要我们都能这样以一颗平常之心在行善，守望相助，和睦相处，我们的生活就会变得更加的幸福和安宁。

2019 年 2 月 20 日

说话的艺术

性格决定命运，这句话无疑是具有相当道理的。同时，一个人的性格又是很难改变的，在很大程度上是一生下来就决定了，即有所谓的多血质、胆汁质、黏液质和抑郁质四种气质类型，它们都是与生俱来的。在人的性格中，先天性的因素是很重要的，所以我们与人打交道特别是要长期打交道时必须摸清对方的性格，从而可以更好地与人相处。然而，这也不是绝对的，后天的环境对人的性格也会产生很大的影响，尤其是在童年和少年阶段，什么样的成长环境在很大程度上塑造着一个人的性格，其中家庭的环境又是尤为重要的。人们说到一个小孩没有教养时就说缺少家教。做父母的要是听到这样的话，就会感到羞愧难当。因此，我们必须重视家教，用良好的家风以言传身教的方式去影响自己的子女，同时还要适应儿童的特点以及自己子女的个性，有针对性地进行教育和引导，从而为他们塑造出良好的品性来。

同时，一个人长大后在社会上的阅历也会逐渐改变自己的性格。就跟其他动物一样，人也会对外界的刺激产生一种"条件反射"——为了更好地生存下去，必须适应外界环境，改变自己与外界环境格格不入的一面，使自己更好地融入进去。在社会生活过程中，人为了更好地走向未来，还会总结过去的经验，吸取过去的教训，这也会改变一个人的性格。因此，成年人的性格也会发生变化，只是有的人变化多一些，有的人变化少一些。改革开放的总设计师邓小平，据其子女回忆，他平时在家里话不多，显得有些沉默寡言。这也是与他长期的革命经历以及后来长期的高层领导经历分不开的，异常复杂的政治实践，"三起三落"的人生轨迹，无疑在很大程度上改变了他的性格。

人们都觉得我这人不爱说话，其实我的天性并非如此，小时候我也是个话篓子，并且喜欢跟人开一些玩笑，讲一些俏皮话。但我后来确实话变少了。这是有一个过程的，也是有原因的。在为人处世的过程中，说话并非可以张口就来的，而是要有一定讲究的。话说得不当会得罪人，伤害人，会让人勃然变色，恼羞成怒，搞得自己也下不了台。同时，一些不该说的话也说出去了，还会贻人口实，授人以柄，使自己陷于十分不利的境地。因此，有一句老话是"病从口入，祸从口出"，告诫人们要把好自己的嘴，要掌握说话的艺术。我是一个缺乏慧根的人，曾经很长一段时间都没有意识到这一道理，不把学会如何说话当回事，因而常常因为出言不慎而伤害到他人，也因此而挨过许多骂，受过许多白眼。教训多了之后总会变得聪明一些。我终于意识到乱说话的危害了，它既伤害了别人，也给自己惹来了许多麻烦，事后想想也挺后悔的。但世上没有后悔药，只能"亡羊补牢"，今后要管好自己的嘴巴。

说话是一门艺术，有的人天生就很会说话，每句话都说得十分得体，让人喜欢让人疼，生活中总是充满了阳光和欢笑。有的人未必天生就很会说话，但后天学得快，很快就能适应环境，在待人接物、言谈举止上做得十分周到、得体，从而生活也是充满了阳光和欢笑。我也老大不小了，总不能还管不住自己的嘴巴。我未必能够像别人一样把话说那么得体和周全，我就少说一些，可说可不说的话不说，不得不说的话先过完脑子再说。有的人性情随和，对人不太计较，我愿意多跟他们交往，话就说得多一些。即使是这样，我也不会像以前那样口不择言了，也要考虑对方的感受。至于那些性情比较褊狭的人我就只好敬而远之了，有事说事，无事就打个哈哈过去了。久而久之，我就变得有些不喜欢说话了，似乎少说一些才会感到充实和安全，多说一些就会感到空虚和不安。但有时也会找个性情相投的友人，天南海北地神聊起来。有时遇上陌生人，在不会冒犯对方的前提下，也愿意多做一些交流。

嘴巴就是用来说话的，渴望与外界进行交流，渴望表达自己是人身上的一种天性，那么这样处处小心、时时在意地把控自己的嘴巴是否会压抑人身上的天性呢？然而，该压抑的还得压抑，如果都由着自己的性子，想说什么就说什么，想怎么说就怎么说，这个世界一定会乱了套，人与人之间就会因为话语的纷争而冲突不断。说话是一门艺术，不好好说话是会惹祸的，有时一语不合就引发了暴力冲突，或者因为出言不逊，或者词不达意而被误解，甚至还有人笑言连世界大战都是语言惹的祸呢！我们想抒发自己的性情，结果却更加遭罪。

那种能够侃侃而谈，每一句话都说得很有分寸的人固然让人羡慕不已，那么不善言辞，显得有些笨嘴拙舌的我等之辈又该何去何从呢？水路不通走旱路，条条大路通罗马，办法总是可以找到的。我们可以找到其他各种方式来抒发自己的性灵：

有人喜欢花草虫鱼，有人喜欢琴棋书画，有人喜欢唱歌跳舞，有人喜欢旅游观光，有的喜欢美食佳肴，凡此种种，不一而足，都可以达到陶冶性情、愉悦身心的效果。有人还饲养宠物，以至把十分通人性的狗当作自己的"儿子"。我估计这种人也大都不善与人交流而乐于与狗交流的。就以本人而论，我喜欢旅游，从而达到开阔眼界、放松心情的目的。我更喜欢读书，从而达到与古今中外的贤人、智者进行交流的目的。我也喜欢写作，在键盘的不停敲击声中，自己的思想和情感汩汩地流淌出来，尽情地抒发着自己。在自己的运思下，一篇长文渐渐地成形，有时真有一种指挥千军万马的豪迈气概。

　　然而，人是社会的动物，要正常地生活就必须学会与人打交道，必须正确地处理人际关系，而这其中最重要的就是如何学会表达。为了达到这一目的，人们必须不断学习，所以一本叫《演讲与口才》的杂志很早就有了，在社会上有着很大的影响。于是就有口若悬河的演讲家四处讲授演讲的艺术，而且还深受欢迎，以前有一个叫李燕杰的，就曾经风靡了神州大地。同时，演讲还成了一门学科，出现了许多专著。我们普通人谈不上这么专业，但只要做一个有心人，也可以从他人的口才中学到长处，也可以从自己的经验教训中总结提高。总之，我们都要想方设法提高自己的表达能力和技巧。谁让我们是一个社会人呢？

2019 年 2 月 26 日

童年的烟花

燃放烟花爆竹是我们中国人的一个传统习俗，每逢过年过节，或者遇到红白喜事都要放上一阵，不然就感到缺少了一种氛围，变得年不像年节不像节了，红白喜事应有的气氛也被冲淡了许多。爆竹的诞生有2000多年的历史了，最早人们使用火烧竹子，使之发出"哔哔剥剥"的声音从而驱走瘟神，因而称之为"爆竹"。久而久之，这就变成了一种习俗。后来它的含义又延伸了，不仅可以驱邪避鬼，还可以图个吉利，婚礼喜庆、各类庆典、迎神庙会等许多场合也都要燃放。长期受到这种习俗的熏染，突然不燃放了还会觉得百般不习惯。我今年在老家过完年回城市，一个突出的感受是人们都回去过年了，街上变得空荡荡的，比往日冷清了许多。我们平时嫌城里人满为患，但人都走了，店都关了，也严重影响到我们的生活。还有一个感受是城里爆竹没有乡下放得多，因而感到有些缺少过年的氛围，心里感到有些寂寞和冷清。我们中国人有时就是用这种方式驱走心中寂寞的。

后来我们的祖先发明了火药，并把它应用到爆竹上来。到宋朝时人们开始用纸筒或麻茎包裹火药，然后编成串做成了"编炮"（即鞭炮）。比起爆竹来，鞭炮的声音更加脆响，同时使用也更加方便了。我们的先人是不乏智慧的，但更多的是生活上的智慧，在生产工具上不断做出改进，世俗生活的享受更是精益求精，可以把工艺品做得出神入化、巧夺天工，对自然界却缺少一种好奇心和探索的精神，因而技术发明曾经远远地走在世界的前面，但科学却始终发展不起来，抽象思维十分不发达。这就是所谓的"李约瑟难题"。记得上中学时就听到了一个说法，说我们发明了指南针，但只是用于看风水，而传到西方后人家用于航海，发现了新大陆；我们发明了火药，但只是用于制造鞭炮，而传到西方后人家用于制造大炮，推翻了封建制度，进入了资本主义社会。这话虽然不见得严谨，但还是有相当道理的，说到了我们传统文化的重大缺陷以及中西文化的重大差异。闲言少叙，还是拉回到本篇的主题上来。

  不管怎么说，我小时候还是十分喜欢烟花爆竹的，它们使我度过了快乐的童年。那种单个的炮仗可以供人们放着玩，尤其小孩很喜欢这玩意儿。人们过年时经常玩那种有拇指粗的双响炮仗，点燃后会接连发出"噼——嘭"的两声巨响，很是刺激，但要有足够的胆量才行，稍不小心就有可能被炸伤。我不敢玩这种"双嘭响"，只敢玩"百子炮"，即先把一挂小型的一百响的鞭炮拆散，然后藏在兜里，玩时掏出一颗，点燃后迅速扔了出去，"啪"地发出一声脆响。这种炮仗威力小，不怕伤到人，虽然不够响，却可以放心地玩下去。我还喜欢玩一种"火箭炮"，一个塑料制的"火箭筒"，里面装着火药，附在一根细细的竹条上。我们把它插在地上，点燃着后"嗤"的一声火箭般地发射上天，然后在空中爆炸，发出了一声尖响。我们无法离开地面，却又向往着天空。玩这种"火箭炮"时，我们的心似乎也随之升上了天空。

我们聪明的祖先还发明了烟花（即花炮），其原理与鞭炮类似，在火药中加入了各种金属，这些金属燃烧散开后会发出各色的亮光，显得五彩缤纷的。我小时候更喜欢玩烟花，因为它们会发出"嗤哩哗啦"的声响，所以我们当地称作"嗤哩花"。有一种是细条形的，点燃后会"嗤嗤"地响着，同时发出耀眼的火花。我们拿在手里挥舞着，感到十分的兴奋。还有一种吐珠型的，二十发左右摞在一个细长的纸筒里，点燃后一发发"呼呼"地发射上空，同时洒下一串串的火星。珠弹在空中爆炸后，会发出一声尖响，并散开道道璀璨的光焰。天黑后我们在房前找个空旷的地方就燃放起来。我们手里举着这种烟花，火星洒下来时有些烫，眼睛不敢往上看，心里既兴奋又有些紧张。过年时，大人给我一些压岁钱，我大都用来买各种的烟花，尽兴地玩着。

如今"双嘭响"见不到了，"百子炮"也没人玩了，小孩手中的炮仗升级换代了，变成了一种摔炮，五毛钱一盒，抓一个随便往地上一摔，就会"啪"地发出一声脆响。我儿子也喜欢玩摔炮，过年时我就给他一些零花钱买来玩。同时，烟花的品种更是越来越多了，有的威力越来越大，场面越来越壮观，有的越来越花哨和精致，适合小孩玩耍。回老家过年时，我儿子经常玩烟花，当他手里挥舞起烟花棒时，那种无比开心和兴奋的劲头也感染了我，使我仿佛又回到了童年。

然而，我也知道鞭炮在给自己带来欢乐的同时也会给别人制造噪音，让他们感到心惊肉跳和心烦气躁。有一次我在叔叔家的边上玩"百子炮"。我正玩得不亦乐乎，我堂姐突然出现了，她脸上露出一副十分不悦又无可奈何的神情。我知道已经影响到她，就默默走开了。现在，当我看到儿子放烟花散发出一团团的浓烟时，也知道其中含有大量有毒有害的物质尤其是各种的重金属，周围的人包括他自己都会吸进体内。但我又不忍心打断他的兴头，只好由他在老家尽兴几天了。我们的欢乐有时是会给别人带来痛苦的，也会给自己带来危害，这是一个两难的选择。

2019 年 2 月 28 日

我的养狗经历

在我小的时候,村里很多人家都养着狗,经常看见狗在路上晃悠或者奔跑,经常看见几只狗在抢一块骨头或者打架。有时突然因为什么事,一只狗吠了起来,其他的狗也跟着狂吠起来,从而形成"一犬吠形,百犬吠声"的吵吵嚷嚷。尤其在夜深人静的时候,这会让人们的心顿时紧了起来,同时也让寂静的山村夜晚变得喧嚣起来。有的狗温顺乖巧,让人看了怜爱有加,有的狗一脸凶相,让人看了心里直发毛。

我有一户邻居养了一只狗,体型较大,长着一身火红色的长毛,看上去很像狮子,人们都叫它"狮狗"。我们小孩看到它心里会发怵,但也很少看到它有发威的时候。它不怎么通人性,像一个沉默寡言、性格内向的人,与人缺少交流和互动,缺少了一种亲和力,因此我对它没有多少感情。我印象最深的是它会吃婴儿拉出来的屎。谁家的婴儿拉完屎了,当妈的呼唤一声,它就会应声而至,三下五除二就把地上的屎舔得干干净净。它已经是一只老狗了,不知什么时候就不见了,但我并不觉得少了什么。另外一家也有一只老狗,毛是浅黑色的,有一只腿断了,走起路来一瘸一瘸的。它显得十分的温顺,从未听见它叫过,也从不惹是生非,就像一位和蔼可亲的老人,我们都十分疼爱它。它无论走到哪里,人们都会地唤上一声。它听到后就会慢慢走过来，亲昵地在人们的腿上蹭着。人们也会赏一些剩饭剩菜，它低下头默默地吃了起来，然后又走到别的地方去了。它后来也死了，但我一直都会怀念这只善良无比的老狗。

我们家也养了一只黑狗，这只黑狗不太可爱，平时没什么声响，但有一次突然把一个陌生人给咬了。我的一个婶婶与一户人家发生了房地纠纷，对方在官府有靠山，因为墙皮被她撬几块下来就让民警把她拷进了局里。婶婶家的人把娘家亲戚请来伸张正义。在我们祖屋的后院，他们正商量着事情，我家的狗突然不动声色地冲上去把一个客人给咬了，然后迅速地跑走了。这可闯了祸！我的另一个婶婶根据民间的迷信做法，在客人伤口的周围用墨水点了一圈，以消灾避祸。我的一个堂姐怒气冲冲地站在那里。我刚对她说了什么，她就劈头盖脸地损了我一句。我心里也很不是滋味——又不是我咬的，你们受很大的委屈可以理解，但也不该把气撒到我头上。我那时还小，这狗虽是我家的，但并不是我养的。由于他们是受害者，我也只能忍气吞声了。后来幸好没有出事，否则我们的责任就大了。

那时附近的山上有一个军营，士兵经常到我们村子来。有一次，两个士兵从我们那里经过，我母亲生怕这只狗还会再去咬人，就问他们要不要抓去杀了吃掉。他们想吃狗肉，胆子又大，就用一根电线勒住狗的脖子把它提走。我们虽然也有些不舍，但它并不是一条好狗，也就不太心疼。人们常说狗有七条命，本以为它已经断气了，不料提了不远又缓过来了，开始疯狂地反扑起来。他们找到一根巨大的木棍，奋力地抡着，终于把它打死了。不知他们有没有为了吃狗肉而受了皮肉之苦。

在我小的时候，有一次社会上爆发了狂犬病，听说许多人都被狗咬了，我们邻村就有一个妇女狂犬狗发作死掉了，搞得人心惶惶的。那一时期人们简直谈狗色变，政府也出动了打狗队，见到狗就捕杀。然而过了一段时间，事态渐渐平息下来之后，生活才又回归到正常的轨道。

我上初中的时候，有一次暑假在家里，不知谁带回了一只小狗，灰黄色的，十分的可爱，也挺安静和乖顺的。我经常逗它玩。它喜欢吃鱼头，我故意丢在离它远一点的地方，它就屁颠颠地跑了过来，津津有味地吃了起来，吃完后咂着嘴，在我的脚边不停地摇着尾巴。我用钳子把铁丝剪成一截一截的，然后折成S型，再一个个地串起来，变成了一条铁链，套在它的身上，叫它拖一辆车。为了让它拖，我也经常把鱼头扔在远处。它为了吃到鱼头，只好费力地拖着车走。几次下来，它也拖得很熟练了。在我们的喂养下，它渐渐地长大了。开学后我周末回来，刚刚踏进家门，它就摇着尾巴跑过来，在我的腿上蹭来蹭去的，让我心里感到十分的温暖。

然而没过多久，我有一次回来后却不见了这只狗。我问二姐和三哥它到哪儿去了。他们说被住在前面的一个堂哥打死了。我听了十分伤心，我这心爱的伙伴其实挺温顺的，一般不会出去惹事，也没听说它会咬人。当然狗多少都会吓到一些小孩，因此它也引起过邻居的一些非议，但比它坏的狗还有的是，它何至于要遭人毒手呢？后来我才弄清了，是二姐与那个堂嫂因为一件琐事起了纷争，互相出了一些恶言，这事也是双方都有不对的地方，但说到底还是对方性情怪僻先挑起来的。事情发生后，堂嫂把事情告诉了她丈夫，她丈夫就怀恨在心，借故把我们家的狗活活打死了。

　　我从此再也不养狗了。狗十分通人性，又惹主人的怜爱，还会给主人看家护院，但也会影响到他人，也会给他人乃至自己带来人身危险。倘若因此需要把它们杀掉，这又是我们不忍心看到的，而我已经有过两次这样的经历了。有一年除夕之夜，我心血来潮，骑上自行车出去溜达，想感受一下城里过年的氛围。我骑着车，发现一只小流浪狗正紧紧地跟随着，我快起来它也快起来，我慢下来它也慢下来，我停下来它也停下来。我看着它，它也看着我，露出一种乞怜的目光，希望我能把它带回家。我看它一副可怜的样子，也曾经动了心，要把它带回去，但想想还是算了，于是一狠心，飞快地蹬了起来。它还在继续追赶，但越来越追不上了……

2019 年 3 月 5 日

望子成人

"望子成龙"是我们在生活中常常听到的一句话，谁都希望自己的子女能够成材，为此而在他们身上倾注了几乎所有的心血，希望他们能够按照我们的愿望和我们给他们选择的道路走下去，而不会过多地考虑他们自己的愿望和兴趣是什么，忽略了他们都是一个自由的个体，应当拥有独立的人格，要追求自己的理想，做出自己的人生选择。其结果只能是极大地压抑了他们的性情，扭曲了他们的人格，甚至还酿成了人生的悲剧。许多家长都说自己一切以子女为中心。其实他们更多都是要子女按照自己的设想去做，实现自己要他们实现的梦想，从而能够让自己充满了人生成就感，这说到底还是以自己为中心的。其实，如果我们对人生抱一种负责任的态度，就首先应当考虑的是追求自己的事业。如果都要以子女为中心，那么他们也为人父母之后是否也要以子女为中心呢？到底要以谁为中心呢？我们什么时候从这种错误观念中走出来了，什么时候才能做好自己的事业，同时也才能正确地教育子女，让他们从自己的阴影下解放出来。

我也有一个儿子，但我不会望子成龙，而只希望他能够开心地生活，快乐地成长。我经常提醒自己，不要去压抑小孩的天性，要让他尽量按照自己的兴趣去做选择，只要这件事情不是危险和有害处的，我都不会横加干涉和阻挠，相反还要给他创造更好的条件。他能够追求自己的兴趣又是一件多么开心的事情！同时，这还会使他身上的潜能得到更好的开发。他小时喜欢涂鸦，我们就让他上画画的兴趣班。他刚开始也有兴趣，我们希望他能够一直学下去，以后至少可以掌握一项技能。后来他又变得没有兴趣了，我们就没有再让他去了。今年他说想提高英语的成绩，要上一个英语培训班，我们就让他上了。但上了几周之后又不想上了，说老师要求太严格，班上一个同学表现欲太强，自己不喜欢这种环境，我们也不强人所难，就不再去了。他对机器人的兴趣倒是一直保持下来，也取得了一定的成绩，这也是他自己选择的，我们力所能及地给他创造学习的条件，能否坚持走下去就看他自己了。我们同时也会给他讲一些这方面的道理，说要是真对什么感兴趣就要坚持下去，要想在某个领域做出成就必须要具备恒心和毅力。

　　我更看重的是，要让他学会独立生活的能力，学会做各种事情。他在这方面倒是做得不错，叫他做什么事情都能做得到，做得好。他喜欢做些手工，我们就鼓励他做下去。他能够从中找到一种乐趣，也能学到一种技能。他要攒一些零花钱，我让他把各种废品收集起来，然后拿到废品店去卖。让他学会生活，并从中感受到快乐，在我看来这才是最重要的。他今后若能有所作为，我当然乐观其成，并且还要尽力给他创造更好的条件。他若没有这样的才具，也没有这样的兴趣，那也勉强不得，否则就会造成巨大的精力浪费，也会给我们双方都带来巨大的痛苦。即使我们只能过着平凡的日子，也要快乐地生活着，也要努力地追求人生的理想，使这平凡变得不平凡起来。

许多家长往往以世俗功利性的"用"来为自己的子女做出各种选择，而不会过多地考虑他们真正的兴趣在哪里，真正适合做什么。于是，林林总总的兴趣班和补习班便应运而生了，要让他们不能输在起跑线上，要让他们掌握多方面的技能，具有多面的素养，以后要上名校，要跻身上流的阶层。其实，对于许多孩子来说这些都令他们苦不堪言，使他们没有了玩耍和游戏的时间，也无法追求自己真正的兴趣爱好。为了学习的事情而把父母与子女的关系搞得十分对立，甚至发生了家庭悲剧，这又是何苦来哉！人生是一个长跑，起跑线其实没那么重要。人的能力和素质是多方面的，学习成绩只是一个方面而已，高分低能、名校出身却在事业上表现平平的也不知凡几。真正的兴趣爱好也不是在各种的兴趣班上培养的，甚至那种急功近利的兴趣班还会扼杀孩子的兴趣爱好。

我在学习上从未对他提出过高的要求，考99分、100分的，他没这实力，也没这必要，只要上80分我都会给他奖励。我只要他能够认真学习，这次没有考好总结一下原因，下次争取有所进步。他去年参加机器人奥赛，在东南赛区和南部联盟赛区都得了二等奖，十分出乎我们的意料，我就好好奖励了他一番。他今年参加的另一项赛事成绩不理想，我们也安慰他不要气馁，重在参与，失败了可以找出自己的差距来，可以锻炼自己的心理承受能力，同时也给了他一些鼓励，鼓励他坚持了这么久。

对待自己的子女也要尊重他们应有的人格尊严，不能因为是自己的子女就为所欲为，也不能想当然地认为是为了他们好就强人所难。我以前有时因为儿子不听话就会打他。其实小孩对这都是十分不满和反感的,将心比心我们以前被父母打时何尝不是如此!后来我就很少打了。而当我从方舟子那里看到体罚小孩会给其留下心理阴影,使其变得缺乏自信后,就更是一次都不打了。那么骂可以吗?通常认为是可以的,也是必要的。其实,骂也具有不良的影响,特别是骂那些伤害自尊心的话。我为了他的视力和身心健康,希望能多带他到外面活动,不要把学习成绩看得太重。有一段时间他不想在外面玩耍,想早点回去。我控制不了自己的情绪,就气愤地骂道,你是不是以后一定要考上清华北大,现在就开始没时间玩了?后来我得知,他很讨厌我讲这种话,很伤了他的自尊心。我意识到了自己的错误,以后尽量做到平等地与他沟通,尊重他应有的人格尊严。同时也跟他说,我这样不对,但你在社会上也还会遇到类似这样的情况,因而也要有一定的心理承受能力。

同时,我还要教他一些必要的做人道理。尊重他的人格尊严,与他平等地进行沟通并非一味地纵容他,当他不讲道理,变得任性时,我该批评的还会批评,甚至是严厉的批评,否则就是对他的不负责任,对他的成长极为不利。我平时会结合一些具体的情境,对他进行一些为人处世方面的引导,并结合一些生活的例子以及我自己的人生经验来进行,譬如对人要随和,要大气,要有礼貌,不能去占别人的便宜,更不能去骗人,等等,同时还要讲为何要这样,不这样又有何不好,在一种平等、轻松的氛围中教育他往往更容易为他所理解和接受。

2019 年 3 月 27 日

一件"小事"

我以前长期从事社会科学的研究,曾经于 2013 年在一家学报上发表一篇题为《难以担当的大任——从政治人物的角度探究民国初年议会民主的失败》的学术论文,其中参考了中山大学袁伟时教授 2007 年 10 月 22 日发表在《经济观察报》上的《民初宪政挫败与启蒙》一文的一些观点。我当时也想到必须在参考文献中予以注明,但由于参考的地方不止一处两处,并且许多都已经与自己的观点混杂在一起了,因而感到难以一一注明,于是就疏漏过去了。虽然我都已经用自己的语言重新叙述了一遍,用学术不端文献检测系统检测,重复率只有百分之四点几,这在历史类的文章中算是很低了,因为要引用许多的文献资料,但从学术规范上讲,只要参考了他人的意思就必须明确地予以注明,否则即可视作学术不端行为。虽然这是我撰写的第一篇学术论文,还处于一种摸索的阶段,在经验上确有欠缺的地方,但不管怎么说,我参考了袁伟时教授的观点却未予以注明,这是对他学术成果的不尊重,是对他正当权益的侵犯。因而我的错误是客观存在的,我无法亦无须回避。

我后来心里一直放不下这件事情,并为此而感到一种良心上的不安,觉得自己需要做点什么才行。于是就于 2017 年底,把这篇论文中凡是参考到袁教授观点的地方都一一注明,然后在"凯迪网络"上发布出来,随后又发布一篇帖子予以说明,算是公开承认自己的错误。虽说自己在学术界乃籍籍无名之辈,并且也不再从事学术研究了,想必不会有人去打我的假揭我的底,但事情掩盖在那里总是会引起一种良心上的不安。

我这样做还有一个用意,是希望通过自己这个案例对学术界能够起到一种警示作用,对于净化学术界的风气能够发挥一定的正面影响。这也许只是一个天真的愿望,我在学术界没有丝毫的影响,人们并不会注意到我的存在。即便如此,我仍然必须主动承认这件事情。我只有这样做了,才会感到一种良心上的安宁,才能了却自己的一个心结,从而在今后的人生道路上轻装上阵。我只有这样做了,才会从中吸取到必要的人生经验教训,使自己今后不再重犯类似的错误,必须清清白白地做人,踏踏实实地做事。我未必会成为一个多有作为的人,但我的人格必须是堂堂正正的!

"君子之过,如日月之蚀。"这是人们常常引用的一句格言。很少有人会不承认自己也有各种缺点,也会犯各种错误,甚至一些极为刚愎自用和独断专行的人也会说自己的缺点比谁都多这样冠冕堂皇的话。泛泛地讲这类的话是很容易的,却又是没有多大意义的,重要的是要说出自己具体犯了什么错误,错在什么地方,从而才好让人们监督你今后是否把错误改正过来了。可以说,是否愿意具体说出自己的错误,这是检验一个人的认错是否具有诚意的试金石。那些不时把"君子之过"挂在嘴边,却从未真正认识到自己的错误,更谈不上改正自己的错误的正人君子们,不过是把它当作一种沽名钓誉的手段罢了。

我之所以在题目中把小事打上了引号，是因为这件事情看似性质并不严重，但小事不小，就看自己如何正确地对待了。如果能够持一种严肃认真的态度，诚恳地承认自己的错误，并从中吸引足够的经验教训，以后就不会重犯这样的错误，从而坏事就会变成好事。如果缺乏这样的一种态度，以后还有可能重蹈覆辙，甚至还会在错误的道路上越走越远，可谓一失足而成千古恨！

2019 年 5 月 4 日

阅读人生

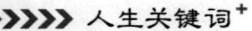
人生关键词⁺

我为什么读书

不管怎么说,我也是一个喜爱阅读并且也阅读过不少书的人。然而,自己为何要阅读?阅读的目的是什么?支撑自己一路读来的动力又在哪里?今后还能否一如既往地读下去?诸如此类的问题我也曾经模糊地想到过,却没有深究下去。现在看来很有必要歇歇脚步,好好地想个明白了。

在中小学阶段,由于条件所限,我的课外阅读是很少的,只阅读过有限的一些报纸杂志。即便如此,我仍然从中汲取了许多知识的营养,不断地扩大自己对世界与社会的认知以及视野,并且逐渐养成了观察社会现象、思考社会问题的习惯,无形中为后来从事社会科学研究播下了种子。高三下学期时,我有一次无意中发现前面的一位女生正在看一本书,其中有一篇叫《早晨从中午开始》,是关于长篇小说《平凡的世界》的创作随笔。我说能否借我看一下,她也爽快地答应了。那时高考在即,功课十分紧张,但我依然被路遥清新的文字和深沉的内容深深地打动了,一口气读完了这部长长的作品,并从此喜欢上了文学。

上了大学之后,由于没有了应试的压力,学习任务变得十分轻松,图书馆里又有着海量的藏书,我就可以在书的海洋里尽情遨游了。我这时已经做起了文学梦,阅读当然是以文学作品为主。最痴迷的是新时期的文学作品,伤痕文学、反思文学以及寻根文学之类,我都读了大量作品。这些作品不仅让我感受到了语言之美、文学之美,也从中感性地认识到了中国的历史和现实,以及中国的文化。我也读过许多先锋文学的作品。这些前卫的进行文本实验的作品,我虽然读得似懂非懂的,却仍满腔热情地读下去。这既是对文学世界的一种探索精神使然,也有一种自觉地追赶新潮流的成分。我也读过一部分中国现代文学的作品,以及一部分的世界名著,从中领略到了更加博大精深的文学世界。

大四上学期时,我有一次尝试着读一本哲学家熊十力的文选。不无诧异的是,熊先生异常深奥的哲学著作我读起来却感到语言相当清新,逻辑性也很强,层层推进,环环相扣,居然也能读进去了,并且被深深地吸引了。有一天晚上,我独自一人坐在校园一个亭子旁的路灯下,安安静静地阅读这本书。那时夜间已经有些许凉意了,可我聚精会神地读着,时间不知不觉就过去了。我从此深深地喜欢上了人文与社会科学,由一个文学青年变成了钟情于人文与社会科学的人。我大量地阅读这方面的著作,费孝通、黄仁宇、冯友兰等那些博大精深的学术性著作让我窥见了学术的堂奥,王小波、谢泳、顾准等那些关怀性和批判性很强的思想性作品更是给我以巨大的启迪,让我感到血脉贲张,豁然开朗,从而对我产生了深远的影响。自己长期信奉的那些陈旧观念都轰然倒塌了,接触到了许多新鲜的价值理念,就像发现了一个新大陆,同时也认识到了历史以及现实的复杂性。这既让我兴奋不已,又让我战栗不已。

大学毕业后我来到一所学校工作,这样的环境对于读书治学无疑是十分有利的，我继续孜孜不倦地阅读着。阅读范围十分广泛，历史的、政治的、经济的、文化的，都有所涉猎，然而贯穿于其中的，是一种"独立之精神，自由之思想"。通过广泛深入的阅读，我进一步确立了自己的价值观，形成了自己的思想，对市场经济，对法治社会，对公平正义的伦理原则，都产生了清晰的认同。

人的一生就那么长，不到三万个的日子，过了一天就少了一天。人总是要做点事情的，一事不做浑浑噩噩地过下去，到头来就会感到追悔莫及。在这一点上我是十分在意的，总舍不得把时间白白地浪费，一天不做事情心里就会感到空落落的，似乎缺少了点什么。每天都要做点有意义的事情心里才会感到踏实，做得越多就会感到越充实。同时，我也不会忘记当初的理想，不会忘记上大学期间怀揣着节衣缩食省下来的钱去书店买书时的那种心情，那种对知识的渴求，对未来的憧憬。因此，我仍会读下去，一直读下去！

读书可以满足人们的求知欲，让人们看到一个不读书也许永远也看不到的世界，使人们对世界、社会以及生活有了更深的领悟和把握。读书可以满足人们的好奇心。人总是有好奇之心的，刚生下来的婴儿除了啼哭之外，就是睁开眼睛，好奇地打量着这世界。慢慢懂事的孩子总是好奇地问这问那，让大人穷于应付。我同样也有着一颗强烈的好奇心，阅读历史著作，了解了许多历史的真相，阅读社会科学著作，了解了许多社会的原理，这些都是出于一种好奇，对未知世界的好奇。在阅读的过程中，我还能感受到一种美，一种知识之美、思想之美、自然之美以及生活之美，阅读到精彩篇章的时候，就会拍案叫绝，击节赞赏。在阅读的过程中，我还会感受到一种善，无论是仁人志士的救国救民，献身真理，还是平凡人物的正直善良，相濡以沫，都让我感受到了一股充沛的善的力量。

2018 年 5 月

阅读是一种生命的方式

上大学之后，我逐渐养成了一种阅读的习惯，这种习惯一直保持下来，并且还将一直保持下去。孔子"三月无君，则惶惶如也"，我则"三日无书，则惶惶如也"。只要三天不读书，我就会变得茶不思饭不想，心里空落落的，就会产生一种光阴虚度的焦虑感。只有每天都有书可读，我才会感到生命充实，书读得越多，这种充实感就越强。只有每天都有书可读，我才会感到生命受到了一种滋养，在心灵上才不会感到干涸。"读书破万卷，下笔如有神"，书读得多了，自然积累就多了，进行写作的时候，所读过的相关词句、段落以及资料，就会纷至沓来，成为取之不尽用之不竭的资源。同时，在阅读的过程中，还会受到作者的启发，产生思想的灵感和火花，从而引出自己写作的话题。

"伤其十指，不如断其一指"，这是军事上的一个战术原则，同样也可以应用到阅读上。许多书我都读过两遍三遍了，一些单篇的作品甚至都读过四遍五遍了。优秀的书籍尤其是那些经典之作，是需要反复阅读的，从而才能加深理解，才能更加充分地吸收其营养。而且每次重新阅读，由于自己的知识储备不同了，阅历甚至心境也不同了，因而都会对书的内容产生新的理解，都会得到新的收获。同时，阅读的过程也是一个与作者进行心灵的沟通和交流的过程，每次重新阅读都是一次重新相遇，一次重新地沟通和交流。我往往会找自己所熟悉的作者的作品来阅读，他们的书已经很契合自己了，阅读起来就会很顺畅，也更容易理解和吸收。至于不熟悉的作者，我会事先在网上进行一番搜索，了解其概况之后再找一本他的书来试读，如果适合自己的阅读趣味，就会由不熟悉变成熟悉。挑选自己能够产生共鸣的作者，尽可能充分地阅读其作品，这有助于我们全面地理解一个作者，深入地掌握一种体系。这亦可以理解为阅读上的一种"专"。我没有泛读的习惯，只有那种适合自己的书才会打开，而只要打开了就都是精读，逐字逐句地读下去，甚至连一个标点符号都不放过，那种一目十行的阅读于我而言是无法想象的。

有一种说法是自己读书的大好年华都被外界给耽误了，以至造成知识和思想的荒漠云云。其实这更多是一种托词，只要真心想要读书，是没有什么可以耽误自己读书的。读书是永远不怕晚的，就看是否有这种兴趣和追求，是否把它当作一种心灵的需要了。如果答案是肯定的，人们就会克服一切困难，创造一切条件进行阅读。还有一种说法是自己也很想读书，无奈杂事太多，环境太吵，所以读不进去。这同样也是一种托词，只要真心想要读书，都可以给自己创造一个适宜的环境进行阅读，甚至可以做到不受外界的干扰。毛泽东年轻时为锻炼自己的意志，经常在闹市中读书。人们还会说自己并非不想读书，而是没有多少好书可读。这种观点同样也是站不住脚的。虽然这些年来由于各种原因，出版界高质量、有品位的图书其比例在下降，然而，只要我们细心地搜求，就会发现好书其实也是不少的。我们与其抱怨没有多少好书可读，不如先把现有这些好书读了。

2018年7月

网络阅读的喜与忧

　　自从进入网络时代之后，人们的阅读方式、写作方式乃至思考方式都发生了革命性的变革，人们可以十分便捷地在网络上进行阅读，获取自己所需要的信息，接触各种各样的观点，也可以十分便捷地在网络上进行写作，发布自己的信息，表达自己的观点，而这些同时也深刻地影响到人们的思维乃至语言。网络传播不但速度快，而且范围广，一条信息在几秒之内就可以传遍世界的每个角落，一个人可以做到足不出户而尽知天下事了。在这样的时代，人们的阅读不是更少了而是更多了，人们的视野也不是更窄了而是更广了。在这样的时代，拒绝网络阅读无疑是一种不智之举，我们要学会拥抱它，充分利用其带来的好处。然而，网络阅读同时又具有碎片化、浅阅读的特点，人们可以在任何场合拿起手机就沉浸其间，但往往都是快速地浏览一遍，而且所阅读的也往往都是一些通俗、流行的内容。当然，事情也不能一概而论，网络上有些文章也是很有深度的，人们有时也会很认真地阅读这类文章的。我也常常进行网络阅读，也在享受网络给我们带来的便利，然而我仍然偏爱传统的纸质阅读，因为这种阅读可以做到哲学家熊十力所说的"沉潜往复，从容含玩"地进行，读到会心处或者产生疑惑时还可以做做批注，写写笔记，其效果往往是网络阅读所无法比拟的。

在这样的时代，网络阅读与纸质阅读并非相互排斥的，而是相辅相成的，前者的春天并非后者的冬天。纸质作品要想得到更大的传播，必须有效地借助网络。同时，要想创作出更好的纸质作品，也必须有效地利用网络。网络可以提供大量的新鲜资讯，可以提供更加多元的视角，而这些对于写作而言都是十分必要的。我的写作已经离不开网络了，除了需要用电脑进行写作之外，还需要查阅各种资料，参考各种文献，许多不会的或者没有把握的词语也需要通过网络进行查阅，网络已经代替了传统工具书的功能，而且内容还要丰富和鲜活得多。同时，网络作品也离不开纸质这种方式。网络作品有一个特点是不易保存，尤其是不易长期地保存，许多优秀的网络作品最终仍然需要出版才能得到更好地传播。优秀的网络作品也需要转换成纸质的形式才能让读者进行慢读，才能更好地为读者所吸收，更好地发挥为人们的心灵世界提供各种营养的作用。

网络使人们的表达空间极大地扩展了，只要轻松地敲击键盘就可以使自己进入一个广阔无垠的世界，似乎人人都可以成为作家，人人都可以成为意见领袖。同时，网络还具有匿名化的特点，人们穿上马甲后就可以随心所欲地发表言论。因此，在网络上各种极端、非理性的观点都可能出现，同时还充满了进行人身攻击的暴力语言。对于这类现象进行治理是有必要的，尤其是对于那些诬蔑诽谤和造谣传谣的行为要加大整治的力度，但要完全消除这类现象又是不现实的，尤其是观点的多元化更是无法避免。因此，我们需要学会适应网络时代这种观点多元化以及鱼龙混杂现象的常态，需要建立起自己的立场，学会独立地进行思考和判断,而不要被各种极端、错误的观点裹挟而去。只有我们读者一个个都变得更加理性了,那些极端的观点才会变得没有市场,同时这样也减少了许多制造极端观点的作者,因为在网络时代,读者往往同时又是作者。因此,净化网络环境需要从我做起,我们需要学会理性地思考和表达,拒绝使用暴力语言,不造谣不传谣,不诬蔑不诽谤。须知我们追求正义只能使用正义的手段,使用恶的手段得到的还是一种恶。

网络时代还会带来另外一些问题。由于网络上的内容应有尽有,人们可以随时随地地掏出手机就打开来看,还可以通过各种社交手段与他人进行交流,久而久之就养成了一种手机不离手的习惯,坐着看,躺着看,甚至走着也看,产生了大量的"低头族"现象。我们通常可以看到一群人各自拿着一部手机,各自沉溺于自己的虚拟世界,而真实世界的交流却被晾在一边了。这种阅读习惯使得人们把过多的时间都耗在网络上面,减少了睡眠,缺少了运动,从而带来了各种疾病,同时视力也受到了严重影响,现在社会上的"小眼镜"现象已经越来越普遍了。人们离不开手机的结果,就是使手机变成了手铐,它本来是一个与外界进行沟通、了解外界的有效工具,却反过来像毒品一样把人们紧紧地控制住了。面对网络阅读,如何兴其利除其弊,扬其长避其短,这需要我们的智慧,更需要我们的意志。

2018 年 7 月

读书永远不怕晚

说起来不怕贻笑大方，由于生长在一个普通的农村家庭，我的读书条件是十分有限的，在中小学阶段几乎没有读过什么课外读物，许多文学名著也都未曾听过，更遑论读过了。只是在小学快毕业时（当时农村小学实行五年制），在一个乡镇工作的大哥经常把报纸带回来，那些报道当时时局的新闻深深吸引了我，使我开始对读报产生了兴趣。上了初中以后，学校的文化层次以及办学条件都提高了，阅览室订有各种的报刊，我经常跑去看，也主要是看报纸。大哥还经常把《半月谈》，有时还有《瞭望》带回来，我也读得津津有味的，并逐渐养成了对时事政治以及对社会问题的浓厚兴趣，这种兴趣一直保持到现在，并且还会一直保持下去。同时，我上中学以后还对一些知识类的刊物产生了浓厚兴趣。通过这种阅读，一个多姿多彩的大千世界展现在了自己面前，我学到了许多新鲜的知识，开阔了自己的眼界。久而久之，我从中积累起了许多知识，别人通过与我交谈，都会说我的知识面很广，有些"上晓天文，下知地理"的样子。这是其来有自的，主要归功于我从初中阶段就开始的这种兴趣以及知识的积累。

除了报刊之外，我的阅读就十分贫乏了，基本上除了课文就别无他物。学校发的辅助阅读材料，也只是对历史以及知识性的东西感兴趣。每当班上同学说起自己读过什么书时，我只有在一旁自惭形秽的份儿。有一次一个同学滔滔不绝地讲起自己读过的《阿Q正传》中有趣的情节，我只能在一旁洗耳恭听而不敢插嘴，因为我所读过的也就语文课本上的那些片段，并且还是似懂非懂的。但我当时并不以为意，我的兴趣并不在此，我仍然读我所感兴趣的东西，仍然走我自己的路。

进入大学以后，我开始对文学产生了浓厚兴趣，成为一个狂热的文学青年，大量地阅读文学作品。一直到现在，我仍然经常读一些文学作品。累计起来我文学经典类书籍也读过不少了，以中国现代文学为例，那些经典性的作品基本上都读过了，有的还不止读过一遍。我后来又转到社会科学上来，大量地阅读这方面的著作包括一些经典，尤其在现当代中国方面，我更是广泛地涉猎，不断地阅读。多年坚持读下来，使我增长了不少见识，无论在认知上、思想上还是审美上都有了很大的收获，并且在学术上研究中也得到了运用，发表了许多学术论文。

通过这许多年的阅读，我心理上不再有自卑感，当听到别人谈起自己读过什么书时不再只有羡慕的份儿了。我虽然是一个后来者，但只要肯奋起直追，仍然可以追得上，甚至可以做到后来者居上，读书是不怕晚的。当然，我是在自己的兴趣以及追求的驱使下自觉地进行阅读的，并非要与人比个高低，读了会感到充实，不读就会感到空虚。同时，书读得越多就会越感到学无止境，自己所得到的不过是沧海一粟，有更多的困惑需要解开，有更多的未知等待探索，只有孤陋寡闻的人才会不知天高地厚，觉得自己已经无所不知、无所不晓了，殊不知自己只是坐井观天罢了。

去年,一所著名学府的校长因为在一次校庆致辞中,念了许多白字而在社会上引起了不小的轰动。他后来公开进行了道歉,说自己中小学时赶上了"文革",教育几乎停滞了,所接受的基础教育既不完整也不系统,即更多地把自己念白字的原因归咎于时代的因素。这似乎是不无道理的,然而也不尽然。时代固然会对个人产生很大的影响,但还有主观能动性的一面,即通常所说的事在人为。如果自己做一个有心人,对某一方面有着强烈的兴趣和坚定的追求,就会去创造一切条件进行学习和钻研。书以至好书无论哪个时代都会有的,就看你是否愿意打开它,是否读得进去了。人们通常认为知青这一代人只出过一些作家和人文社会科学方面的人才,而在自然科学方面所出的人才十分稀少。其实这更多只是一种想当然或者直觉罢了,而未必符合实际。有人进行过统计,在两院院士当中,知青这一代人就占了很大的比例。总不能说他们都是名不副实的水货吧。当高考恢复以后,很多"被耽误的一代"抓住了这个人生中的重大契机,考上了大学,更加发奋地学习和深造,后来许多人都成了各个领域的领军人物。这也从一个侧面说明了读书不怕晚的道理。

其实,那位校长念了许多白字更多的应该归咎于"秀才念半边"。这是一个古已有之的现象,也是永远都会存在的。只要人们不多用心,遇到一些生僻字不虚心地去查去问,而是想当然地念出来,就很容易出这种洋相。本人原先也有很多字都不认识,也念过许多白字。但我承认自己的基础薄弱,需要不断地进行"补课",在平常的阅读中遇到不认识的字和词就记下来，积多以后再一并查找起来。切莫以为汉语是我们的母语就不在话下了，语言是一个海洋，是知识的海洋，也是文化的海洋，我们需要不断地进行学习和领悟，才能自如地使用它。通过不断地查找，我遇到的生字和生词就逐渐减少了，阅读障碍也逐渐减少了，理解力也逐渐增强了。遇到知识性的疑难问题时也同样如此，通过不断地查找，不断地扩大对世界的认知，不断地取得长进。以前必须使用工具书，如今只要通过网络就可以查阅了，我们身边有了一个随时可以请益的老师。

还有一种观点认为，我们在国学方面的根基与前人已经有天渊之别，甚至能看得懂古文的人都已经很少了。这说的恐怕也是事实，相应的社会条件已经不具备了，我们在国学方面不可能具有前人那么高的修养了。然而时代毕竟不同了，我们一般人在这方面也不需要有那么高的修养，但对于有兴趣也有追求的人而言，只要肯下苦功也并非就做不到。本人通过对生字和生词的不断查找，积累多了以后，读起古文来也顺畅了不少。当然我这只是小菜一碟，不足为训，然而一些古代文字和古代文献方面的青年学者，由于他们在这方面的先天禀赋以及后天努力，所取得的成就也是不容小觑的。这也再次说明了读书不怕晚的道理。

在这个知识大爆炸的时代，知识在不断地更新，不论何人，如果不及时地学习新知，很快就会落伍，我们必须真正地做到"活到老，学到老"。这时候读书已经不是怕不怕晚的问题，而是再晚都要进行学习的问题了。我们不要过多地把时代和社会等外界的因素当作落后的理由，而要更多地发挥自己的主观能动性，首先要多问问自己努力了没有。我们只有不断地进行学习,对新鲜事物和未知世界保持一种好奇心,才能跟得上时代的步伐。我们只有努力地探索未知世界,才能不断地给社会带来新思维和新成果,社会才能不断地发展进步。我们也只有不断地进行学习,才能不断地提高自身的文化素养,才不会"秀才念半边"而贻笑大方。

2019 年 1 月 13 日

童年的连环画

我童年时没读过什么书,在所生活的农村环境也没听说过别人读什么书,《三国演义》《水浒传》《西游记》和《红楼梦》等古典名著只闻其名而未见其书,外国的以及中国现代的就更不必提了,作家基本上只知道大名鼎鼎的鲁迅。然而,我的童年仍然是有阅读的,就是读了大量的连环画。连环画在我们那里叫"图书",因为这种书是由一页页的图画组成的。它只有大人的手掌一般大,封面是彩色的,一幅图配着很醒目的标题,就能够把主要内容极为精练地表现出来。黑白的图画构成了每个页面的主体,画得栩栩如生,再配以底下两行通俗简明的文字说明,就能够将一则故事的某个情节形象生动地表现出来。喜爱图画是儿童的天性,我们认识世界就是从看图开始的,图画是我们学习知识文化的一个重要途径,也是一种重要的精神食粮。连环画中跌宕起伏的故事情节,扣人心弦的悬念设计,都能把我们深深地吸引住了,让我们一页接一页地翻下去。这一页页连续下去,就像电影的一个个镜头,因此我们同时也像是在看电影。我看过的一本连环画就取自电影《智取华山》。我尚不识字的时候就开始看连环画了,那些图画十分的引人入胜,同时又不像现在的漫画,是比较写实的,我喜欢这样的风格。我后来知道了书是叫图书,就十分的不解:这种没有一幅图的书也叫图书？我小时候看过的连环画才是货真价实的"图书"呀！

我上了一两年的学，认得一些字之后，就更喜欢看连环画了，而且都能看得懂了。连环画图文并茂，两者是相辅相成的：有了文字的说明，可以从图画中读出更多的内容，可以读出人物的情绪，读出事物的发展动态；有了图画的描绘，可以使文字变得更加生动传神，可以帮助我们理解文字，即便有些字还没有学过，也可以在图画的帮助下认识。我通过连环画读了大量的故事，无形中培养起了阅读的兴趣，也提高了阅读的能力，对于我后来从事文学写作以及叙述故事，也许已经早早播下了一个种子。

这些连环画大都关于古代的历史故事，《三国演义》的故事、梁山好汉的故事、《隋唐演义》的故事、杨家将的故事以及明末农民起义的故事等等。也有一部分是关于现代革命的故事，描绘的大都是地主恶霸、国民党反动派等剥削阶级是多么的凶恶；工人、农民等劳苦大众又是多么的悲惨；革命者走上革命的道路是多么的正确，与反动派的斗争是多么的英勇；革命者的意志是多么的坚定，最后迎来革命胜利的曙光等等。当时这些连环画都由国家的出版机构出版，并由新华书店系统发行的，在具有很高趣味性的同时，又具有很强的道德和意识形态色彩——通过这一个个生动传神的故事，传递出的都是我们许多传统的道德观念以及现代的意识形态。经过一种潜移默化的作用，我们古代的忠奸观念、正统观念，现代的阶级观念、革命观念，等等，都在我们幼小的心灵扎下了根。

当然，看连环画最直接的是给我带来了许多快乐的时光，满足了我童年时的精神需求。小孩都喜欢听大人讲故事,但我身边缺少会讲故事的人,父亲会讲一些,但也不多,并且讲得也不生动,我不怎么喜欢听。而这些连环画却可以让我们读到无数有趣的故事,并且还有生动的图画,因此我常常看得入迷,只要有一书在手,就可以久久地沉浸其间,从中可以得到莫大的精神享受。父母希望我们多把精力花在学习上,因此反对我们看连环画,有时会责骂起来,但这仍然阻挡不了我对它的喜爱。我有一个堂兄,家里有很多连环画,我们经常去他那里蹭书看。他实行"限量供应",一次只让看一本,而且还只能在他那里看,不许带回去看。他母亲态度有点不逊,有一次一个小孩过来看连环画,她吆五喝六地说你来干吗。小孩赔着笑脸说我过来看"图书"。为了达到目的,我们也只能低三下四的。但好歹还让看,这还是要感激人家的。实行"限量供应"其实也有好处,这有点像现在的"饥饿营销",使我们更加珍惜这样的机会,更加潜心地读下去。倘若当时连环画实行"敞开供应",也许就不会有这么高的兴致,也不会看这么多了。现在许多人家里各种的书堆积如山,却并未真正读过几本,我想也是同一个道理。

然而,别人的连环画毕竟不能变成自己的,不能想看时就拿起来看。我也很想拥有自己的连环画。于是就自己攒了一些钱,有机会到县城时就去新华书店买一本回来。记得总共也只买过两本,一本是关于《三国演义》中"煮酒论英雄"的故事;一本是关于《西游记》中"平顶山"的故事,讲的是唐僧师徒在西天取经的途中遇到金角大王和银角大王的故事。这两个故事都深深地吸引了我,我看了一遍又一遍,同时也把书当成了心肝宝贝。

那时我已经读小学三年级了。有一次，我的一个堂伯来我家串门。他是一个德高望重的人，文化程度比较高，在他那个年代是很稀有的，而且口才很好，可以把各种事理说得头头是道，因此人们都很敬重他，很多事情都要找他请教。他喜欢喝酒，有时到我家来，我母亲给他倒一碗自家酿的红曲酒，他也不会客套，就着家常菜便喝了起来。那次我饭已经吃完了，坐在边上正看着"平顶山"的故事。我母亲反对我看连环画，希望我多把心思放在学习上，就对他说起了这件事情。他把我手中的连环画拿过去翻了翻，对我说了一番道理，大意也是这东西看多了会分散学习的精力。他的话是很有权威的，我不敢不听。我后来不再看连环画了，也许跟这也有一定的关系。长辈这样劝导我，也是为了我能够更好地成长。然而，我认为小孩看连环画处理得当是并没有什么害处的，不会影响到学习，相反还会促进学习，况且也许慢慢长大后自然就不会看了，就是终生保持这种爱好也没有什么不好，人多一种爱好总比对生活毫无兴趣好。可见大人还得学会怎么当大人，他们首先要了解青少年成长的规律和特点，要去了解他们真正需要什么，真正喜欢什么，然后再进行适当的引导。引导时要多做加法的工作，而不是自己认为不好的就是不好的，从而武断地阻止一个孩子对某种事物的兴趣。即使是权威人物的话，也应当辩证地看待。

后来我认识的字多了，可以看一些文章了，其知识的容量更大，更能满足求知的需求。再后来我就学会看报纸杂志了，可以接触到更加广阔的外部世界。这样，我就再也没有看连环画了。但我始终对它们充满了感情，它们陪伴我度过了童年时代。我很想有机会再拿起一本回味一番。有一次，我在那个婶婶的家门前跟她聊起来，说以前我看了您家的许多连环画，能否再拿一本给我看看。她转身进屋，端着一大盒的连环画出来，说你随便看吧。它们已经很久没有被翻动了，说明都没有人来借过。跟我一块儿看连环画的人，就像我一样长大以后兴趣都转移到别处去了，比我们小的孩子他们的读物可就多了，也不会去看连环画了。这些连环画已经完成了自己的使命。我想重温一番童年的生活，拿起一本翻了翻，却怎么也看不下去。

　　如今社会上十分流行有插图的书刊，有的甚至图画已经变成了主体，文字只充当配角了。快速的生活节奏和浮躁的心灵，已经不允许我们坐在那里从容自若地看传统的书籍了，于是各种的"图书"就变得十分受欢迎，一本书没有足够多的插图是很难畅销的。于是流行起了一种说法，认为现在已经进入了"读图时代"。我听后不免有些哑然失笑：人们进入了"读图时代"，而我却早已走出了"读图时代"。

2019 年 3 月 26 日

怀念读报年代

我小时候经常在村中心外公家边上的老人会（即老年人活动中心）玩，每天早上都会看见一个穿着一身帆布制服的邮差，突突地开着一辆老旧的摩托车非常准时地出现。他支好撑架，车子斜斜地停在路边，然后从帆布袋里取出一摞信件和报纸资料交给老人会会长（他负责照管老人会，同时也在这里经营一个理发店），然后把挂在门口的信箱打开取走信件。那时，邮差对于我们而言实在太重要了，我们就是通过他而与外界联系的。老人会里摆着一张桌子，桌上常常会放着一份报纸，有时会有人坐在那里看。那时能够读报纸的人还是不多的，大人们大都目不识丁，也没有闲情逸致，但毕竟还有一些人看得懂，也愿意看，他们看完后不但自己了解了外界的信息，与外界取得了联系，还会讲给身边的人听，从而使更多的人与外界也联系上了，不再那么孤陋寡闻了。那时电视都很稀罕，更没有后来的电话、手机以及网络，报纸几乎就是我们乡下人了解外界的唯一渠道。

我是在小学五年级下学期即小学快毕业（那时我们农村小学实行五年制）时，学会了看报纸。那是五六月份的春夏之交的季节，我大哥在一个镇政府工作，周末回家时常带回一些近期的报纸。当时社会正处于一次动荡之中，我们在农村也感受到了这种紧张的氛围,我经常听到大人讲时局,不由得也关注了起来。恰好这时大哥带回了报纸,而我这时也大体具备读报的能力了。那时我的读物是很贫乏的,有什么可读的都会拿起来看看。谁知道这些报纸我拿起来后就再也放不下了,大量关于时局的报道正是我所关注的,报纸里面所展现的广大世界正是我所感兴趣的。我就这样爱上了读报,养成了关心国家和世界大事的习惯,一直到今天。

我初中在县城对面的一所普通中学就读,班级有订一份《福州晚报》,那时还没有《福州日报》。每天班干部把报纸取回来,夹在报夹上,然后放在讲台桌下面。我们课后时间经常会拿来看,或者自个儿看,或者两人一起看,有时还几个凑在一块儿讨论某个重大新闻。我一般都在晚自习前看,几乎前前后后每个版面都看了个遍。那时没有太多的读物,而且我对外界事物的兴致很高,无论是天文地理还是风土人情,无论是天下大事还是花鸟鱼虫,什么都想了解一番。通过经常读报,我培养起了多方面的兴趣,也了解到了多方面的知识。

班级订的报纸只有一份,而学校阅览室里就多了,因此我下午课后还经常去那里看报纸。报纸放在一排排的斜桌上,每份各用一条细长的木条固定着。报纸都是当日的,种类也很多,而且这里有专门人员在管理,不像教室那般嘈杂的,大家都专心致志地读着,只听得到翻动报纸的"沙沙"声。我的许多课余时间就是在阅览室里度过的,在这里我看到一个更加广大的世界,孜孜不倦地吸取着各方面的知识营养。我总觉得时间过于短暂了,经常在我还沉浸在报纸世界中的时候,那个戴着高度近视镜的校长夫人就拿着锁头"笃笃"地敲着铁门,说时间到了。我们还想再赖上一会儿,但在她的再三催促之下,也只好不舍地离开了,只能等到明天再来了。

除此之外,我中午吃完饭后还经常到学校外面的一家食杂店看报纸。那老板订有一份《福建日报》。海湾战争期间,我十分关注战况,几乎每天都到他这里看报纸。那时我对美国的霸权主义行径十分反感,更同情伊拉克的遭遇,希望它能抵御住美国的进攻,因此当看到盟军取得多少进展时就会感到有些焦心,而当看到伊军击落对方多少飞机时就会感到一阵兴奋。那老板也是如此,有时我们还共同讨论起了战况。

我高中在位于县城的一中读,班级也订有一份《福州晚报》,课余时间读报也是我每天必修的"功课"。这所中学阅览室的读物更加丰富,报纸的种类更多,更重要的是开放时间更长,晚饭后的一段时间也有开放。这样我读报的时间就更多了,了解到的知识就更丰富了。同时,县图书馆也在我们学校附近,二楼整层都是阅览室。很奇特的是,这里的报纸镶在两块玻璃之间,玻璃再嵌在斜放的木框里,中间再安一道轴,可以左右转动,看完正面看背面。我周末也经常到这里来看报。

报纸每天报道许多世界、国家以及本地的新闻,我们从中可以了解天下发生了什么大事,社会出现什么样的发展动态等。报纸还有一些评论文章以及读者来信之类的,我们从中可以了解到社会舆论的焦点和百姓生活的冷暖,如果能与身边的事情对上来,更是会感同身受,从而产生强烈的共鸣。报纸还会介绍一些知识性的东西,我们从中可以了解到各种知识,并且往往更贴近生活和现实,读起来不觉得枯燥乏味,也更容易记忆和吸收。报纸还会报道一些生活中的趣闻,虽然不是什么惊天动地的大事,也没有多大的教育意义和知识价值,但就发生在我们的身边,可触可感,读起来也会兴味盎然。记得读高中时的一年冬天,有一段时间天气异常寒冷,《福州晚报》报道了义序机场边上的某个军营,一个水龙头由于夜间没有关严,第二天人们一早起来看到了一个奇观——这个水龙头下面结出了一根长长的冰柱,同时还配了一张现场的照片,让我感到了分外的新奇和有趣,至今仍然记忆犹新。

同时,报纸还会介绍一些各地的风光,并配有画面十分优美的照片,这也是我十分喜爱的。人们都向往着远方的美景和奇观,出门旅游是我一直的梦想,但那时根本没有这个条件,通过报纸上的介绍,也间接地领略到了异地的风光。此外,报纸还会介绍一些各地的民风民俗,通过这个窗口,可以看到远方的人们是怎么生活的,这也是我百看不厌的。报纸还有文学副刊,《福州晚报》的文学副刊叫"兰花圃",版面设计得十分精美,有诗歌、散文、杂文等体裁的作品,还有书画和摄影等作品,在读者中深受好评。那些文学作品篇幅都不长,但大都辞约而旨丰,言有尽而意无穷,文笔也十分的清新和灵动,十分的耐读。作文选上的作品我是很少看的,感觉都是像我们平时作文那样按照作文的规范向壁虚构出来的,缺少一种生活的真实,也不具有真情实感,因而读起来味同嚼蜡。而"兰花圃"上面的作品就大不相同了,读了会有一种清风扑面而来的感觉,从中感受到了鲜活的生活气息,也感受到了作者的真情实感。通过这一副刊,我与文学女神邂逅了。

班级的报纸平时看的人都不少,但一般都可以看到,无非是先看后看罢了,有时还可以两个坐在一起看,但有时也会遇到一些不文明的读者。我高中时，有一次正在与另一个同学一起端着报夹看报纸，边看还边讨论着某一新闻事件。另一个同学也想看，就不由分说从我们手中抢了过去，自个儿坐在那里吃独食了。他急于看报纸的心情可以理解，但等我们看完以后再看还不迟，何必做出抢夺这种不光彩的行为呢？况且他还是一个班干部，平时表现得十分积极，却说抢走就抢走了，让我们都看傻了眼。这也让我看到了在一些人光鲜的外表下，也许还隐藏着一个龌龊的灵魂。我还有一次在县图书馆阅报室看报纸，看见一个读者坐在自己的座位上看一份报纸，另一个混混模样的人也凑在边上看。夹报纸的板是可以转动的，后者未经前者允许就转过去看了，从而引起他的不满，两个人就争执了起来。那人说是我先坐在这里看的，那混混说那又怎样，要不要跟我下去一下。那人说下去就下去吧。就你！两个人下去了，但不久又回来了，那个混混认怂了。看报纸本是一种有文化的行为，而这些读者却显得十分不文明。

上大学后，我仍然喜爱读报纸，经常站在阅报栏前看，有时也到图书馆的阅报室看。大学里报纸的种类就更齐全了，可谓应有尽有，但这时我更多的时间是用来读书，读报纸的时间相对少了。后来网络普及了，人们联上网络就可以进入一个广阔无垠的世界，可以轻轻松松地获取新鲜、海量的资讯，各种的新闻以及其他信息都可以通过一台电脑网罗无遗。后来更是出现了智能手机，人们可以随时随地打开浏览器，天下一切事情尽在"掌"中了。无论是高知的人群还是街头卖菜的，都可以打开手机就看，甚至还可以在上面留言和评论。这同时还是一个自媒体的时代，人人都可以注册一个账号，在各平台上面发布各种消息，发表各种观点，而不需要记者和评论员了。许多事件一旦发生，分分钟内就被目击者上传到网络，瞬间就传遍了整个社会。在这样的时代，报纸已经越来越缺少读者了，许多纸媒都在新媒体的冲击下纷纷倒闭。然而，网络阅读同时也是十分碎片化的，都是浮光掠影的浏览一番而已，很少有人会像从前读报纸那样细致深入地读下去了。这是网络上资讯太多，从而使人们眼花缭乱的缘故，同时也是电子阅读本身的特点决定的。我有些怀念从前的读报时光，但又如何找回从前的那种阅读心境和氛围？人们在这种眼花缭乱、喧嚣不已的网络世界里待久了，也许又会感到腻味的。只要人们的精神世界还需要得到更好的滋润，只要人们还想找回从前那种从容不迫的阅读节奏，报纸就仍然还有存在的理由。

2019 年 4 月 16 日

最忆当年读《读者》

我青少年时代也读过一些刊物。小学时见过一种叫《少年文艺》的刊物，也拿起来翻了翻，但里面的文章也许编造的成分太大了，与我们日常所经历和感受的相去甚远，似乎感觉远不是那么回事，所以也就无法打动和吸引我，看过一两次之后就失去兴致了。我还阅读过著名的《故事会》，那是一个曾风靡全国的刊物，内容十分通俗易懂，深受老百姓喜爱。我有一次在上面看到一篇故事，讲一个戏迷晚上出去看戏忘了锁门从而家里被偷的故事，也看得津津有味的。然而，上面纯粹只是一个个的民间故事，靠离奇曲折的情节和故意制造的悬念取胜，而缺少现实生活和时代的背景，更不会在情感上打动人，在思想上给人以启迪，因此我虽然也觉得它们蛮有趣的，但到底是不喜欢的，以后慢慢也不再看了。

中学以后，我可以接触到更多的刊物，同时阅读理解能力也提高了，因此就经常读各种各样的杂志。我喜欢看《海外星云》和《兵器知识》这样的杂志，通过这样的阅读，我增长了不少知识和见识，也培养起了多方面的兴趣爱好。还有一份叫《辽宁青年》的杂志也是我时常看的，上面讲的是许多青年的成长故事，可读性挺强的，也挺励志的。高中时，班上一个同学经常买一种关于语文学习的刊物，我也会借来看看。上面既有介绍一些语文知识,又有对一些文章的分析,同时还有一些文学作品。多读读这样的刊物,对于扩展我们的阅读面,增进我们的语文知识都是有帮助的。那时面临高考了,我们的学习任务很重,神经绷得紧紧的,看一看这样的刊物既可以帮助学习,又可以放松一下神经,因此我时常借来看,有时自己也到外面买一本回来看。我们学校附近有一户人家对外出租杂志,种类倒是很多,但品位大都不高,而且很多都是粗制滥造的。更绝的是,那夫妻俩看见哪个顾客把一本杂志多翻了翻,就硬生生地收走了,问说到底租不租,显得很是不近人情。我原本也被店里五花八门的杂志所吸引,但实在厌恶他们那副德行,租了一回之后便不再去了。

然而,我中学时代读得最多、收获最大的还是《读者》。我最早读它时还叫《读者文摘》,后来据说美国已经有了一份同名杂志,并且已经商标注册在先了,于是起诉我们的《读者文摘》侵犯了他们的知识产权,因此,我们的就改名为《读者》。这也使我们第一次听说了知识产权这个概念,原来杂志的名称也是不能重复的,别人率先使用并且注册了就是别人的"专利"了。可见不仅是许多器物,我们的许多观念也是在与外面接触和打交道的过程中慢慢学会的。《读者》是一份发行量大得惊人的刊物,在我们国家可谓家喻户晓,无论什么文化层次的读者都愿意阅读它,真可谓老少咸宜,雅俗共赏。在我们同学当中,没读过《读者》的怕也找不出几个。它的发行量很大,就可以薄利多销,同时还可以做很多广告,因此价格就定得很低,就是一个穷学生也买得起。

我最早不知从谁手中拿到了这本杂志,读了之后就深深地喜欢上了。里面的文章大都不是出自名家之手，甚至很多还是佚名的，但文笔都显得十分的清新和流畅，许多人生的故事、生活的感悟以及哲理的思考，都写得十分细腻生动，同时笔调又是那么的平和亲切，像朋友之间在娓娓诉说着什么，而不是一种居高临下的姿态，也不是一种毫无节制的情感宣泄，像一缕阳光温暖着我们的心田。同时，它们大都结合现实中的许多事例，感觉十分贴近我们的生活，十分的接地气。通过阅读这类的文章，可以使我们的心灵得到很好的滋养和净化，可以受到许多的人生启迪。这样的文章多阅读一些，人就不会那么心浮气躁了，也不会那么粗俗鄙陋了。如果有更多的人阅读这样的杂志，人间就会变得更加的和谐与温暖。我们固然也需要一些宏大的叙事，需要一些金刚怒目、拍案而起的激愤之作，但这些毕竟不是生活的常态，不太贴近我们的日常生活，我们更多的是需要一种心平气和，一种淳朴善良，一种人与人之间的彬彬有礼与友爱互助。我们需要一种面对困难的勇气和毅力，努力地追求着自己的人生理想，同时还需要尽情地享受生活，把平凡的人生过得不平凡起来。通过《读者》，我们就可以领悟许多人生和生活的道理。

同时，《读者》还有不少介绍异国风土人情的文章，透过这个窗口我们可以看到外面的世界，了解到外国人的思想感情状态。他们与我们一样都追求真善美，都追求一种内心的宁静与祥和，但毕竟不是一个国度的，有着不同的文化习俗，因而观念的世界也是有所区别的。通过阅读这类的文章，可以开阔我们的眼界，可以吸收和借鉴外面一些有益的观念。里面还有不少知识性的文章，介绍一些自然的知识、社会的知识以及生活中的知识等，对于扩大我们的知识面，提高我们的知识修养也是十分有益的。

正因为《读者》内容如此的丰富，文风如此的清新，格调如此的典雅，我经常一册在手细细地品读着，有的甚至从头看到了尾。有时经过书店或者邮局，还会顺手买一本回来。手里拿着这样一本封面素雅、散发着油墨香的杂志，心里感到十分的惬意和自足——带回去可以看很久了，可以享受许多精神的食粮了。

有了《读者》，我的精神生活就充实、丰富了许多，而不会感到空虚、贫瘠。可以说，在我的青少年时代，它是一直陪伴着我走过来的。我后来较少阅读《读者》了，而更多地阅读一些直面现实的作品以及一些思想性和学术性的著作，但我永远不会忘记它当初所给予我的许多精神滋养，在我的心里所点亮的一盏灯。

我有一个当水电工的堂兄，他读过高中，具有一定的文化水平，在努力挣钱养家的同时还在追求一种精神生活。他说自己平时最大的精神享受就是读《读者》，工作之余没什么事情做，就把它拿出来看，几乎每一期都不落下，可谓《读者》的忠实粉丝。那时他的工作并不稳定，经常是有一阵没一阵的，但无论如何都坚持读《读者》。也许明天就不知道到哪儿讨生活了，但日子还得过下去，《读者》还得读下去。这不单纯为了消磨时间，更好的消磨时间方式比比皆是，而是追求一种精神上的享受和充实。人不仅仅是为金钱而活着，还要有一种精神上的追求。有了《读者》这样的良师益友的陪伴，我们就能以一种更积极向上的态度面对人生，面对生活的风风雨雨，就会更加友善地与人相处，做一个心地善良的人，一个正直的人，做一个有着健康的生活方式、充满生活情趣的人。当我想象一个青年住在简陋的工棚里，在昏暗的灯光下读着《读者》的情景，就不禁怦然心动。

        2019 年 4 月 17 日

人生关键词

"一二一大街"淘书记

这"一二一大街"是昆明市环城北路的一段，著名的西南联合大学旧址就在这一带。1945年底，西南联合大学和云南大学等校的师生发起了"反内战、争民主"的运动。12月1日，国民党当局对这些学校的师生进行了镇压，制造了震惊中外的"一二·一惨案"，对以后学生爱国民主运动的发展产生了重要影响。后来昆明市就把这一段路命名为"一二一大街"，以纪念历史上发生在这里的"一二·一事件"。

我们云南大学也在这里，"一二一大街"就从我们学校中间穿过，把学校分为本部和北院。同时，位于这一带的高校还有云南师范大学、云南民族学院、昆明理工大学、昆明师专等高校也相距不远，是一个文教力量十分集中的地方。因此，各种与学校相关的生意就变得十分兴隆，包括各种的文具店、文印店、食杂店、小吃店等，大大小小的书店更是布满了大街小巷。那时网络尚未兴起，人们阅读都是通过纸质的书籍，而且那时的大学生往往都很好学，读书的氛围十分浓厚，因此书店的生意就显得异常红火，我们在课余时间经常光顾书店。

然而，书店的书是比较昂贵的，我们这些穷学生省吃俭用偶尔买一两本还做得到，要经常买显然就囊中羞涩了。于是这一带应运而生了一个行业——旧书摊。做这门生意的老板既不需要店租，也不需要水电和税费支出，只需要在街边摆一个地摊，书或是盗版或者破旧，因而价格都很低廉，很适合我们的购买力。我们经常可以从这里淘到一些好书，虽然旧了些，但往往都是自己心仪的，可谓价廉物美。

"一二一大街"原先十分破旧，在我上学的第二年进行了扩建，路面扩大了许多，两旁的许多旧建筑拆除后又建起新的，面貌焕然一新。在修路过程中，有一段时间路面已经铺了一层但还没有完工，车辆不能通行，但人可以在上面行走，因而显得十分空旷，成了一个非常理想的摆旧书摊场所。每到傍晚时，就有许多人把旧书拉到这里，各自找一个地方摆过去，摆成长长的两溜儿。这时人们也吃过晚饭了，都纷纷出来到这里散步，同时也看看有没有一些中意的书可以买，更多的是我们这些大学生，也有一些老师和社会人士。

我有一次正在一个青年的书摊前逗留，看见教过我们的一位教授也在那里。他是研究中共党史的，看见一本叫《天安门诗抄》的旧书，是当年人们在天安门广场上悼念周总理的诗歌集，与他的专业是相关的。他翻了翻，问了问价钱，老板开了个价，他还了个价，一笔买卖便顺利地成交了。他脸上露出了一副很满足的神情：一是淘到了一本好书，二是老板让了些价，让他得到了消费者剩余。我无意中看到了这一幕，留下了深刻的印象——原来教授们也跟我们一样，也会光顾旧书摊，并且也会讨价还价，捡到一个便宜时也会心满意足的。

旧书摊上还有许多过期的刊物，最多的是各种文学期刊。有一个老板在卖那时刚创办不久的大型文学刊物《大家》。这份刊物用铜版纸印刷，十分的精美，每期的黑白封面上都印着一位诺贝尔文学奖得主的肖像，很吸引我们这些文学爱好者的眼球，虽然比其他的刊物要昂贵些，一本三块五块的，我有时也会买下一本。有一次我看到一本它的"创刊号"，知道这有特别的价值，就问了问价钱。老板说十五。我吓了一大跳，定价都远没有这么高。我说这么贵。他指了指书，说这可是"创刊号"。我当然掏不出这么多钱，只能遗憾地放弃了。等了一会儿，一个骑自行车经过的妙龄女子停了下来，拿起它看了看，很快就买走了。想必也是一个文学爱好者吧，这本"创刊号"来到她手中亦算找到一个合适的归宿了。

我班上有一个来自河南的同学跟我一样也是嗜书成癖，也经常光顾这个地方，经常跟我不约而同地出现在这里。有一次他看中了什么书，但没带够钱，于是就向我借10元，说回去就还给我。我不假思索就借给他了。都是爱书的人，能帮上尽量帮上，也许下次我也有求助于他的时候。后来我也多次遇到过这种情况，都是从他那里借到了钱。他一则先借过我的钱，不好拒绝，二则我每次都很及时地还了，因而再借不难。

然而，我并不是每回都能遇到这位同学。有一次我看中了一本书，却没有带钱，只有一沓的饭票。饭票在我们学校周边都是可以流通的，但由于这里远了些，超出了流通的半径，那老板就拒绝了。我正一筹莫展之际，突然感到手上的书被什么人轻轻推了一下，原来是一个挂着手杖的老人想要知道这是本什么书。他说可以用钱换我的饭票，于是我就换了10元钱，买下了这本盗版的《金瓶梅》。从举止之间可以看出这是一位老知识分子，想必是我们学校的一个退休教授吧。他看到了我当时的窘境，在关键的时候主动伸手帮了一把，这种美德无疑是十分令人感动的。这位老先生想必也是一个嗜书如命的人，虽然已经步履蹒跚了，仍然拄着手杖来到这里，与这些求知若渴的学生为伍。现在他想必早已作古了，我与他只有一面之缘，但这温暖的一幕已经永远地定格在我的记忆里。

  我在这里还见过一个特别的卖书人。他是一个中年人，穿着十分寒酸，神情有些落魄，像是一个生活的失意者。然而，他摆在地上的几本书却很不简单，是傅雷翻译，人民文学出版社出版的巴尔扎克小说，像《幻灭》《搅水女人》和《斯邦舅舅》等，让人感到十分的惊诧。书已经有些老旧了，但装帧十分的典雅，一看就知道是多年前留下来的正品。这书是好书，但怎么会是这样一个卖主呢？而且还只卖巴尔扎克的这几本小说。他不像是一个生意人呀！我有意在那里逗留起来。过了一会儿，一个大学生上前问了问价钱，又还了个价。没想到那人说这可是《幻灭》啊！可见他对巴尔扎克是十分熟悉的，完全清楚这书的价值，所以并不急于成交。这到底是个什么人？也许是巴尔扎克的忠实读者吧。也许还曾经是个追逐文学梦想的人，只是后来梦想破灭了。

  后来"一二一大街"修好了，书摊就摆到了那条与之交叉的通往昆明理工大学的街上。那条街也经过整修，两边留出了很宽的人行道，也很适合摆旧书摊。我就经常去那里逛。有一次我看见一个摊位有一本《收获》，刊登着著名作家余华的长篇小说《许三观卖血记》。我当时热衷于先锋文学，十分喜欢余华的作品，在书店买过他的一套作品集。他早期的作品带有很强的先锋色彩，后来又渐趋写实了。他的长篇小说《活着》我一口气就读完了，主人公福贵面对命运接二连三的打击，最后只剩下一头老牛与自己做伴了,却仍然要顽强地活下去,人生就是为活着而活着。我读后被深深地打动了,因而更喜欢这个作家了,凡是遇到他的作品都会买下来,这次刚好又让我碰上了。我如获至宝似的,难掩心头的喜悦和兴奋。

我问了问价钱,老板说两块。一本类似的刊物通常要价两块,砍价可以砍到一块五甚至一块。我说这么贵?一块五卖不卖?其实就是两块我也会买。然而,这个善于察言观色的老板早已看出我的心理,反而提高了要价,说三块。我十分的无奈,但也只能忍痛买下了,谁让我这么不善于掩饰自己呢。不过也不赖,这刊物的品相好,这小说又是我所喜爱的,虽然被老板算计了,但仍然要比到书店里买一本新书实惠得多,我仍然得到了消费者剩余。

2019 年 4 月 18 日

心上的书房

作为一个迷恋于书中世界的人，我为了读到书也向别人借过，但主要还是到图书馆借。图书馆的藏书如大海一般，什么门类的都有，新的旧的都有，同时还不需要欠人情，还不怕遭到回绝。然而有些书图书馆并没有，或者即使有也想自己买一本作为收藏，所以我遇到自己喜欢的书也很愿意花钱买下它。

我当学生的年代书价是很高昂的，加之自己经济条件又很拮据，往往需要省吃俭用从生活费中抠出钱来才能买上一本。书店的书买不起，就到旧书市场去淘，往往也能淘到许多"宝贝"。大学四年下来，我总共买了几百本的书，在同学当中算是绝无仅有的。随着数量的增长，我有些"书满为患"了，床头的空间比较有限，更多的只能堆放在床底。大四时刚好换了一栋宿舍楼，是以前研究生住的，一间只住五个人，相对宽敞，而且还有一个柜子，一人分一层。这就解决了我的后顾之忧，我的书可以悉数塞进柜子，这里就成了我的"书房"。

毕业要回去了，这堆积如山的书怎么处理？这是一个很棘手的问题。我这时兴趣已经转到社会科学上来，对文学已经热情不再，于是就把许多文学方面的书扔了。但剩下的书还是多得惊人，于是我就托运一部分，剩下的装进一个大箱子随身带回去。为了拉这沉沉的一大箱书，我又到市场上买了一部折叠式的小拖车。经过一路的劳顿,当火车快要抵达福州时,我把箱子从行李架搬到地板上等下车。列车员要进行最后的打扫,扫到我这里时要先把它提到座位上去。他提了提,感到异常的沉,就说都是孔夫子搬家。

毕业后我到一所学校工作,有了自己的经济收入,买书时出手就更大方了,经常下班后骑着一辆自行车出去逛书店,回来时就是满满一车篮的书,进校门时总能引起学生的一片惊呼。后来网上书店兴起了,图书的种类更加齐全,同时又能打很大的折扣,于是我书就买得更欢了。

未成家时,我住在单位的宿舍里。宿舍经常变动,每次都要面临一个头疼的搬家问题。我没有太多的其他家当,基本上都是书,一摞一摞的。为了完成这蚂蚁搬家的任务,我有时请同事帮忙,有时请学生帮忙。有一次是一个女生帮我,她看到我的这么多书后不免有些惊呆了。我的书一般都堆得十分凌乱,那次搬完后她还自告奋勇要为我整理。她兴致高昂地忙活了半天,最后把所有的书按大小分类在桌面上码得整整齐齐的,让我看了大为惊讶。人身上的潜能是很大的。此言不虚!

后来我成家了,有了自己的房子,就可以免去这种孔夫子搬家之苦了。但我的房子小,没有专门的书房,也没有专门的书柜,于是就把书塞进柜子,反正我的生活不讲究,衣物什么的都很少,刚好可以腾出柜子用于放书。这样我的书就放得很无序,这里一堆那里一堆,平时要找一本书,往往都要逐一翻找过去。但自己的书好歹都有点印象,最后也都能找到。文人雅士大都很讲究自己的书房,不但要宽敞,以容纳足够多的藏书,还要经过精心的布置,使环境变得优雅,最好读书时还要燃上一炷香，在青烟缭绕中享受着一种无上的雅趣。所有这些我都无从讲究，也无须讲究，我只求周围环境不过于嘈杂即可。只要是自己想读的书就可以手不释卷地读下去，特别是状态来时，头脑可以高效地运转起来，其他一切都置之不理了。我甚至没有专门的书桌，读书时或者坐在床头的电脑桌旁，或者搬一张凳子坐在客厅，甚至还可以站或蹲着，所有这些对我来说都不重要，重要的是能有一本好书在手。我的书房不在别的地方，它就在我的心上。如果自己的心里装着书，有没有书房并不重要。如果自己的心里不装着书，再高级的书房也只是一种摆设。

　　刚开始时，我更多凭着一股激情去买书，看见喜欢的就想买下来，而较少考虑到底适不适合自己。因此，许多书买回来后就一直放着。经过一个时期的摸索之后，我逐渐找到了读书的方向，同时也更加清楚自己的强项究竟在哪里，这样买书就更有针对性了，买回来的书大都是自己需要读并且也会去读的。同时书读多了，也更加了解业界的状况，知道哪些作者的书更有价值，或者更适合自己，买书时就更有方向了。"书非借不能读也"，借来的书由于要还，所以就会抓紧时间读，而自家的书由于总有机会读，结果往往一直放在那里蒙灰尘。然而，我却有点反其道而行之，"书非买不能读也"。书是自己的，可以从容不迫地读，又不必担心把书弄坏了，读起来效果就会更好。同时又是花过钱的，放着不读无疑是浪费自己的钱财，这样也可以催促自己把它们读了。

2019 年 5 月 7 日

真善美的追求
―― 余易木作品赏析

我对当代文学不算陌生,也阅读过不少作家的作品,但直到 2015 年 5 月看了文史学者丁东一篇博文后才听到余易木这个名字的。丁东先生以挖掘当代被遗忘的民间思想而著称,我对他的判断力向来是相信的,于是就上网搜索了一下余易木的资料,并网购了一本他的作品集——《初恋的回声》,里面有短篇小说《春雪》,中篇小说《初恋的回声》和《精神病患者或老光棍》。丁东先生的《想起了余易木》一文中认为,余易木是 20 世纪 60 年代中国大陆的小说创作的第一人,"他的小说,无论思想上,还是艺术上,都不是那些套着当时意识形态枷锁的作品所能比拟的。随着时间的推移,我自信以后的史家会认同余易木的价值"。我经过仔细阅读他的作品,感觉丁东先生的判断是有道理的,他所创作的作品确实不同凡响,所达到的思想和艺术境界也是很少作家能够企及的。这样优秀的作家及其作品不应当长期被埋没和忽视,而应当引起评论界的足够关注和重视,充分挖掘其在文学上的价值和意义,给其在文学史上应有的地位。

《春雪》写于 1962 年 8 月,讲述的是两个对革命以及未来充满天真理想的年轻恋人,因为 1957 年的"反右"运动而不得不分手，相隔 5 年后又在北京的一家电影院相遇的故事。在当时青年的心目中，革命是最崇高的，所有的一切包括爱情都要服从于它。他们当初的爱情是多么的纯真，多么的欢乐。"1956 年国庆节的夜晚，就在这里，就在这寂寥的广场上，我拉着她的手，在狂欢的人群中穿来穿去。到处都是喜悦的脸，到处都是友谊的手，到处都是奔放的热情，到处都是忘我的沉醉。"可是到了 1957 年，当男主人公被打成右派后，他的恋人却只能选择结束他们的爱情，并且真诚地认为考验的时刻到了，为革命牺牲爱情的时刻到了，真诚地认为他对人民犯了罪，尽管他是她最亲的亲人，她依然真诚地认为没有共同的革命理想就不可能存在纯洁的爱情。

然而世事难料，1958 年底女主人公因为向其所在的研究院党组写了一份反映真实情况的报告，在随后的反右倾运动中变成了院里右倾机会主义的典型，被开除了团籍，下放到农场劳动两年多以后才回来。政治运动的残酷和生活的磨难使她明白了过来，"现在，我明白了。我不怪你。现在，我自己也不会相信这种事情了。但是，当时，当时我是那么的年轻，幼稚，那——么——的——年——轻！当时我根本就不懂得：在这时兴真理的时代里，多的却依然是谎言！"他们的心里都留下了永远的创伤，但又从来都没有真正忘记对方。他们重逢之后，互相理解了对方，却不能再重新结合在一起了，因为横在他们之间的，不是一般的 5 年，而是一道深渊，一条不可逾越的鸿沟，一个时代——它的名字是：1957。小说采用倒叙的方式，先是男女主人公意外地重逢，然后回忆起他们过去的遭际，最后又只能无奈地告别。小说的篇幅并不长，故事的情节也不复杂，重在表现两位主人公各自的心路历程，却把那个时代政治上的风云动荡深刻地反映了出来，把主人公的思想感情细致地表现了出来，语言哀婉凄美，意境深沉幽远，让人叹息，又让人久久深思。

《初恋的回声》写于1963年4月至1965年4月，讲述了周冰、梅雁、杨芸三个知识分子在那个特定的年代心灵所感受到的压抑，所遭受的苦难人生。他们虽然身处逆境之中，但又相濡以沫，心心相印。男主人公在1957年的"反右"运动中，因为几句话被打成了右派，9月初被校长作为所谓的"废品"，"处理"到了青海。他在青海生活了三年零两个月，经历了"大跃进"狂热的浪潮和接踵而至的大饥荒岁月，经历了希望与绝望交织的时刻，也经历了不幸的初恋的意外欢乐。在这里，他遇到了因为在政治运动中拒绝揭发别人而被开除团籍的梅雁。在"大跃进"后的困难时期，他们工厂来到青海湖边的刚察垦荒。当周冰因为饥饿而浑身浮肿的时候，梅雁慷慨地送给了他四两粮票。他们之间因为互相怜悯而互相靠近，并逐渐相知相爱。梅雁关心他的生活，鼓励他重新振作起来，继续进行学术上的研究，并帮助他把论文翻译成俄文，投到苏联的一家著名科学刊物上发表，帮助他找到了自己的人生价值，并在一定程度上改善了他的生活环境。当她在为是否要回到家乡而犹豫不决时，他虽然对她充满了深情与不舍，但是出于社会现实的考虑以及为她的幸福着想，理智战胜了情感，毅然叫她回到家乡自己的丈夫身边。他无法忍受感情上的苦苦煎熬，决定为了她的幸福跟她割断关系，但又无法做到，因而内心煎熬："我是人！我为什么要冒充圣人呢……"

后来，周冰调到福州工作，经过同事的介绍认识了杨芸。经过近半年的相处，他们两人产生了爱情，并准备结婚成家。但在结婚前一个星期，他却离奇地失踪了。原来梅雁回到并不关心她的丈夫身边后，怀孕生下了女儿，自己却难产而死。周冰匆忙赶回上海与她见了一面，决定承担起照顾她留下的女儿以及老母亲的责任，同时只能选择与杨芸分手。他曾经想过要向她解释一切后再分手，但却缺乏足够的勇气，怀疑一个姑娘能够原谅自己未来的丈夫心里爱着另一个女人。后来杨芸出差到上海，在一个公园意外地遇到了周冰。周冰把她接到家里，把事情的原委如实地向她叙述了一番。过去这几年，她虽然饱受心灵的折磨，但心里仍然深深地爱着他。听完他的讲述后，她道出了自己并未结婚成家的真相，又接受了他。相对于《春雪》，在《初恋的回声》一文中的政治氛围没有那么浓厚（然而那个时代的政治风云也得到了准确的反映），主要讲述男女主人公虽然面对巨大的人生困境，面对现实生活的各种打击以及束缚，却没有放弃对爱情的追求，对真善美的追求，同时构思十分精巧，悬念丛生，跌宕起伏，是一部出色的爱情小说。

余易木的作品基本上可以归入改革开放初期产生的伤痕文学一类，然而在对极"左"政治的批判上，在对过去那个时代的表现上，在对人性和道德的挖掘上，在结构的营造和语言的运用上，又远在那些同类作品之上。尤其他的作品写于20世纪60年代的前半期，就显得更加难能可贵了，让人们对他写作的超前性和无畏性更加钦佩。须知就是到了新时期以后，许多作家在对社会生活的认识以及对文学艺术的理解等方面都未能达到这样的水平。同时在他的作品中，也丝毫看不到当时的陈词滥调，而是直抒胸臆，把自己的理智与情感以独特的艺术形式酣畅淋漓地表现出来。到了新时期以后，许多作家的作品在思想上也仍然亦步亦趋，并没有超出特定的范围，在语言上也仍然充满意识形态的话语，并没有多少鲜活的具有个人风格的语言。在那样一个充满禁锢的年代，他大胆地描写和讴歌起了爱情，对压抑和扭曲人性的极"左"政治进行了尖锐的控诉，执着地追求着真善美。他的作品所讲述的都是爱情故事，但是在这些爱情故事中，政治上的波谲云诡，现实的残酷与荒谬，人们对生活的绝望以及对未来的希望，人性的高贵、卑劣与脆弱，乃至我们民族的惰性和劣根性，都得到了充分的体现。这些故事大都以悲剧的形式出现，令人黯然神伤，长久叹息，同时又给人以远处微渺的希望，让人们对未来执着地追求下去。在阅读的过程中，我很是被深深地打动了几次。

这两部作品是在 1962 年 8 月到 1965 年 4 月这一时期写的。那时候，我们经过一个短暂的相对宽松期之后，局势又陡然变得紧张起来。然而，在那样严峻的环境下，余易木仍然坚守自己的艺术和良知，专心致志地进行探索和写作，把自己对社会和时代的真实认知记录下来，把自己的真实情感记录下来，把自己的批判和追求记录下来。他当时已经完全没有公开发表作品的可能，反而可以"茫洋在前，顾忌皆去"，以一颗自由的心灵进行思考和写作。在那个年代，进行这样的写作是要冒着巨大风险的。但他没有畏惧不前，而是忠实于自己的内心，勇敢地发出自己对现实的批判以及对未来的希望。

过去的这个世纪对我们这个民族来说是一个命运多舛的世纪，有着太多的经验教训需要深入地总结吸取，在文学界也需要有许多作家用自己的作品来真实地反映这个时代,深刻地反思这个时代。然而遗憾的是,我们在这方面真正厚重和大气的作品却不多见,像余易木这样的作家并不多见。我们的作家还要不断地提高自己各方面的素养,特别要提高自己的文学和艺术修养,能够遵循文学艺术创作的规律,以艺术的形式和文学的语言真实地反映这个时代,真实地表现自己的情感与追求。

附记:这是从一篇旧作改编过来的。

2019 年 4 月 30 日

人生关键词+

批评的价值在于直率和犀利

—— 读王彬彬的《顾左右而言史》

　　王彬彬是当代文学评论界的一位著名学者，20世纪90年代中期他曾以一篇《过于聪明的中国作家》而轰动文坛。此文对中国作家一味回避现实的尖锐问题，过于追求自身的物质利益，过于世故圆滑等现象提出了直言不讳的批评，十分切中时弊，击中了这些作家们的软肋，因而一方面引起人们的喝彩，说出了人们想说而没有说的话，或者说了却没有他说得这么一针见血、发人深省，另一方面也引起一些被批评作家的激烈反弹，王蒙就斥他为"文坛黑驹"，说他要通过这种出格的话语出名。我认为此乃诛心之论，王彬彬此前就已经发表过不少很有分量的批评文章，在评论也算小有名气了。他这种直率、犀利的批评风格是一以贯之的，其作品始终保持着较高的质量，在评论界产生了重要的影响，已经成为这一领域不可忽视的存在。

　　王彬彬的批评之所以能够行稳致远，首先在于他十分扎实的实证功夫。他自称是一个"宅男"，平时大都"宅"在家里看文史方面的书。他对研究资料进行了详细的梳理，使自己的立论建立在充分的实证基础之上，别人很难在事实根据上找出破绽。其次在于他善于进行独立思考。读过他的作品有一个突出的印象就是很难从政治立场和价值观上对他进行归类。从事学术研究和批评具备这一品质无疑是十分必要的。不是说不可以有自己的政治立场和价值观，而是不能因此而先入为主，对复杂的研究对象进行掐头去尾、削足适履的处理，必须摘掉我们的有色眼镜，在充分占有资料的基础上进行独立的思考，实事求是地得出自己的结论。再次是他文章中逻辑的严谨。他在阐述和论证的过程中是很讲究逻辑的，别人很难从中找出破绽，因而得出的结论也往往是令人信服的。一些拙劣的作品之所以让人感到语无伦次、不知所云，一个很大的原因就是没有经过逻辑方面的训练，不具备基本的逻辑思维，无法清晰、有条理地表达自己的思想。他的作品还有一个特点是行文十分流畅，让人容易读得进去，从而拥有众多的读者。然而这又并非是通俗的，而是在文理通顺的基础上还要讲究修辞的艺术。而且首先要在内容上吃透了，经过深思熟虑之后才能做到表达上的清通。这其实是不容易做到的，许多以文字为业的人一生都没有做到这一点。然而，王彬彬做到了，而且做得很好。读他的作品别的不论，首先可以欣赏到高质量的文字，可以从中学到许多作文方面的东西。最后尤为值得一说的是他在批评观点上的直率和犀利。批评就要鞭辟入里，入木三分，同时还要不留情面，从而才有存在的价值，那种当好好先生的温吞水式的批评是没有价值可言的。只要建立在充分的事实基础上，建立在可靠的逻辑基础上，批评是不怕犀利的，越是犀利就越能把创作的得失指出来，越能引起应有的重视，越能帮助人们取得进步。"良药苦口利于病，忠言逆耳利于行"，那种吞吞吐吐、隔靴搔痒的批评无法把弊病揭示出来，更无法提供解决弊病的良方。而那种抬轿子、吹喇叭式的批评，把问题掩盖起来了不说，还会让人飘飘然起来，对其反而是一种捧杀，就更等而下之了。

　　王彬彬除了老本行文学评论之外，还发表了许多文化批评的文章，对一些文化现象的批评也是十分独到和尖锐的，在社会上产生了相当的影响。作为一个并非关在象牙塔中，而是具有很强现实关怀意识的学者，他也对一些社会现象进行了批评，提出自己作为一个公民的独立思考和见解。同时，他的研究中还有一个很重要的部分，而且是近些年来越来越显得重要的部分，即对一些历史问题的研究，发表了许多很有分量的历史随笔。这也许是文史不分家传统的缘故，也许还因为我们每个人都活在历史中，都在感受着历史，参与着历史，因此了解和认识历史并不是历史学者的专利，我们每个人都可以也都需要多读点历史。他不是专业的历史学者，因此很少发表历史专业论文，而是采取历史随笔的形式。然而，其研究的水准却并不亚于专业的历史学者，在社会上也产生了相当的影响。他的历史随笔同样建立在扎实的实证基础之上，或者爬梳原始的资料，或者利用前人的著作，对一些历史问题进行严谨、细致的阐述，还原了许多历史的真相。他总是通过自己的研究纠正了前人不正确的论断，或者在前人的基础上通过新的资料和新的思考，使认识再前进一步，而不是简单地重复前人的结论，从而体现出学术研究的真正价值——探索真理。从这个意义上讲，他的历史随笔也是一种批评，而且也是直率和犀利的。他是一个具有很强的现实关怀意识的学者，其历史研究也不是为历史而历史，而是出于现实的困惑而去认识历史，或者在历史的研究中发现对现实的启示，从而把历史与现实很好地对接起来。要做到这一点也是很不容易的，处理不当就会变为牵强附会，沦为"影射史学"。只有在充分掌握资料、尊重历史的前提下，才能有效地做到这一点。而王彬彬已经做到了，这也是他的历史随笔的一个重要价值。

《顾左右而言史》是王彬彬近年来发表的历史随笔的结集，内容广泛，主要涉及近现代中国的一些历史问题。大多数作品是他对一些历史问题展开研究，也有一部分是阅读史著过程中受到启发而写的读后感。有的是在前人著作的基础上进行进一步的研究，也有的是对原始资料进行爬梳，即使建立在前人著作的基础上，他也会找到一些新的著作进行参证和补充，使认识变得更加深入，而不是简单地重复前人。在《"华人与狗不得入内"的公德教训》一文中，他的重点不放在"华人与狗不得入内"这个前人已经做过很多的考证问题，而放在公德教训这一我们过去曾经长期忽视或者掩盖起来的问题。他综合前人的成果，并结合自己对有关文献的梳理，把这一问题的由来以及对现实的启示鲜明地呈现在读者面前。在《徐锡麟刺杀恩铭的公私问题》一文中，他在把徐锡麟刺杀恩铭的过程呈现出来的同时，还提出了这一过程中所体现的"公愤"与"私惠"的冲突问题。在徐锡麟刺杀恩铭这一著名的历史事件中，人们往往只注意到徐作为一个英勇无畏地反对清朝以及封建统治的革命家的一面，而没有注意到恩铭作为当时一个官声并非不佳并且对徐有提携之恩从而使其得以接近并刺杀自己的一面。王彬彬通过对史料的钩沉，把这一问题详尽地呈现了出来，促使人们进行反思，从而使人们的认识进一步走向深入和全面。

2018 年 10 月

智者的思考

—— 读周有光的《静思录》

周有光先生是一位百岁老人,他生于晚清的 1906 年,去年即 2017 年刚刚故去。他早年学习经济学并从事经济工作,1955 年进入中国文字改革委员会,专门从事语言文字研究,曾参加并主持拟定汉语拼音方案(1958 年公布),以此而享有盛誉。85 岁以后他又开始研究文化学问题,对许多问题都进行了研究,产生了许多独到的思考,不断地有文章发表,不断地有著作面世,在社会上产生了很大影响。人们十分惊异于这一现象:一是对许多问题的研究都如此的深入和独到,二是已是百岁老人了还能保持如此清晰的思维,如此活跃的思想。这被称为"周有光现象"。

《静思录》是周有光先生从 20 世纪 90 年代开始发表的部分随笔的结集,内容比较驳杂,有谈论人生的,有放眼世界的,有启蒙思想的,也有关于他的老本行即语言文字研究的,每篇看似都写得很随性和不经意,但在这背后却能看出他丰厚的学养。这首先建立在他漫长的人生经历基础上。一个阅尽了人世沧桑的老人对世界看得十分透彻了,才有可能变得如此目光如炬,一个个复杂的问题在他的笔下都变得清晰起来,要言不烦地予以概括,让人看了有一种豁然开朗的感觉,从中既吸取了许多新鲜的知识，又得到了许多思想上的启发。同时，这也是与他丰厚的学养分不开的。他博览群书，在许多领域都有深入的研究。许多老人在一些问题上也有智慧之言，而无法像他这样同时还具有相当的理论支撑。他年纪虽大却还坚持不断地学习各种新知，还对新鲜事物充满了好奇，因而能够对许多前沿问题进行深入的思考，提出许多很有见地的观点，让许多年轻人都叹为观止。需要特别提及的是，这都离不开他对自由思想的坚持。许多问题也许别人都已经讲过了，但出自他的笔下人们看了并不觉得是在炒冷饭，而是别出心裁，别开生面，提出许多新颖的思想和观点。这都得益于他的独立思想，不人云亦云，只有这样才能推陈出新，也才能受到人们的认可和接受。但独立思想，思有所得是一回事，是否秉笔直书，把它们写出来又是一回事。有的人在台面下谈锋甚健，很有思想的锋芒，但到了台面上却出于各种原因而变得四平八稳，锋芒全无了。但在周有光先生的文章中我们却可以看到他像那个说破"皇帝的新衣"的小孩那样，放言无忌地把许多问题的真相道了出来，把自己独特的思想表达了出来。这就是他一个十分重要的特点——讲真话。我们未必都要认同他的观点，譬如他在语言文字改革问题上的观点本人就不完全认同，但我们要支持他把自己的观点毫无保留地表达出来，要佩服他这种敢于讲真话的精神。

　　这些年社会上出现了一个重要现象即"两头真"的现象，一批学者像周有光这样早年追求真理，思想十分活跃，而中年一段又失去了自我，变得沉默起来，而到了老年后又重新焕发出思想的活力，对过去进行了深入的反思，对许多问题进行了独立的思考。人们容易从时代的因素去进行理解，但还缺少一个视角即年龄。年轻时思想往往都是敏锐的，同时又没有太多的包袱，因而敢于追求真理，在这条道路上勇往直前。到了中年，需要考虑的因素变多了，包袱也变重了，同时又经历过复杂的世事，因而就会患得患失起来，思想上变得沉稳有余，进取不足了。而到了老年，又变得没有太多的既得利益和包袱了，于是就会利用这最后的时光畅所欲言。同时阅历也更丰富了，思想也升华了，就会产生许多人生的感慨来，并想诉诸笔墨。但不是所有人都能活到这样的年龄，能活到这样年龄的也不是都能像周有光先生那样还能保持清晰的头脑，还能独立地进行思考，还能敢于讲出真话。

对于许多年轻人来说都做不到他这样，因此应当学习他的这种好学深思的精神。我们年轻的时候就应当这样，多做些有意义的事情，对自己负责，也对社会负责，而不是庸庸碌碌地过着，从而留下人生的巨大遗憾。对于老年人来说也要学习他的这种精神，进入老境之后并不意味都要在那里颐养天年，而是可以老有所为，老有作为，要更好地利用自己的人生阅历进行思考，为社会多留下一些精神的财富。随着我们慢慢进入老年社会，这个问题也就变得越来越重要了。对于中年人而言也不要过于患得患失，不要沉稳有余，进取不足，也要学习他的这种精神。他们处于社会中坚的地位，如果能够积极进取就可以更好地带动社会的进步，如果因循苟且就会成为阻碍社会进步的绊脚石。从整个社会层面看，我们也应当思考如何才能为人们的自由思想创造更好的外部环境，从而减少人们的顾虑，不要都要到老的时候才能放开思想，留下自己的思考，因为这时即使再有思想的锋芒，但毕竟岁月不饶人，最好的时光已经过去了，最有创造力的时候已经过去了。

这本集子取名为《静思录》，他在前言中写下了一段话："独立思想是轻而易的脑力活动，人类的一项先天本能。对于长期接受引导训练的青年们，如果一时失去独立思考能力，也只要正襟危坐，闭目静思，就能渐渐恢复正常的独立思考本能。因此，这本文集定名为《静思录》。"独立思想难乎哉？我们曾经长期失去了这个能力，变得人云亦云，而不会用自己的脑袋进行思考了。然而，只要我们能够静下心来，让思想的天空变成自己的，这种本能就会很快地恢复过来。静下心来首先就是摆脱各种的思想束缚，让思想的野马自由地驰骋起来。同时自由又意味着责任，不是胡思乱想，而是要冷静下来，具备一种理性和清醒，从各种的定见中解放出来，摘下自己的有色眼镜，坚持从客观实际出发。如果都能这样，各种假大空的思想、各种极端的思想不就失去了市场？思想不就变而多元而有序，思想的市场不就形成了？

周有光先生阐述问题时用平实的语言娓娓道来，让人不觉得深奥，也不是板着面孔说话，因此很容易进行阅读。他说的很多都是常识，但当很多人都背离了常识，相信太阳从西边出来时，敢于说出常识，捍卫常识，让人们回归常识，知道太阳原来是从东边出来的，还能说这不重要吗？

2018 年 11 月

> 人生关键词+

求同存异：不同学术观点的共处之道

近来，我读了著名出版人周实先生撰写的《老先生》一书，在他对翻译家江枫先生的一篇回忆文章中，我看到了江枫先生发表在《书屋》2001年第1期上的《汉语啊汉语，危机，却在哪里？》的一段话：

> 其实，"汉字不灭，中国必亡"，并不是创新之论，此说曾出自鲁迅之口。走拼音化的道路也不是新发明的疗救处方，20世纪以来，中国的新文字运动和汉字拉丁化运动，便都是在挽救民族危亡、振兴民族文化的大旗下发动和开展起来的。新中国成立不久，毛泽东主席又明确指示，中国的文字改革要"走世界文字共同的拼音化方向"，但是，经过三十多年探索，特别是各种"左"的设计几乎都经过了代价惨重的实验，到了1986年，《全国语言文字工作会议纪要》就不得不宣布，"在今后相当长的时期，汉字仍然是国家的法定文字，还继续发挥其作用。《汉语拼音方案》作为帮助学习汉语、汉字的有效工具，进一步推行并扩大其使用范围，但它不是代替汉字的拼音文字。"但是，以汉字拉丁化为安身立命之本的一批专家，尤其是在语文工作部门掌握着某种实权的部分官员，却从未真心

接受拼音化的失败，又以内部会议纪要的方式炮制了终未实施的"一语双文"方案。当计算机以当代英雄的姿态登上文化生活舞台而成了便捷的信息处理工具，拉丁化派又大肆鼓噪：再不拼音化，中国就会错过一整个朝代。这耸人听闻的最新危言，却不必等到一个时代结束再来论证，也不曾经过轩然大波的论战，便由于"万码奔腾"的实验和汉语软件的涌现，众多而且是一种优于一种汉字输入法的层出不穷和广泛采用而不攻自破。

本人对于语言学研究只是个门外汉，看不出多少门道来，但看了之后还是增长不少见识的。关于20世纪以来的新文字运动和汉字拉丁化运动也曾经有所耳闻，但具体内容却不甚了了，看了这篇文章之后才知道原来我们文字改革还曾经走过这样的一个历程，亦算是读书中的一个收获了。受此启发，也想发表自己的一点看法，并非要在自己外行的语言学问题上说个子丑寅卯，而主要在学术观点如何共处这一问题上谈点自己的见解。

支持汉字拉丁化和反对汉字拉丁化的双方都有各自立论的根据以及推理的逻辑等，始终激烈地争论着，并且还将一直争论下去。支持一方从世界文字和世界文明的发展趋势，得出我们也必须适应这一趋势逐步对汉字进行拉丁化的改革，最后实现与国际的接轨。文明最后的接轨就是语言和文字的接轨，文字不仅是交流的工具，还是文化和文明的载体以及一种思维方式。而反对一方从我们独特的5000年未曾中断过的文明这一角度出发，认为方块字是我们独特的创造，是我们独特的文化、思维以及情感的结晶，我们中华文化的独特性在很大程度上就体现于汉字，失去了汉字就失去了中华文化的根。双方都立场鲜明，都言之凿凿，很难说哪一方就是绝对的对，也很难说哪一方是绝对的错。根据江枫先生的意思，我国的汉字拉丁化似乎已经失败了，其实也不尽然。我们虽然没有实现拉丁化，但我们已经进行过几次的汉字简化。对此，人们也有不同的观点和评价，然而实践也对这一问题做出了回答——虽然汉字简化也存在一些弊端，但总体上还是利大于弊的，对人们掌握文字和学习文化，对知识的普及和大众文化程度的提高都是起很大促进作用的。在民国时代就开始尝试汉字简化了，但由于阻力太大而进行不下去，而中华人民共和国成立后我们党做了前人想做而没有做到的事情。这是继白话运动之后在语言文字领域的又一重大进展，在我国的文明发展史上是值得大书特书的。此外，我们还成功地推行了汉语拼音方案，这对于学习汉语汉字，对于汉语的标准化也具有深远的影响。这两项改革使汉语汉字变得简单易学，提高大众的文化程度以及知识的普及程度，亦可视作汉字拉丁化的准备阶段。我同意在今后很长一个时期内仍然无法实现汉字的拉丁化，对汉字的拉丁化要进行长期充分的讨论和探索的观点，但这并不意味着汉字拉丁化就永远无法实现。

　　江枫先生还说："汉语、汉字是我们民族文明和文化的母亲，也许有人可以接受一万个继父，认一万个义父，但是无论谁只有而且只能有一个生他养他的母亲，母亲脸上也许有雀斑，但是作为儿子不能因此而诅咒和遗弃她，何况，我们的汉语母亲脸上非但没有雀斑，甚至很美，她寿而犹健，还在为她哺育的文明继续充当发展和交流的载体和媒介。"他对汉字的偏爱是可以理解的,同时这也是他的权利,但他把汉字当作母亲进行类比本人却不敢苟同。母亲是无法选择的,无论她长得如何都是我们的母亲,所以"子不嫌母丑"。我们的汉字已经使用了几千年了,已经融进我们的血液,变成了一种本能。我认识一个已经移民美国几十年的朋友,她说起汉语和用起汉字来依然地道,与我们生活国内的人相比看不出有何区别。因此,把汉字比作母亲也是不无道理的。然而,如果撇去过多的感情色彩,文字终究只是一种表达的工具,即便是汉字,它从古至今也是在不断地发展变化的,我们现在看先秦时代的汉字已经如同在看天书了,很难产生江先生所说的那种感情。谁又能知道,很多年以后汉字会发展变化到什么程度?那时,后人看我们现在使用的简体字,也许就像我们现在看先秦时代的汉字一样。因此,汉字又不是我们的母亲。我们要创造出更高级的文明,使文字更好地为之服务,而不是我们要为文字而活着。如果出于文明进步的需要汉字确有改革的必要,我的观点是当改则改。至于江先生认为的汉语母亲脸上连雀斑都没有,这体现出他对汉字偏爱到一种令人无法置信的地步,他也有这个权利,但这也只是他的一家之言,并不意味汉语汉字就真的没有缺陷,那些指出其缺陷的观点就是偏激和不值得一驳的。

  对于类似这样的问题,人们可以从各自的认知出发,发表各种不同的观点,仁者见仁,智者见智,但必须遵守一些共同的规则。首先是学术民主的原则。不同的学术观点都有存在的权利,而不能不让人说话,更不能由谁出来仲裁。自己的观点如果真站得住脚,就"真金不怕火炼",不怕不同的观点的存在，观点越是不同就越有挑战性，越能对自己的观点进行检验，越能找出自己的不足，从而使自己得到修正和提高。我们正是在各种观点的交锋和碰撞中，不断地取长补短才得到发展进步的。不要把自己的观点看得太重要，我们都是学术大家庭中平等的一员，我们把自己的观点毫无保留地讲出来就尽到自己的本分了，至于哪种观点可行这实要取决于各种因素。以当年的汉字简化为例，这固然离不开众多专家的积极参与，但更多的还是取决于社会发展的形势尤其是政治领域的因素，否则就难以理解为何民国时期支持汉字简化的声音也很高，却非要等到20世纪50年代才能实现呢。其次立论要出于公心，要建立在事实和逻辑的基础之上，做到持之有故，言之成理。学术乃天下之公器，我们出于不同的知识背景以及不同的价值观，对同一问题或许会产生不同的见解，但讲的都必须是真话，都必须是出于一种公心，而不是出于维护某一利益集团的利益而说一些言不由衷的话语，否则就不是学者了，而沦为利益代言人了。

2019年1月29日

一生求索在于斯

——读孙越生的《官僚主义的起源和元模式》

孙越生这个名字对于许多读者来说无疑是十分陌生的,我也是在读著名经济学家王亚南的《中国官僚政治研究》一书时,看到有一篇序言是一个叫孙越生的人写的,从而记住了这个名字,知道了他是王亚南先生的学生,厦门大学经济系毕业的,但也仅此而已。后来我读过著名文史学者谢泳、丁东等人的作品,他们对孙越生先生十分推崇,介绍了他学术思想的一些主要观点,并对其著作长期不能面世而感到十分遗憾。同时,他们还以未刊稿的形式披露了他的一些论述,我看了感觉他的思想非常敏锐,见解十分独到,从中受到了许多启发。于是我对这位"被埋没的高人"兴味更浓了,很想把他的著作找来一睹为快,只是苦于其迟迟未能出版而无法遂愿。

我平时经常上网络书店,留意一下最近有没有好书上市。有一次我看到了他的这本《官僚主义的起源和元模式》,不由得感到有些意外,他的著作居然出版了,但更多的还是感到欣喜,终于可以目睹这位高人的思想风采了,于是毫不犹豫就下了单,买回了一本。我读后感觉他真是一个不简单的思想家,他的著作早就应该走向读者,却被埋没了太久。

人们都知道王亚南先生是一位著名经济学家,但许多人不知道他还是一个对中国官僚政治问题做出开创性研究的学者，他的《中国官僚政治研究》已经成为这方面的经典著作。1943年，著名的科学史家李约瑟访问中国，与王亚南作过两度长谈，向他提出了"中国官僚政治"这一问题，要他从历史与社会两个方面做出扼要的解释。这无疑是一个极为重要的问题，官僚政治是中国几千年来最重要的政治现象，是中国政治问题的症结所在，因此必须弄清它的来龙去脉，它的本质特点，它的运行机制等。然而当时还很少人对这一问题进行过研究。这一"李约瑟问题"促使王亚南先生对这一问题展开深入的研究，运用马克思主义经济学的方法，对古往今来的中国官僚政治现象进行了系统的梳理，并于1948年出版了《中国官僚政治研究》。当时孙越生是王亚南先生的研究助手，用毛笔全文誊抄了这部书稿。在这一过程中，他受到先师的启发和教导，无疑也对这一问题产生了浓厚的兴趣，并长期萦绕于脑际。1970至1972年他被下放到干校劳动改造期间，当得知研究中国官僚政治问题的恩师王亚南被迫害至死的消息后，更是决心对这一问题进行深入的研究。经过多年的思考，他于1989年写成了《官僚主义的起源和元模式》，继承了先师的学术思想，但又在这一基础上继续探索下去，把这一研究又大大推进了一步。

　　他认为，官僚主义并不简单是一个工作作风的问题，也不简单是一个剥削阶级思想遗留的问题。他经过长期的研究，令人信服地提出了官僚主义的起源论，认为人类为了防止人性中无政府状态对自身的毁灭而组织起来过有政府状态的生活，从而招致人性中压迫剥削欲这种恶对有组织或有政府状态这种善的寄生，这就是官僚主义弊病的由来，就是人类难以根绝官僚主义的根本原因。他还建立起了一个官僚主义的元模式，即在顶层的首脑、中间的官僚以及底层的人民大众之间（还包括首脑和官僚共同组成的一方与人民大众之间）的支配与被支配关系，并进而提出官僚主义的运行规律，譬如膨胀规律、贬值规律、个人崇拜规律、轮流坐庄规律、老化规律、透支规律、遗传规律、裙带规律、两栖规律等。他认为，官僚主义是人类与生俱来的一个痼疾，并且还要伴随人类社会的始终，但西方国家经过资产阶级革命，使官僚主义由人治的阶段进入法治的阶段，这是一个巨大的历史进步，虽然无法根除官僚主义，但却找到了一个克服官僚主义，使其保持在一个可控范围内的有效方法，也为实现社会的长治久安找到了出路。我们由于特定的历史背景和和现实状况，显然无法重复这样的一条现代化道路，因而必须另辟蹊径。他认为，我们克服官僚主义的出路在于要进行"和风细雨的启蒙教育"，要"使民富，教民智"，积极地参与到公共事务中来。人民在协助政府成为真正强者的同时寸土必争地使自己也成为真正的强者，政府也必须运用明智的和平手段，在树立自己权威的同时，也协助人民树立自己的权威。他认为，只有市场化和民主化双管齐下才是官僚主义的克星。

我读这本书的一个突出感受就是他终生都在探索官僚主义这一问题。官僚主义是一种极为复杂的社会现象，不是对它进行简单的批判和谴责就可以济事的，也不是看到一些表面现象就可以弄清其实质的。我们如果不把它的起源和发展规律搞清楚，就不可能正确地认识这一问题，也不可能找到克服这一现象的正确方法。而要搞清这一问题却需要涉及方方面面，需要涉及政治学、经济学、法律学、社会学、人类学等学科，需要从人类的起源说起，一直展望到人类的未来，可谓是一个无比浩大的工程。孙越生先生在早年的受业阶段就开始与这一问题打交道，对这一问题的思考伴随着他的一生，可谓付出了毕生的心血，就这一点就足以让我们肃然起敬的。然而，他在有生之年其实并没有完成这本书的写作，还有一篇《官僚主义形态论》只留下了草稿。他在这一领域建立起理论体系已经是博大精深的，但或许还有许多不尽完善的地方，还留下许多空白有待于更多的有志和有识之士参与进来，接力下去。

我读这本书的另一个突出感受就是他所具有的开阔视野和独立思考的精神。他具有很高的马克思主义的理论修养，他在研究中也很好地运用了马克思主义的观点和方法，然而他又具有十分开放的心态和十分开阔的视野，对古今中外的官僚主义现象都进行了深入的研究，综合各家学说，然后经过自己的独立思考，得出自己的结论，建立起自己的思想体系。他不拘泥于马克思主义经典作家的结论，而是从历史和逻辑出发，为了达到理论的彻底性，对他们的一些观点进行了大胆的修正。譬如，对于劳动创造人类说，他从"人的本质是社会关系的总和"这一根本观点出发，认为"从猿人到人，再到人类绝灭的过程，人都是社会的产物"，对其提出了大胆的修正。对于"国家源于阶级，国家是阶级是阶级斗争不可调和的产物，是统治阶级进行阶级压迫的工具"这样的观点，他不仅从马克思主义本身找到理论的依据，更通过对人类历史的深入考察，认为国家不仅是阶级的产物，在"阶级国家"之外还有一个履行公共管理职能的"公共国家",它在阶级国家产生之前就已经存在了,并且在阶级国家消亡之后还将长期存在下去,从而极大地廓清了长期以来的一个理论误区。

  同时,他的文笔也十分的生动和优美。他学经济学出身,长期从事学术资料的编译工作,因而在学术思想上显得十分严谨。但这只是他的一个方面,他同时还具有很高的文学和艺术修养。他早年学过美术,下放干校期间为了驱走内心的寂寞,又重新拿起了画笔,画了许多油画,并写诗与之相配,进行痛苦心灵和美丽自然的对话。他的诗也写得很有意境,语言既沉郁又清新,在文学的形象中融入哲理的思考。他还写过不少的随笔,《蚯蚓现象》一文在1988年《人民日报》大地副刊举办的"风华杯杂文征文"中获得一等奖,不但思想非常敏锐、深刻,足以发人深省,文笔也非常尖新、泼辣,让人印象十分深刻。他的这本《官僚主义的起源和元模式》也同样如此,经常使用一些形象生动的文学语言来阐述一些深刻的道理。譬如,他讲到官僚主义现象的根深蒂固时,写道:"无论斯巴达克思的短剑、普加乔夫的长矛,还是马赛曲的烈焰、国际歌的怒涛,几千年此伏彼起的斗争洪流,究竟哪一次把这个幽灵彻底逐出我们的星球?"他讲到在官僚政治之下,官僚在对皇上实行个人崇拜的同时,当然也要求下级对自己实行个人崇拜时,写道:"于是,官僚政治中的上行下效现象就成为一条规律。而且往往是'上有所好,下必有甚者',变本加厉地扩大权力单向支配的效应,上既有三千粉黛的风流天子,下必有霸占民女的花花太岁;上既有急性病,下必多催命鬼;帝王的权山利壑之欲没有穷尽,百官的人欲横流哪有止境?"这样的语言在他的行文中比比皆是，因而就使此书不但有很高的学术思想价值，又具有很高的文学欣赏趣味。《史记》被鲁迅先生誉为"史家之绝唱，无韵之离骚"，学术思想著作并非只能干巴巴和一本正经的，可以也应该在不破坏思想严谨的基础上讲究修辞的艺术，使之在文笔上变得更加生动和优美。只有言之有文，才能行之久远。只有写得更加风趣，才能吸引更多的读者，从而使更多的人可以得到它的滋养。

他这本书写出来之后久久无法与读者见面，许多有识之士都曾经为之努力奔走，但都无法实现。2012年在学者谢泳的促成下，终于由福建教育出版社出版了，并于2014年又进行了重印。这可谓一件功德无量的事情，相信是在今后的学术史以及出版史中会留下浓重的一笔。孙越生先生早年受业于福建的厦门大学，后来他这一毕生心血的结晶又是几经辗转之后在福建的一家出版社出版的，这是一个巧合，也成了一段佳话。

2019年4月19日

世间百态

知识分子的金钱观

金钱是一个永恒的人生和社会话题。虽然它充满了铜臭味，人们常常把一些贬义的描绘加之于它，譬如"有钱能使鬼推磨""钱有两戈，伤尽古今人品"等等，但孔方兄本身却是没有罪过的，它只是一种用来衡量财富的手段，用来充当交易的媒介，人们之所以对它颇有微词都是因为作茧自缚，都是因为对它持不正确的态度造成的。譬如，君子爱财要取之有道，但有人却为了谋取钱财而不择手段，什么投机取巧、坑蒙拐骗甚至是杀人越货的勾当都使得出来，挣个盆满钵满，却出卖了自己的良心。这些人有钱之后往往就开始花天酒地、纸醉金迷，用钱来收买许多不该用钱来买的东西，使人与人的关系受到了不应有的伤害。同时，由于人都掉进钱眼里去了，许多人生本该拥有的亲情、友情和爱情，许多曼妙的时光，许多旖旎的风景，都无暇顾及，亦无心顾及了。这种人的精神世界其实是分外空虚和贫乏的，他们在这条歧路上一步步地堕落，沦为了金钱的奴隶，却还要诿过于它，在它头上安上各种的恶名。

金钱固然不是人生的全部，但也是十分重要的。人一旦失去了生存的物质基础，就要接受嗟来之食，就要寄人篱下，从而失去人格的独立和尊严。伯夷、叔齐宁可饿死首阳山也不食周粟的精神无疑让人景仰不已，但对于大多数人而言却是不足为法的。同时,人们通过正当的手段下追求财富还会带来社会的不断进步,我们能够吃到品种繁多、美味可口的面包,就在于面包师对财富的不断追求。更别说巴菲特、比尔·盖茨这样的企业家了,他们拥有巨额财富之后,更多的不是用于个人享受,而是从事各种慈善活动,对人类社会的发展进步做出了无可估量的贡献。因此,问题的关键并不在于我们是否追求金钱,而在于在是否拥有一个正确的金钱观。

《茶花女》中有一句名言:"金钱是好仆人、坏主人。"当你拥有正确的金钱观时,金钱就会忠实地为你服务,帮助你实现各种的人生理想,为你带来人生的幸福,这时金钱甚至可以成为衡量人生价值的重要标尺。而当你拥有不正确的金钱观,奉行拜金主义哲学时,金钱就会反过来奴役你,就会使你失去许多本该拥有的幸福,就会给你带来无尽的烦恼和痛苦。倘若取之有道,用之有道,所获取的金钱越多,人生的成就也越大,给社会创造的价值也越大。倘若取之无道,用之无道,所攫取的金钱越多,人生的迷失也越大,给社会带来的危害也越大。

中国知识分子自古以来就有一种自命清高的传统,即羞于谈钱,"君子喻于义,小人喻于利"。这一方面使得他们能够安贫乐道,拥有高洁的品行,有着更高的精神追求,但同时也使他们不注重追求独立的经济地位,缺少独立的谋生能力和手段,从而只能寄生于统治阶层,无法真正成为一个独立的社会阶层,在精神人格上并不能真正站立起来。陶渊明"不为五斗米折腰"的精神无疑是难能可贵的,但又是常人所难以企及的。即便陶渊明本人,他在辞官之前也领取了大额的俸禄,并且颇有田产，亦算一户殷实人家了，从而才能够"采菊东篱下，悠然见南山"。进入20世纪之后，我们产生了大学、出版和新闻等领域的现代制度，为独立的知识分子阶层提供了一个较为广阔的生存和发展空间。他们可以拥有独立的职业，取得独立的收入，并且在社会上可以自由地活动，从而能够较好地保持独立的人格，本着"独立之精神，自由之思想"，在精神文化领域进行深入的探索，取得了许多重要成果，从而奠定了中国现代学术的基础。

改革开放之后，我国的市场经济也开始迅速发展起来，这些都为知识分子提供了一定的独立的生存和发展空间。譬如，民办大学、民营书业和传媒集团的兴起和发展，都为知识分子提供了更多的选择空间。因此，在解决了自己独立生存的前提下，努力地在精神领域进行探索和创造，这对于知识分子而言不失为一种清醒的选择。

2018年5月

话说公德观

　　我们国人的社会公德意识十分淡薄，在公共场所普遍存在许多不文明现象，譬如高声喧哗、随地吐痰、乱丢垃圾、破坏公物，以及加塞、闯红灯、不礼让行人等等，并且已经变成了一种积习，无论怎么批判和大声疾呼，就是难以得到改观。随着我国经济的不断发展，人们的生活水平也日渐提高，出国旅游也变得越来越热门，越来越家常便饭了。然而，我们的同胞在海外旅行时，也把许多不文明的行为习惯带了出去，给当地社会带去了诸多不便，扰乱了当地居民正常的生活秩序，从而也使其对我们产生了颇为不好的观感，严重影响了我们在国际上的形象，似乎中国游客在海外除了暴发户似的买买买之外，就剩下这种言行举止不文明、素质十分低下的形象了。

　　2015年的暑假，我跟团参加包括法国、瑞士、奥地利和德国的欧洲四国游，十一天的行程让我们切身感受到了我国与西方国家在这方面存在的巨大差距，当地居民在社会公德方面所具有的高素养对我们产生了巨大的冲击。在这些国家，人们待人接物都很温文尔雅和彬彬有礼，说话都是轻声细语的。在路上遇到一位陌生人时，他也会微笑着跟你打个招呼。走在郊外的路上，当你要过马路时，前方的车远远就开始慢下来，等你过完后再走。在巴黎的街头，我看见一位女士牵着一只狗，当狗停下来排粪便时，她拿出卫生纸接住，然后包好，丢进路边的一个垃圾桶。所有这些看似不起眼的事情，他们做起来都是如此的自然，如此的习以为常，对于我们却是那么的令人惊讶，那么的令人不可思议，从而令我留下了难以磨灭的印象。

愉快的旅程结束了，我们搭乘飞机从法兰克福机场回到上海浦东机场。在团队将要解散，各自去取行李之际，导游把我们召集到一起。她突然大声地喊了起来："回到中国了，可以大声说话了！"这一声喊得猝不及防，喊得惊天动地，我不由得愣怔在了那里，过了好一会儿才缓过劲来：哦，已经改天换地了，我们回到国内了！我不知别人此时作何感受，是感到一种解放和自由自在，还是像我这样感到一股莫名的悲哀：难道我们的国家就只能以这种状态存在？难道我们的国民只能是这副德行而不会有丝毫的长进？但愿是后者！这里的机场跟十几小时之前我们尚未离开的法兰克福机场委实有些不同，比起那边的川流不息却又井然有序，我们这边显然嘈杂了许多，甚至有些人声鼎沸。而且这还是在上海，是我们经济最发达、公民素质最高的城市之一。导游的这一声喊叫深深地刻在了我的脑海里，每次回想起来心里都会感到丝丝的震颤。

我经过转机又回到了福州，接着乘坐机场巴士回到了市区。我下了车，走到对面的公交车站等车。在我等车的当儿，一个年迈的老者也走到站台上来。他问了我什么，我给他回答了。过了会儿，他就开始吐起痰来，一口又一口的，吐了个没完。其实他何尝有那么多痰可吐呢？只是认为在外面怎么吐都可以，吐了会感到一种畅快，于是就吐个不休了。不然为何人们在自己家里就很少吐痰甚至都不吐痰呢？只要具备基本的公德和卫生意识，就会养成一种不随地吐痰的良好习惯，我本人就从不随地吐痰。而要是缺乏这种意识，就会不把它当回事，甚至还会觉得不吐白不吐，从而吐了还想吐，变成了一种不良习惯。我下车之始这位老者就用他一连串的吐痰声再次提醒我：你已经踏在祖国的土地上了！

我们要改掉这种习惯难吗？从长期的历史积习，从周围大环境的角度看，这无疑是困难的。然而，倘若换个角度看，也未必有想象的那么困难。对于一种不良的日常行为，人们往往会习惯成自然，而要改掉一种不良的日常行为，只要坚持下去也会变成一种习惯，也许只是一念之间的事情，就看自己心里是否挂着这根弦，是否具有这种意识了。本人在社会公德方面亦不敢自矜，但自认为还是差强人意的，基本上做到了不加塞、不闯红灯、不乱扔垃圾等，随地吐痰更是没有的事儿。然而，当我学会了遵守社会公德时，并不会感到有多少的不便，相反还带来了一种踏实感和满足感。当人们违背社会公德时，无非是想占到些许便宜，但亦可能得不偿失，譬如发生交通事故，与他人发生冲突等等，同时还会引起路人的侧目，产生一种做贼心虚的感觉，总觉得自己做了什么见不得人的事情。

2012年的春节，我和妻子去杭州旅行。我们有一次在斑马线等着过马路，看见一辆小车缓缓停了下来，司机微笑着示意让我们先过。我感激地看了他一眼，心头似有一股暖流在涌动。当你对人以礼相待、与人为善的时候，得到的会是对方的赞赏，对方的以礼相报，人与人之间就充满了一种温馨和甜蜜。若问我对我们的国家还有什么梦想的话，我的梦想首先就是：什么时候人们之间的这种礼让能够蔚然成风，人们都能够以礼相待，以诚相待，自觉地遵守公共规则，维护公共秩序，和睦友善地生活着！到那个时候，当我们再从国外回来时，"回到中国了，可以大声说话了！"这句话已经真正成为历史的陈迹！

2018年5月

话说"中国式"

在闭关锁国的年代,我们与世界交往得很少,缺乏横向的比较,看不出差别来,而且自认为是"天朝上国",是各国学习的榜样,因此便不存在"中国特色"这么一说。国门被迫打开之后,我们被拉进了世界体系,不得不与世界进行交往,便逐渐看出与别人的差距了,意识到必须学习先进国家,争取迎头赶上去,否则落后就要挨打,这时候也无从讲究中国的特色。当然在这个学习的过程中也充满了困惑、犹疑以及阻力。在1867年发生的同文馆之争中,大学士倭仁坚持"本末论",反对学习西方的科学技术,担忧"变夏为夷"。1935年王新命、何炳松等10位教授联名发表《中国本位的文化建设宣言》,认为"在文化领域中,我们看不见中国了"。而当经济取得长足发展,国力变得强大之后,又开始觉得我们必须保留自己的许多特色,有些东西不适合我们的国情,不必亦步亦趋,并且在许多方面我们已经领先于世界,需要向外输出,引领世界的发展潮流了。于是一系列"中国式"的现象便应运而生了。

譬如,"世界上有两种逻辑,一种是逻辑,一种是中国逻辑"。逻辑原本是最不具有阶级性、民族性以及地域性的,是一种客观、中性的思维方式,一种共同的推理论证方法,是谁都可以使用，也是谁都要一样地使用的。延伸一点说，讲逻辑其实就是讲道理，讲一种谁都可以理解，也谁都可以接受的道理，或者是一种规矩、规则。然而，有许多道理在我们这里却是讲不通的，于是便产生了"中国逻辑"。再有，过马路就是过马路，然而还有一种是"中国式过马路"。过马路天经地义必须遵守交通规则，不能闯红灯，不能横穿马路，而我们却可以目中无人地闯红灯，横穿马路，甚至马路中间的隔离栏也可以翻越过去，隔离绿化带也可以踩踏过去。制度层面的尚且如此，非制度性层面的习俗领域更是如此，譬如"中国式朋友""中国式家庭"，甚至离婚也带有中国的特色——"中国式离婚"。

每个国家都有自己的历史、文化以及习俗等，因此产生一定的特色也是势所必然的，同时也有其合理的成分。试想每个国家都千人一面，穿一样的服饰，过一样的节日，信奉一样的宗教，也未免太单调，也太不近人情了。正是因为文化的多样性，世界才显得丰富多彩，才充满了生机和活力，才有利于不同国家的你追我赶，取长补短。然而在一些制度性的层面，世界又必须具有共同的规则，否则各个国家就无法正常地交往，就会带来各种的混乱和冲突。在古代，一个国家可以与世隔绝起来，老死不相往来，可以搞自己的一套，进入全球化时代后就全然不同了，如果一个国家拒绝接受国际社会的共同规则，就会把自己孤立起来，永远地落后下去。从个人层面看，我们在国际交往中也应当遵循一套长期、共同形成的规范，而不能我行我素，与他人格格不入。从根本上说，人的本性是共通的，社会发展的规律也是相同的，可谓"人同此心，心同此理"，这是我们遵循世界共同的规则，融入国际社会的最重要基础。

我们的许多特色，许多的"中国式"其实是我们社会尚未发展到一定的阶段，尚未进入现代社会而带来的，并非我们就不能拥有别人所拥有的，更不是我们不应当拥有别人所拥有的。见贤思齐是人类的一个天性，也是我们民族的一个传统美德，我们中华文明之所以几千年下来没有中断地发展着，很大程度上在于我们善于吸引外来的文明，以补充自己的不足，回应时代的挑战。我们倘若存在某种缺陷和弊病，为何不虚心地学习他人之长呢？为何非得抱着一种逆反心理，与别人唱对台戏，你西装革履，我偏要长袍马褂，你握手鞠躬，我偏要作揖磕头呢？文化是人类共同的财富，不存在专利归属的问题，谁率先学到了先进文化，谁就率先进入了现代社会，拥有了现代文明。

抱着各种的"中国式"不放，一种是出于愚昧无知，在人们的认识尚未转变过来之前，要让他们接受世界共同的规则是很困难的，我们要做的是传播更多的外界信息，逐渐扩大他们的眼界，这时候信息的流通无疑是十分重要的。一种是承认与外界是有差距的，但认为由于我们的国情不同，无法做到与别人一样，因而只能保留自己的特色。这种观点也不能说全然没有道理，但这不能作为因循守旧的理由。国情诚然不同，但我们需要改变的是我们的国情，而不是拒绝人类共同的现代文明。还有一种是有意的阻挠。这些人不愿意失去自己的既得利益，因而极力地抵制这种学习。这种人往往更有能量，因而更能阻挡社会的进步。

然而,世界发展的潮流又是不可逆转的。晚清修建铁路的时候,人们担心破坏了龙脉,引进照相术的时候,又担心被勾走了魂,然而后来又都接受了。现在人们可以成天拿着智能手机玩自拍,高铁通车里程更是位居世界第一,并且还不断地向外输出,成为中国的一张名片。当年那些持反对意见的人早已长眠于地下,不知若让他们目睹这些现象后是否会脸红心跳?人们或许会选择性地遗忘,然而当夜深人静的时候,总是会扪心自问一下的。拒绝与世界接轨只能是一时的,世界潮流是抵挡不住的,与其逆着潮流而行,不如顺应这个潮流,做一个历史的担当者。

2018 年 12 月 18 日

"新四大发明"云云

不知从什么时候开始,社会上出现了"新四大发明"这一说法,即中国在高铁、扫码支付、共享单车和网购这四大领域已经领先于世界,就像古代的"四大发明"一样,对世界做出了巨大贡献。"新四大发明"还只是代表,其背后是我们在许多高科技领域已经达到了世界领先水平,我们已经成为世界第二大经济体,成为世界第一大经济体也指日可待了。我起先对这种说法不太在意,随着它变得越来越火,被传得神乎其神,于是也开始觉得有那么回事了,也认为我们的这些领域方兴未艾,一派欣欣向荣的景象,这些年来我们的经济也率先从不景气中走出来,继续保持强劲的发展势头,虽然还存在不少的问题,但只要能够继续保持这种发展势头,在经济总量上超过美国也只是时间问题了。

然而,我其间也不无一些怀疑:这些难不成都是我们发明出来的?恕我孤陋寡闻,别的不太清楚,至少知道高铁发达国家早就有了,1978年邓小平访问日本时就坐上了新干线列车,我们的高铁其实是通过引进国外技术发展起来的。但总体上我仍然对这一说法不加怀疑,也被吹得晕头转向的,只是感到十分的惊讶:我们在这些创新性领域居然也能取得这样的发展。当这个神话造到最大的时候,我们在高科技领域的真实状况也不断暴露出来，"新四大发明"这样的神话只是那些充斥媒体的"跪求体""哭晕体"和"吓尿体"文章吹嘘出来罢了。

后来我看到方舟子的一条微博，才真知道了真相所在：哦，原来不仅是高铁，所有的这些"发明"都不是我们发明的，发达国家其实很早就发明出来了，我们不过把它们学过来罢了！我如梦方醒，顿时有一种被愚弄的感觉。发达国家早已进入无现金社会了，网购模式早就很发达了，我们学过来了，但有的也只学到了形，而学不到神，譬如网购领域在服务质量、商业诚信等方面，我们还有很长的路要走。后来，社会上也出现了不少冷静的声音，对这种浮夸自大的现象进行了批驳，认为必须清醒地看待我们所取得的成就：我们经济发展的成就巨大，但存在的问题还不少；我们的科技水平有了很大的提高，但与发达国家还存在很大的差距。此后，这股新时期的浮夸风有所降温，"新四大发明"也渐渐少有人提及了。

对于"新四大发明"，人们通常是从浮夸自大的角度去理解，我个人认为还应当从造假的角度去理解。发明发明，率先创造出来者也，而我们的"新四大发明"却无一不是别人发明后才学过来的。当然能够学到家，并且经过消化后做出一些创新，做到"青出于蓝而胜于蓝"，像我们的高铁那样，或者学过来后做得很完善，像我们的扫码支付那样，也是值得肯定的，但无论如何不能说成我们的发明。这往轻的说是一种浮夸自大，往重的说是一种造假，一种欺世盗名。

"新四大发明"这样的神话暂时消退了，但它们还会卷土重来吗？我认为完全是有可能的。只要产生这种神话的土壤没有消除，一旦形势发生变化之后必然还会再次出现。这说到底是对自己的不自信造成的。要成为一个创新型的国家是需要许多条件的,譬如需要完善的知识产权保护体系,需要对私有财产的严格保护,需要发达的风险投资机制,需要培养大量的创新人才,需要鼓励创新的社会文化氛围等等,而所有这些又无一不是我们的软肋。条件不具备,水平上不去,却又一心想充当世界的领头羊,于是只能打肿脸充胖子,把三分的成就说成了十分,甚至还可以无中生有。

真正强大的国家是不会产生这种神话的,国家的强大不是靠这种"吓尿体"的文章吹出来的,而是脚踏实地干出来的。真正做得好,自然会有人效仿你,为你点赞,而不需要自己在那里起劲地吹嘘和鼓噪,否则就变成一种自恋了。浮夸自大的结果只能是一种自我陶醉,吹多吹久了自己也信以为真,从而看不到自己的缺陷,不会想着如何兴利除弊,取长补短,甚至还把缺点当作优点来夸饰了。神话过后是一地鸡毛,"新四大发明"已经沦为了一个笑柄。

2018 年 12 月 19 日

从共享单车到"共享垃圾"

在我的印象中,大约是 2016 年的时候,福州街头开始出现了许多摩拜共享单车,款式十分新颖别致,色彩也十分靓丽,显得十分抢眼。它们可以随骑随停,只要在智能手机上下载一个 APP,存入一笔押金后,扫一下码就可以骑走了,费用按小时计算,并且也不高,用起来十分方便,解决了人们的出行难题,特别是最后一公里的问题,同时又是一种绿色、健康的出行方式,不但保护了环境,也改变了人们的生活方式,得到更多的锻炼。总而言之,这一新生事物好处多多,是一项重大的创新。当时社会上广为流传这样一个神话:某个创业者灵机一动,先向自行车厂定制自行车,再把车出租给用户使用,得到了几十亿的押金,通过利息收入,不但车款付清了,还有可观的盈余,从而不但把产能过剩的问题解决了,还使已经濒临消亡的自行车行业又起死回生,重新变得繁荣起来。实在神奇之至!

我起初也跟着社会的感觉走,也为我们共享单车行业的红红火火而感到骄傲,只是尚存一丝不解:这种并不复杂却又神奇无比的创新别人怎么就想不出来,而让我们捷足先登,占尽了风光?当整个社会为之变得醺醺然起来,把其当作中国的"新四大发明"之一,当作中国的一张名片时,我心中的疑问就更大了：这项创新就算真有这么神奇，从技术上讲也并不复杂，不过是建立在智能手机的基础上，恐怕就跟智能手机一样也是引进的技术，而且就算是我们发明的，也没有多高的技术含量，上升到"新四大发明"的高度就大可不必了。

后来共享单车越来越多，品牌也五花八门，尤其是那种小黄车更是变戏法似的大量冒出来，大街小巷都摆满了。我这人对新生事物向来是比较迟钝的，很久都没有去尝尝鲜。大约在2017年的春天，我带着小孩去小区附近一个废旧的公园玩耍，看见一辆锁已经被破坏的小黄车停在那里，就骑上去体验了一把，不骑不知道，骑起来感觉还真不错，十分的轻便，车身也十分结实。于是我就教小孩骑。由于他有骑童车的基础，很快就学会了，在公园的路上飞驰着，十分的兴奋。不久后我就下载了一个APP，存入99元的押金，并预存了20元的费用。小黄车的收费十分低廉，有时骑一次赠送一次，有时还做活动可以免费骑行，我这20元很久都没有用到一半。

然而，不久后我就发现损坏的车辆越来越多了，有的锁被砸开了，人们可以随便骑，有的轮胎坏了，链条坏了，从而不能骑了，有的条形码被刮糊了，以致别人无法扫码，变成了某个人的"私家车"，还有的被扔进了河道以及什么地方。我意识到如此之高的损坏率，靠着如此微薄的租金收入，就算有押金的利息收入也不足以保本，运营商迟早会维持不下去。于是我就把99元的押金转了出来，余下的费用也不要了，并把APP卸载了。小黄车如此，其他品牌也不会两样，它们都采取相同的运行模式，都面临相同的运营问题。后来，媒体上关于共享单车的负面消息果然多了起来。但它们还在不断投放着，到处都是乱停乱放，到处都是损坏的车辆，到处都是被据为私有的车辆，在一些偏僻的马路边还一长溜一长溜地停着不计其数的不再使用的车辆，蔚为壮观，共享单车已经变成了"共享垃圾"。不但车满为患，极大地影响了公共秩序，还在相当程度上败坏了社会道德——人们想骑车时操起一块砖头就得了，并且还可以据以己有，甚至还有把共享单车放在朋友圈拍卖的。

再后来，许多小品牌的共享单车就纷纷倒闭了，一些大的品牌还在撑着，但都已经不再是香饽饽了，而是面临着巨额的亏损，都纷纷以白菜价转手了，那些创业明星也已经风光不再，变得灰头土脸的。而现在连这些大的品牌也难以为继了，小黄车已经濒临倒闭，被大量的供应商上门逼债，用户排着长队要求退押金却分文未得。这些问题该怎么解决，以及那些已经大量投放的车子该怎么处理，都已经成为一个棘手的社会问题了。短短两三年的时间，曾经风光无限，被当作中国名片的共享单车已经快走到了尽头，这也是堪称神奇的！

一直以为依靠押金就可以发展起来，就可以四两拨千斤，就是不想想押金是要退给用户的，一有风吹草动人们就会要求退回押金，而退的人一多就会发生挤兑效应，从而使运营商的资金链发生断裂，被逼上了绝路。诚然，共享单车还可以通过资本市场获得融资，并通过金融的衍生产品把出资方逐级地转移下去，但最后总要落到一个人手里，而当他无法维持下去时，整个资本系统就崩溃了。共享单车能正常运行又是以假设人们会自觉地有序停放，不会损坏车辆，更不会据为私有为前提的，然而在现实面前，这种假设却是完全靠不住的。运营商投入再多的维护人员也会疲于应付，无法解决乱停乱放的问题，无法解决车辆损坏率高的问题。而且不仅中国人如此，外国人也同样如此，一些共享单车品牌去欧洲国家开拓市场，同样也面临着这些问题，最后也大多铩羽而归。

做人是要有底线的，创业也是要有底线的，发展也是要有底线的，不能与人性对着干，与经济社会发展的规律对着干，不能为了发展经济就什么都可以置之不顾，不能为了鼓励创新创业就什么都可以允许。共享单车走到这一地步政府有没有责任呢？这看似是市场行为，政府没有责任，其实还是有的，而且有很大的责任。一则共享单车需要占用公共的道路资源，关系到公共的秩序；二则用户的押金退不出来以及资本的链条发生断裂后会产生连锁反应，决定了它不是单纯的市场行为，政府必须有效地履行管理的职责。

共享单车按照这种模式显然已经走入了绝境，没有发展前途了。那么，是否它就不需要了，就不可以发展了？答案又是否定的，人们的出行还是需要它的，它对于保护环境以及改变人们行不离车的生活方式还是有益的，但是发展的思路以及模式必须发生一个根本性的转变。我就野人献曝，为共享单车明天的发展支支着儿。

要改变那种随意投放、随意停放的方式，由政府牵头根据城市的承载能力建设一定数量的停放桩，然后把一定数量的牌照拍卖给运营商。用户在停放桩停好后才停止计费，在停放点安装严密的监视设备，盗窃和破坏车辆的行为应当入刑，从而有效地降低损坏率。由于投放的数量有限，就必须提高租金的标准。或许有人会说这样使用成本提高了，使用起来不方便了，但这又关系到公共秩序能否得到维持，这个行业能否可持续发展的问题，不能不如此。由于收入得到了保证，成本得到了控制，运营商就可以不收取押金，收取也必须保证可以随时退还，同时也不需要过度地依赖金融衍生产品，避免资本市场的风险。或许会说这样就没有创新了，但也许这一领域原本就不需要多少创新，我们也不是为创新而创新，而是为有效地解决问题而创新，我们如果能把一个错误改正过来，这本身也是一种创新。

2018 年 12 月 20 日

从电动车说到法律

电动车的出现大大有利于人们的出行,它省时又省力,在拥挤的城市中可以穿梭自如,十分的便捷,同时价格又低廉,对于开不上轿车的中低收入阶层而言,无疑是一种十分适合短途的交通工具。面对上下班高峰期时街上宛如洪流一般的电动车,不免会发出曾经的自行车王国已经升级换代为电动车王国的浩叹。然而,许多问题也随之而来了。首先,它应当作为机动车来管理,还是作为非机动车来管理?作为机动车来管理,又无法想象让数量如此惊人的电动车都上机动车道会是什么情景。作为非机动车来管理,但许多型号的电动车实质上已经具备摩托车的性能,而且事实上也有大量的电动车在机动车道上行驶着。这无疑是一个十分棘手的两难问题,一直处于混沌不明的状态。这姑且不论。还有一个更为现实的问题是,如何让电动车主遵守基本的交通规则,维护正常的交通秩序。遗憾的是,我们在这方面的管理却是十分不到位的,电动车主普遍存在着各种违规违章行为,从而使交通秩序变得十分混乱,因此而产生的交通隐患以及发生的交通事故也十分严重。譬如逆行的,超速的,违规载人的,在人行道上行驶的,在机动车道上行驶的,更有甚者还有在机动车道上逆行的,以及在封闭式的快速路上行驶的,可谓要多奇葩有多奇葩,混乱和无序到了极点。

　　有关部门对此也感到十分头疼,并且也有进行治理。但就以我多年来在福州街头的观察,又往往都是运动式的执法,在一个时期集中力量治理一番后又不见动静了,于是这种现象很快又死灰复燃。这种运动式的执法无法改变人们的预期,都认为只要躲过这个风头就可以了,因而无法真正收到成效。今年我在福州街头发现,对电动车的执法有所加强,不再抓一阵后就不见动静了,而是时常都有交警在辅警的配合下对违章车辆进行处罚,但仍然没有实现常态化,仍然带有运动式执法的色彩。同时还有一个更大的缺陷是,对违章车辆的处罚标准过低,还是近 20 年前制定的罚款 50 元的标准。现在人们的收入比 20 年前已经高了几倍,这 50 元对于人们简直就是区区小钱,不具有足够的威慑力。因此,电动车违章行驶的现象依然没有发生多大的改观。

　　治理电动车违章现象要真正取得成效,首先要使执法常态化,使人们形成稳定的预期,而不会抱着一种侥幸的心理。其次要大幅提高处罚的标准,罚款的标准由现在的 50 元提高到 500 元,至少也要 200 元,增加人们的违法成本。再次还要推广现在已经开始试行的把违章行为纳入个人信用记录的制度。通过这一系列的综合治理措施,就可以使人们不敢知法犯法,自觉地遵守交通法规,久而久之就会习惯成自然。当然,也有可能依然效果不彰,至少对一部分人是没有多大效果的,但面对这类违法行为,执法不仅是要取得效果,还存在着维护公平正义的一面,即只有使这类破坏公共秩序的行为受到应有的处罚才有公平正义可言,而不能因为没有效果就不执法了,就像不能因为杀人放火的罪犯受到惩处后依然还会有杀人放火就不予以惩处一样。

在这一点上不妨借鉴我们对醉驾现象的治理经验。以前虽然醉驾也是一种违法行为,但事实上没有纳入执法的范围,所以酒后驾车似乎并不是个问题,司机酒后上路的现象比比皆是。由于以前车少,醉驾的危害还不太大,后来车多了其危害可就大了,变成了一个严重的社会问题。于是我们就及时修订了有关法律法规,大大提高了处罚的力度,除了严厉的扣分和罚款之外,还要承担刑事上的责任,同时执法也不是运动式的,而是真正做到了常态化,从而使这一现象很快就得到了有效改观,现在人们已经很自觉地"开车不喝酒,喝酒不开车",在饭局上豪饮海喝的现象也少了,啤酒瓶也由大瓶变成了小瓶。而且社会上普遍对此都没有怨言,相反还拍手称快,觉得就应当这样,这样安全多了。这是我们在社会治理中一个十分成功的案例,对其他领域是很有启发的。

对于社会上大量存在的违反公共秩序的行为,过多的道德说教是无济于事的,我们缺少这方面的法律法规,尤其是缺少法律法规的有效执行。我们的传统社会固然也是严刑峻法的,而不是那么温情脉脉的,但无论是哪朝哪代的律法,都主要针对危及皇权专制统治的犯上作乱,而在公共秩序方面却是极为空白的。道德固然也是需要的,但它又是柔性的,自律的,只能在法律鞭长莫及的地方起到一种补充的作用。我们这个民族是一个实用理性很强的民族,在道德感上其实是很弱的,而这恰恰需要由法律来填补,法律恰恰可以发挥其作用——人们对道德不太在乎,对真金白银却是十分在乎的。新加坡这个国家也主要由华人构成,良好的社会公共秩序向来为世人所称道,其重要原因就在于它在这方面有着十分严苛的法律,随地吐痰会被处以最高500新元的处罚。对于中国的传统文化,李光耀可谓得其三昧。

2018 年 12 月 21 日

崔永元的"网上商城"

2013年9月,打假斗士和科普作家方舟子参加一项食品科学实践活动,试吃一根转基因玉米,并发了一条微博说要创造条件让中国人都能吃上转基因食品。随后前央视主持人、有"社会良心"美誉的崔永元在微博上与之发生了激烈争论,并引来大量吃瓜群众的围观,成为舆论界的一个巨大焦点,把转基因这一充满争议性的话题推到了风口浪尖。从此以后,崔永元矢志不移地挑起了反转基因事业的大旗。他找到许多科学界的非主流人士,证明转基因食品的有害,譬如含有致癌物质,会导致不孕不育,美国人自己不吃卖给我们中国人吃,甚至还在转基因作物中发现了一种不明病原体,等等。支持他的人称他为社会良心,勇敢地捍卫着国人的餐桌安全。反对他的人认为他在自己不熟悉的领域误导社会舆论,严重阻碍我国农业的发展。

我一开始就不认同崔永元反转基因。我也是文科出身,但还是具备一个常识,就是正因为自己是外行的,所以不能道听途说,不能听那些非专业人士的,而必须听科学界的主流是怎么说的。就以我中学学过的最基本的生物学知识来说,也知道食物只要是没有毒的,具备一定的营养成分就可以放心地食用。食物消化后被分解成葡萄糖、氨基酸等各种营养物质,为人体所吸收，然后又变成二氧化碳、水和无机盐等排出体外，并不会因此而改变人的基因以及性状，即不会吃转基因被转基因。而在安全性问题上，由于转基因经过实验室的严格控制，因而是更有保证的。转基因作物可以不打或者少打农药，无论对于人体健康还是对于生态环境都是更为有利的。由于转入了特定的基因，可以具有普通食品所不具有的营养成分，对人体是更为有利的。转基因的产量提高了，对于人类面临的耕地不断减少的现实而言，无疑也是十分必要的。事实上我们一直都在吃转基因食品。我们食用油的主要来源是大豆，而我们的大豆却有90%都是进口的转基因大豆。

　　崔永元在社会上的形象原本是十分正面的，也是本人所十分欣赏的，也觉得他是一个很有正义感的人，敢于讲出真话。但看到他在转基因问题上的表现后，我不禁发出一种深深的慨叹：曾经的小崔到哪里去了？他怎么变成这样了？但我依然没有往更坏的方面想，直到有一天他开起了"璞谷塘崔永元食品"，叫卖他的有机食品，才让我跌破了眼镜。

2018年12月24日

名人反转基因的危害

如何推广转基因技术,这在全世界范围内都是一个难题。由于科学素养的限制以及宗教等方面的原因,许多人对它都存有疑虑甚至是抵触的。然而,这个问题又以中国为甚,我们的许多转基因物种已经研制出来多年了,像转基因的抗虫水稻和高植酸酶玉米等都已经获得转基因生产应用安全证书,但迟迟未能批准种植,我们为此投入的大量人力、物力和财力被浪费了,更为重要的是我们无法获得种植这些转基因作物的好处,例如提高产量和质量,减少化肥、农药以及除草剂的使用等,从而影响了我们农业的发展以及公众的营养和健康。而在国外,许多的转基因作物都已经大面积推广了,尤其是美国,玉米、大豆、棉花、马铃薯、小麦、油菜等基本上都已经是转基因了,人们已经放心地吃了近30年,在市场上已经几乎吃不到不含转基因成分的食品了。有些州甚至立法禁止对转基因食品进行标识,这意味着他们接受转基因已经几乎不存在障碍了。

目前我们获得批准种植的转基因作物只有抗虫棉花和抗病毒木瓜两种。当时要是没有推广抗虫棉花的种植,我们的棉花就基本上绝收了。由于生长在传统棉花品种上的棉铃虫不断地产生抗药性,棉农只能不断地加大农药的使用,而这又会给生态环境带来巨大的危害，许多物种特别是鸟类会因此而绝种，况且就是这样了棉花还在不断地减产。可以说，正是转基因拯救了我们棉花这个行业，现在我们种植的棉花基本上已经都是抗虫棉花了。木瓜也是如此。由于染上一种叫环斑病毒的植物病毒，传统的木瓜大量地减产，最严重时可以减产八九成。当时我们要是没有批准这种抗病毒木瓜的种植，木瓜这个行业基本上就绝收了。我们现在种植的木瓜也基本上都是这种抗病毒木瓜了。而这两种作物的大面积种植，也没有产生什么负面的影响，相反，因为减少了农药的使用，只会对生态环境更加有利，因为产量的提高而使产品变得更加便宜。棉花不是吃的，对人体没有直接的影响，但是木瓜也是吃的，我们已经吃了这么多年，如果对健康有什么危害也早已表现出来了，但我们却没有得到这方面的可靠证据。

不反对转基因，但反对转基因主粮化，这是一些名人反对转基因的一种观点，也是我们的转基因水稻和玉米无法上市的一个重要原因。然而，木瓜作为一种水果，人们天天都可以吃到，这与主粮并没有什么实质性的区别。我们早已批准了转基因大豆、玉米、油菜和甜菜的进口。尤其是转基因大豆，我们每年使用的大豆有近90％都是进口的转基因大豆，我们吃的豆腐、食用油等基本上都是用转基因大豆生产的，可以说我们一日三餐都离不开它了，所有的食品行业都离不开它了，在实质上更是主粮化了。而且用转基因的豆粕、玉米制造的饲料还会进入各养殖行业，如果按照这些名人的逻辑，就会影响到养殖的动物，进而影响到人体健康。事实上我们多年来都一直在吃各种转基因食品或者含有转基因成分的食品了，而他们所担忧的情况并没有出现。

我们有吃转基因食品的权利，却没有种转基因植物的权利，这对我们的农业发展是极为不利的。由于传统大豆在出油率等方面无法与转基因大豆相比，几乎所有的厂商都选择了进口大豆，我们的大豆种植已经举步维艰了，尤其在大豆的主产区东北，豆农的处境已经变得十分艰难。但只要允许进口转基因大豆的政策没有改变，我们就无法改变广大厂家的选择。大豆种植行业的某些组织认为自己是进口大豆的受害者，一直散布转基因大豆的各种谣言，极力游说禁止进口转基因大豆，这一目的显然又是无法达到的。其实，他们不是转基因大豆的受害者，是不让种植转基因大豆的受害者，是一些名人不停地用各种谣言反对转基因的受害者。我们一边提出要大力发展自己的农业，一边却拱手把农产品市场让给了别人，一边要保护豆农的利益，一边却使他们丢掉了饭碗，还有什么比这更为愚蠢的？那些名人自以为在为民请命，实际上却严重阻碍了我们农业的发展，使广大豆农失去了生计。

这些名人反转基因还有一个危害，就是使社会上反智反科学的气氛变得更加浓厚，使本来就很薄弱的科普事业受到很大的影响。同时，他们在反转基因过程中所使用的各种造谣、传谣的手段，对支持转基因的人进行的各种辱骂和诽谤，严重地败坏了社会风气。他们作为社会名人，本来应当起到一种表率的作用，要十分在意自己的一言一行给社会带来的影响，本来应当在转基因这个十分专业的问题上十分慎重，而不是轻率地发言。他们与专业人士进行辩论而遭到批驳后也应当知难而退，知错就改，而不是一条道走到黑，不停地对转基因进行抹黑，对支持和推广的人士进行攻击。然而，他们却更多地考虑自己的名声，不断地用新的错误去掩盖旧的错误。我们推广转基因本来就阻力重重的，经他们一闹再闹，就变得难上加难了。

　　我们政府对转基因的态度是明确的，即支持转基因技术的研究和推广。但是，转基因水稻和玉米已经获得生产应用安全证书多年了，却依然迟迟无法上市。对转基因的各种担忧乃至谣言什么时候都会有，但不能因此而不进行推广了。就像转基因棉花和木瓜一样，推广后并没有引起天下大乱，人们也悄无声息地接受了，我们的这两个行业也因此走出了困境。只要我们坚定地推广转基因水稻和玉米这两种作物，我们的社会也同样会波澜不惊的。迟迟不批准上市只会惯坏了这些反转基因的人士，使他们可以更加理直气壮地反对转基因。如果一时还不能批准转基因水稻和玉米上市的话，就从批准转基因大豆的种植开始。有吃转基因大豆的权利，却没有种转基因大豆的权利，这无论如何是说不过去的。按照我们的法律法规，转基因食品都要进行标识，这些名人害怕吃转基因被"转基因"，我们不会"牛不喝水强按头"，但他们却不能用各种谣言和污言秽语去抹黑转基因，阻碍转基因的推广，使我们想吃而吃不得。当然，对他们说这些也是对牛弹琴，我们更需要的是政府在这方面的鲜明态度和积极作为。

2019 年 1 月 7 日

方舟子：侠之大者

我已经记不清什么时候开始关注方舟子，从而成为他的粉丝了。他最早引起我注意的是对一些名人的打假。许多在社会上呼风唤雨、名利两收的成功人士，都在他专业而又执着的打假中应声倒下，褪去了身上的耀眼光环，让社会看清了他们的真实面目。这在造假现象泛滥成灾的当下社会，又是多么的让人感到鼓舞和振奋！打算申报中科院士的肖传国，因为其"肖氏反射弧手术"被方舟子揭露而使自己的院士梦破灭了。打工皇帝唐骏在其自传《我的成功可以复制》中伪造加州大学的博士学历，在方舟子的揭露下露出了狐狸的尾巴——从一所野鸡大学买了一张博士文凭。"青年导师"李开复也因为方舟子的揭露而不得不出来道歉，纠正了自己在其自传《做最好的自己》中的许多夸大和不实之处，譬如自己是卡内基·梅隆大学最年轻的副教授，在哥伦比亚大学选修与奥巴马同班上课等。影响力更大的天才作家和意见领袖韩寒，也在方舟子穷追不舍下从高高的神坛跌落了下来，不复当年。一向仗义执言、形象颇为正面的崔永元，因为在转基因的问题上与方舟子发生持续的争论，也让人们看到了另一个崔永元。

以上是方舟子在社会上几个影响很大的打假，而他更多的还是在学术领域进行打假，大都是那些在学术界有一定地位、影响较大的人物的学术造假。这些造假者有一部分得到了处理，让人们出了一口恶气，并从中看到了一些希望，更多的则由于涉及复杂的背景没有得到任何处理，即使证据再确凿，存在赤裸裸的抄袭也照样安然无恙，或者只做象征性的处理，以引用过度、学术不规范之类的说辞搪塞过去。在一个正常的社会，造假是最见不得人的勾当，可谓"过街老鼠，人人喊打"，然而在我们这里，许多造假者却可以不当一回事，照样在社会上抛头露面，风风光光的。而社会对造假现象似乎也出奇的宽容，并不把这问题看得多重，那些非理性地崇拜某个偶像的粉丝更是如此，在他们眼里再多的证据都是一张白纸，不值得一提。与造假者存在利益关联的人更是一味地为其开脱，或者在过于明显的证据面前不便开脱，但就是不予理睬，能奈我何？正是这些因素为各种的造假行为提供了一个温床。

然而，大部分的人还是有正义感和是非心的，对我们社会无所不假的现状也是忧心忡忡的。方舟子的出现正好满足了人们的这种需求。他没有打假的权力，只能凭借自己过硬的本领和对社会的一种责任感，不断地揭露那些影响十分恶劣的造假行径，在一定程度上起到了激浊扬清的作用。对于这些形形色色的造假，本来应当由相关的职能部门依法进行处理，但是由于它们没有履行起应有的职能，方舟子这样的民间力量就挺身而出，尽力地填补了一些空白。无论造假者最后是否受到处理，他们的造假行径都已经得到了揭露，人们从中看清了事情的真相，因而还是很有意义的，方舟子本人也赢得了"打假斗士"的称号，在社会上获得了广泛的赞誉。我本人也因此而成为他的粉丝，浏览他的微博是我每天的必修课。我希望看到更多的造假者被他揭露出来，更希望看到更多的造假者都受到应有的处理，从而使这个社会变得更加的风清气正。

同时，方舟子还坚持不懈地批判宗教、伪科学、伪气功和伪环保等，并坚持不懈地批评中医和中药。五四以降，我们始终把民主与科学作为奋斗的目标。民主姑且不论，科学我们看似已经接受了，其实还是很成问题的，国民的科学素养仍然十分低下，科学思维和科学精神仍然十分欠缺。当前，我们社会的各种伪科学、伪气功现象仍然十分盛行，而当它们与商业因素结合在一起时，造假现象便大量出现了，譬如谋财害命的各种保健品、养生术等。对此方舟子一方面撰写科普文章，提高人们的科学以及健康知识，同时不遗余力地揭露那些造假者，像"基因皇后"陈晓宁、"核酸营养品"、张悟本、李一等，都在他的揭露下纷纷原形毕露。还有中医中药的危害、打点滴的危害、坐月子的陋习等，他也直截了当地予以批评，即使与人们的传统观念存在很大的冲突。

方舟子的打假必然会损害造假者的声誉以及利益，因而引起各种的打击报复也是意料之中的。肖传国情急之下雇用凶手进行报复，他侥幸逃过一劫。他还有一次在广州签名售书，被一个不明身份的歹徒用矿泉水瓶砸伤了头部。这是存在生命危险的人身伤害，至于那些造谣诽谤就更是满天飞了。长期以来网络上形成了专门针对他的"方黑集团"，编造、散布各种各样的谣言。其中有说他也存在学术抄袭剽窃的，这当然是无稽之谈，除了少数死心塌地的方黑之外也没有多少人愿意相信。更多的则是说他在得到什么利益集团的好处，譬如收到孟山都公司的钱，但也缺乏可靠的证据。他在打假方面具有很高的公信力，这除了他过人的素质之外，也与他自觉地避开与利益集团的瓜葛密不可分的。"己不正，焉能正人"，他如果真收了什么人好处，就不可能具有这样的公信力了。

同时，在方舟子打假的过程中还有一种声音认为，他打的并非没有道理，只是过于不近人情，得理不饶人，而且所使用的言辞也往往过于激烈。这种观点在十分注重人情世故的中国社会无疑是可以理解的，我刚开始时也有些认同。但方舟子始终不为所动，依然我行所素，不改他的打假节奏以及风格。我后来冷静想考，在我们的这种环境中打假要真正收到效果，也许恰恰需要这种风格。我们形形色色的造假现象太多了，也许就跟人们对其大多睁一只眼闭一只眼，不进行较真有很大关系，致使造假者可以满不在乎，什么假都敢造。同时也跟我们过于注重人情世故，凡事都抹不开面子有很大关系，许多的造假行为都因为人情关系而得不到处理。"得理不饶人"要看怎么说，如果造假者诚恳地承认错误并且公开道歉了，我们可以不必再穷追猛打下去，如果对方还不肯认账，甚至还反咬一口，就应该穷追猛打下去，言辞激烈一点也是必要的。从方舟子的身上我们可以明显地看到鲁迅的影子（事实上他本人也是十分推崇鲁迅先生的），就是对于那些悖谬的人和事要不留情面，要痛打落水狗。他们都太懂得我们的传统（方舟子也是熟读过古代典籍的人，二十四史他全部读过了，这在当代是没有多少人可以做到的），太懂得我们的国民性，深知非如此不足以把人打疼，非如此不能取得些许的进步。他们才是真正的爱国者，才是真正为民请命，拼命硬干也知道该怎么干的民族脊梁。

还有一个问题是许多人想问的，就是方舟子会不会出错，会不会认错，我们能不能把他当作神。世界上没有谁是全知全能和不会犯错误的，方舟子自然也不例外。他曾经坦率地说过有错误承认就是了，有什么了不得的。他也曾经在打假上出过差错，至于在科普文章中出过差错就更多了。他发现自己的错误后都及时地承认并且改正过来了，并没有说自己不会犯错误，更没有知错不改，因此这并不是一个问题。有一次厦门大学的副教授谢灵因为在自助餐食堂吃饭时有菜没菜的问题与校方掐起架来，有人鼓动方舟子去打厦大校长朱崇实的假。他搜索了一遍后认为朱崇实大的问题没有，只是有少数论文存在一稿多发的现象，并举出一篇发表在《经济学动态》上的文章。但这是一份文摘性质的刊物，他发现自己搞错后很快就进行澄清并向朱崇实致歉了。由于他的谨慎以及过人的素质，他至今绝大部分的假都打对了，他的科普文章也是十分严谨和可靠的。我们不必崇拜他，在"三观"等问题上可以不把他引为同道，但在科普以及打假的问题上，我们还是要相信科学，尊重事实。

方舟子是福建人氏，本名方是民，方舟子是他的笔名，在古代是两艘船并在一起的意思。他从学生时代开始就同时热爱文学和科学，起笔名为方舟子就是要一只脚踏在文学的船上，一只脚踏在科学的船上。他学的是生物学专业，在美国的大学拿到了生物学博士学位，并从事过两年的博士后研究，受过严格的科学训练。同时他在文史上的造诣也是很深的，高考时是福建省的语文状元，阅读过大量的古籍，写过的一些考据文章水准不在许多专业学者之下。他始终从事科普的写作，就是把科学与文学这两者结合起来，这是他更看重的身份。

而打假按他的说法只是一种意外，目睹中国社会充斥的各种造假现象而路见不平，挺身而出。1998年后他发现国内有许多披着科学的外衣骗取人们钱财的造假现象，譬如各种的营养保健品，于是就开始打起假来。他从此就一发而不可收，打的领域也不断地扩大，在社会上产生了广泛的影响，以致人们更多把他当作一个打假斗士而不是科普作家，但他本人其实更愿意从事科普事业，并且把更多的精力都放在这上面。他坚守的原则是"脑中有科学，心中有道义"。从事科普以及打假的事业，一方面是要有科学的思维，要把自己的立论建立在坚实的基础上，同时还要有一种道义上的担当，对于那些违反科学的东西，对于那些坑蒙拐骗的现象要敢于进行揭露。

在他的身上，我们可以看到古代游侠的影子。游侠是春秋战国时期存在的一个社会阶层，通常武艺高强，同时又急公好义，对于各种不公不义的现象敢于挺身而出，匡扶正义。后来这个阶层逐渐消亡了，但还零星地存在于社会，其精神传统更是一直保留下来。方舟子也是一个侠，而且是侠之大者。只要社会上还存在形形色色的造假现象，只要这些造假无法通过正常的途径得到及时的处理，我们就需要方舟子这样的行侠仗义之士。

2018 年 12 月 28 日

滥用抗生素现象谁之过

我一篇关于中医的帖子在论坛上发布后,有一位网友进行了回复,说西医的抗生素副作用多大,致死致残的有多少。认为抗生素产生了大量致死致残的严重后果,这显然是危言耸听和颠倒黑白的,也是不值一哂的。事实上如果没有抗生素的使用,每年将会有大量的人因为各种细菌和病微生物的感染而致死致残,抗生素正是挽救无数人的生命、保护人们健康的巨大功臣。然而,抗生素的副作用又确实是存在的,社会上对这个问题的担忧也是值得重视的,尤其是抗生素滥用的现象已经给人类造成了相当的危害。但把这说成是西医给人类带来的严重危害,并以此作为反对西医的理由,又有失偏颇甚至是十分荒谬的。

最早的抗生素是1929年英国细菌学家弗莱明发现的青霉素,1942年开始进入大规模的商业应用。在第二次世界大战的战场上,青霉素开始大显身手,挽救了无数士兵的生命。在抗生素出现之前,许多士兵并非真正死于刀枪之下,而是死于伤口感染。我们许多疾病的治疗都离不开抗生素,可以说没有它,我们的寿命就不可能延长这么多,它不愧是人类健康的一大功臣,这是我们在讨论抗生素的问题时首先必须明确的。然而,抗生素同时又存在着副作用的问题,重复使用一种抗生素会使致病菌产生抗药性，医生治疗病人时就要使用药效更强的抗生素，这又导致了病菌产生更强的抗药性。因为抗生素的滥用和误用，已经产生了许多药物无法治疗的"超级感染"，如抗药性金黄葡萄球菌感染等。抗生素的滥用是一个世界性的难题，其中又以中国等一些国家为甚。医学研究表明，每年在全世界大约有50%的抗生素被滥用，而在中国这一比例甚至接近80%。在我们国家，抗生素通常不需要处方就可以轻易买到，这在一定程度上导致普通民众对抗生素的滥用和误用。

面对抗生素的滥用这一难题，人们开始从传统的治病方式中重新寻找对抗疾病的灵感，试图找到一种健康和自然的疗法，用人类自身的免疫功能来抵御超级病菌的进攻。然而，在找到新的有效疗法之前，我们又不能停止抗生素的使用，我们只能科学地使用它，即要有的放矢，使用之前先做细菌培养并作药敏试验，然后根据药敏试验的结果选用极度敏感药物，从而避免了盲目性，又能收到良好的治疗效果。当我们面对一个利弊并存的事物时，必须权衡其轻重，如果利大于弊，就不应拒绝它，而只能尽量地兴利除弊。倘若我们都不再使用抗生素，难道只能束手无策，听天由命不成？

我们国家滥用抗生素的现象变得十分突出，还与我们的许多不正确的观念密不可分。我们通常患了感冒，有点咳嗽、发烧、咽喉肿痛，就忙不迭地要上医院求医问药，就要吃一大堆的药，包括抗生素，甚至还要打起点滴来，以求快速见效，生怕慢了一步就把脑子烧坏了，如此一来抗生素就更是大剂量地使用了。病人的观念本已如此，医生还要推波助澜，他们的观念也同样落后，更重要的还在于背后有利益的驱动，因为这样一来他们就可以门庭若市，就可以通过开出一大堆的药而荷包鼓鼓的。在国外，这类疾病基本是不进行治疗的，患者懂得这个道理，医生更是不给开药，无非建议多休息，多喝水，过几天就会自愈。而倘若我们也像他们这样，首先是病人接受不了，医生更是不会与自己的利益过不去。我本人从前也不例外，感冒了就要吃药，就要吃抗生素，后来看了方舟子的科普文章，就再也不吃了，就是多喝些温开水，一两天或两三天就好了，比吃药快多了。这不但把许多钱给节省下来了，也不必跑到医院那种地方去受医生忽悠了，同时也少吃了许多药，尤其是抗生素，大大减少了医药对身体的副作用。

　　由于我们缺乏科学的健康知识，没有形成科学的健康观念，平时不懂得如何进行科学的养生和保健，从而生出了许多原本可以避免的病来。生病之后又胡乱地求医问药，似乎生了病天经地义就要吃药，而且要吃很多的药，最好要打点滴才会心里踏实，才会治得彻底，才会快速见效。而唯独不知道我们只要保持良好的生活方式，许多疾病其实是可以预防的，有些疾病其实是不需要吃药的，尤其是不需要动辄打起点滴的。当然，科学的健康观念还包括该治疗的还得治疗，该吃药的还得吃药，该打点滴的还得打点滴，一切依症状以及治疗的需要而定。

　　注：本篇专业资料参考了百度百科"抗生素"词条。

2019年1月9日

富豪曹德旺的奢华生活

曹德旺是著名的福耀集团的老板。他天生具有很强的商业头脑,在"一大二公"的年代就跑起了单帮。改革开放后他承包了一个乡镇小厂,1987年创办了福耀玻璃有限公司,不断地发展壮大,成为中国汽车玻璃行业的龙头企业,也是世界第二大汽车玻璃供应商。他还成功地到美国、德国、俄罗斯等国家投资,在世界范围内建立起了他的商业版图。他同时也是虔诚的佛教徒,乐善好施,从1983年至今已经以个人名义向社会捐款80亿元。2010年12月,经过与中央各部委的反复沟通,并请各领域专家进行论证,他捐出价值数十亿元的企业股票成立的河仁慈善基金会在递交申请3年后终于正式获批,成为我国目前资产规模最大的公益慈善基金会。政府对慈善领域的法律法规进行修改,使民间机构也能成立独立的基金会开展活动,这也是与他的推动分不开的。社会的进步就是依靠这些一件件的实事实现的,而不依靠那些不切实际的口号。

他同时也一个十分朴实的人,说过了许多实话和真话,不像许多名流那样藏着掖着,显得滴水不漏的样子。譬如他说过,"中国民众不坏,中国坏就坏在精英。知识分子一旦登堂入室,整天讲假话。剩下一些批评政府的,因为他没有被聘请,他如果有一天被聘请,纱帽一戴,他也是这样的,你根本没有招。很多当官的喜欢听假话，他心里很脆弱，一句真话都不能听的，一听会心脏病"。虽然我们的知识分子和政府官员未必全是如此，但拿他这番话作为镜子来照照自己，反省一下自己是否存在这些弊病，却是只有益处没有害处的。他还说过，"那些做生意的小老板，自己乱做，做完以后骂政府，等政府来救他"。这说的恐怕也是实情，我们的许多民营企业就存在这种现象。现在经济下行严重，民营企业的状况十分堪忧，于是各种支持民营企业的政策开始竞相出台，有关部委一起上阵，要给民营企业的贷款大放绿灯。这些措施有些是必要和合理的，有些也未必是必要和合理的。我们的许多事情往往都是一窝蜂，从一个极端走到另一个极端。民营企业受到歧视固然不对，但这种违背市场规律，不管它们是否有效益都送贷款上门也是不对的。虽然它们是独立的经营实体，但很容易就能得到贷款，花起来也会大手大脚的，也会"崽卖爷田心不疼"，到头来只会使我们产能过剩的问题变得更加严重，银行呆账坏账的现象雪上加霜。更有甚者，还有一些无良的企业老板，拿到贷款后开溜，留下一笔不知道由谁来背的烂账。而他说过的中国"除了人力，什么都比美国贵"，更是在社会上产生了很大的影响。这使他本人挨了不少骂，但也促使社会对企业税费负担过重的问题展开了广泛的讨论，政府出台的一系列减税降费的措施与之也有一定的关系。重要的不在于他说得对不对，而在于他敢于把自己的真实想法表达出来，在于他说话的客观态度——对于民营企业，他既诉说其难处，也直言其弊端，有一说一。

2018年初，一个关于曹德旺豪宅的视频节目曝光，让人们见识了这位顶级富豪的奢华生活。他的家就是一个庄园，各种豪华的设施一应俱全，有满屋的茅台，有私家的菜园，光服务员就有"16位美女管家"为他以及家人提供周到的服务。他不无自豪地对记者说，中国富豪的房子有比他大的，但比他好的相信没有。我看了也着实吃惊——我知道富人与我们普通人过的生活不一样，但直到这一次才大开眼界，知道了怎么不一样。他全家人可以过着饭来张口、衣来伸手的生活，有兴致还可以下地劳动劳动，下泳池游动游动。对于他们的这种生活我们又该如何看待呢？

曹德旺享受这种生活是要有大笔开销的，但这些钱都是他自己的合法所得，而不是偷来抢来的。他一手打造的福耀集团对国家和地方经济的发展是贡献巨大的，对社会来说也解决了大量的就业问题，这样的企业和企业家越多越好。而他本人在创业过程中的艰辛也是常人无法想象的。他已年过七旬，仍然每天工作十几个小时，没有休息日，连生病的时间都没有。对于这样的一个企业家，他如何支配自己的收入，如何安排自己的生活，我们是无可厚非的，也是无须眼红的。如果社会的红眼病发作起来，对这些富豪实行杀鸡取卵，就会使我们回到过去那种共同贫穷的年代。

曹德旺维持这种奢华的生活，至少还解决了16个服务员的就业问题。同时，他这么巨大的生活开销还会拉动许多为之配套的行业，比如建筑行业、电器行业、园艺行业和餐饮行业等。要是都没有这些富人了，我们的市场就会萧条下来。我们中国人一向是以俭为荣，以奢为耻，生活太过奢华就会遭受物议。其实我们的古人也有过奢侈有利于社会经济繁荣的论述，只是这种思想很难为社会所接受。富豪要提高自己的境界,要把更多的钱捐献给社会而不是用于维持自己奢华的生活,但这只能提倡,而不能强迫。只要他们没有违法经营,没有偷税漏税,就是一毛不拔外人也不能说三道四。社会对他们变得更加的宽容,只会让他们变得更加的放心,从而不断地做大做强,也不断地回馈于社会。曹德旺不就做到这一点了吗?而如果我们患上了红眼病,只会使他们更加忧心忡忡起来,而不敢做大做强,相反还会不断地把资产转移到国外。

只有一种奢华是绝对要不得的,即不是通过自己的正当劳动取得合法收入,而是靠坑蒙拐骗、巧取豪夺得来的不义之财维持的奢华生活。这种奢华生活建立在他人利益受损的基础上,是十分不公正的,不是能否拉动社会经济发展的问题,而是必须予以坚决取缔的问题。这种人的日子过得越滋润,他人利益就受损得越严重,人们的心理就越不平衡,对社会的不满就越强烈。他们都不是生利者阶层,而是食利者阶层,对社会而言就是坐吃山空,这样的人越多,对社会的危害就越大。

2019 年 1 月 16 日

真理向前跨越一步就变成谬误

——再说奢侈

我在一篇叫《曹德旺的奢华生活》的文章中，说到古代的思想家曾经提出过富人过的奢侈生活有利于社会经济繁荣这样的思想。我从前看到过这样的阐述，但由于时间久远，已经记不清在哪里看到，是谁阐述的。根据我朦胧的印象，似乎是进入近代前后的一位思想家魏源说的，但又不太肯定。后来上网搜索了一番，果然是他。他在俭奢的问题上提出了许多很有见地的思想，在《默觚·治篇十四》中说："俭，美德也；崇俭禁奢，美政也；然可以励上，不可以律下；可以训贫，不可以规富。"他又说："《周礼》保富，保之使任恤其乡，非保之使各啬于一己也。车马之驰驱，衣裳之曳娄，酒食鼓瑟之愉乐，皆巨室与贫民所以通工易事，泽及三族。……如上并禁之，则富者益富，贫者益贫。彼富而俭者……俭者俭矣，彼贫民安所仰给乎？"

在承认人有先天禀赋的差别，有后天努力的差别，有机遇的差别等的前提下，在承认私有财产必须得到尊重和保护，必须实行市场经济制度的前提下，必然会产生收入不均的现象，必然会因此而区分出富人和穷人来。唯有如此，才符合人的本性，才符合经济社会发展的规律。同时也唯有如此，才能更好地保护人们的积极性,才能激发人们的创造性,从而在起点和规则平等的基础上产生良性的竞争,使社会财富充分地涌流出来,使社会不断地走向进步。富人对自己的高收入拥有充分的支配权,可以用于个人以及家人的消费,甚至是高消费,而且从经济的角度看,这对社会尤其对穷人也是有利的。正是富人的奢侈,才使许多产品和服务有了市场,才使穷人有了更多的就业机会。倘若把富人的财富剥夺了,或者给他们施加各种的限制和压力,从而使其不敢放开消费,就会使这类市场急剧地萎缩,就会使许多靠此谋生的穷人断了生计,受到最大损害的其实还是他们这个群体。因此,魏源以上所作的论述也是很有道理的,也是十分超前的。

我们现在所讲的通货紧缩,即由于市场上需求不足,引起了物价下降,这会造成很大的社会问题,使企业无利可图而纷纷倒闭,使人们失去就业的机会,而这反过来又使需求变得更加不足,经济变得更加萧条。在这种情况下,就要想方设法刺激人们的消费,使人们愿意把钱拿出来花,从而拉动经济的发展,使经济发展进入一个正向反馈即良性循环的阶段。

现在我们经济进行转型升级的一个重要内容就是要从过去的投资和出口拉动型转变为内需拉动型,直白地说就是要人们更多地进行消费,从而扩大内需,拉动经济的发展。在这种新的时代背景下,过去那种节衣缩食、"新三年,旧三年,缝缝补补又三年"的过紧日子的观念已经不适应时代了。我们已经在不断地提倡消费,事实上随着收入的不断提高,人们的消费也在快速增长着。通过消费的拉动,我们的经济继续保持着强劲的增长势头,已经稳居世界第二的位置。

然而，我们现在面临的一个新问题是，社会上已经出现了过度消费现象，消费主义日益盛行起来，在很多情形下人们已经不是为需要而消费，而是为消费而消费了。人的物质欲望原本就具有一个特点，就是被调动起来之后会不断地产生更大的欲望，即所谓的"欲壑难填"，并且由于受到大众消费文化的影响，很容易无节制地膨胀下去。对于许多人而言，购物已经变成了一种瘾，因而产生了所谓的"剁手党"一族。他们整天就在网络上搜索商品的信息，遇到中意的非买到手不可，否则就会浑身难受，茶不思饭不想，而实际上许多东西并不是他们真正需要的。衣服一件一件地买回来，有的一次未穿就挂在衣橱里了；鞋子一双双地买回来，有的一次未穿就摆在鞋柜里了。为了买到心仪的商品，囊中羞涩也不打紧，可以透支信用卡，进行消费信贷。

这种消费主义的生活方式在拉动经济发展的同时，也产生了巨大的弊病。首先是造成巨大的资源浪费和环境破坏。环境破坏归根到底是人们的过度消费造成的——没有人们不停地"血拼"，就没有工厂开足马力地生产，没有工厂开足马力地生产，就没有资源的过度消耗和环境的严重破坏。经济的发展无疑是很重要的，但又不是唯一的，社会的发展还有其他方面的内容，譬如人的身心健康、人与自然的和谐关系等。经济的发展不能以牺牲环境为代价，必须在环境所能承受的范围之内，否则将是不可持续的，极大地危害人类长远的生存发展。消费也不是人生的目的和唯一内容，人们把过多的精力和财力用在消费上，就会使精神世界变得更加的浮躁和空虚，并不会带来幸福感的提高。社会上倘若奉行消费至上，人与人之间就会产生讲排场、比阔气的风气，片面地用金钱衡量人的价值，使人与人之间的关系变得更加的冰冷。

魏源从经济的角度阐述富人的奢侈有利于社会经济繁荣，我们同时还得从其他的角度看待问题。从富人自身的角度看，一味地奢侈也会使自己耽于温柔宝贵之乡，从而不思进取，坐吃山空。同时富人处于社会的上层，会起到一种导向的作用，倘若过度奢侈，一味地讲排场、比阔气，尤其是进行一些低俗的消费，就会对社会造成很大的负面影响。

魏源从伦理的角度反对穷人特别是国家的奢侈，这也是很有见地的。穷人由于经济条件有限，生活需要量入为出，精打细算，这无论对于个人还是社会都是需要的。但是如果过度了也同样会造成负面的影响。他们只要适当地消费，才能更好地拉动经济的发展，自己也才会有一种上进心——吃得苦中苦，方得甜上甜。政府消费花的是国帑，多消费一分，就要多从民间收取一分，而这如果过了一个度，就会打击民间的积极性。同时，政府一旦奢侈起来就会上行下效，造成了一个十分不良的社会风气。古今中外，许多政权都是因为盛行过度的奢靡之风而使国力不堪重负，从而走向消亡的。限制政府的消费并非就要一味地减少开支，必要的开支仍然是要保证的，但必须好钢用在刀刃上，要更多地用于一些民生项目，使人们的生活有了更好的保障，更多地用于社会的治理，更多地用于基础设施的改善，而不是更多地用于修建各种楼堂馆所，更多地用于"三公消费"。只有政府过上紧日子了，百姓才能过上好日子。

2019 年 2 月 25 日

中国人的味道

元旦刚过的一天，在下班的路上我坐在车尾的位置，突然坐在前面的一位中年男子转过头叫我把车窗打开，说车厢内烟味很浓，需要透透气。我感到十分纳闷，他是一个老烟民，平常看见他下车后总要掏出一支烟点上，边走边吸着，像个活神仙似的，今天怎么怕起烟味来了？莫非已经戒烟了不成？我遵照他的旨意把车窗拉开了，然后问他是不是戒烟了。他说没有。我说你们抽烟的怎么也怕闻到烟味。他说自己抽觉得香，二手烟觉得臭。哦，原来如此！我今天算是长知识了，不胜惊讶之至！这位仁兄还算是一位有烟德的烟民了，他知道二手烟臭，会危害他人的健康，所以都没有看见他在车内以及其他公共场所吸烟。而许多烟民却不懂得这个道理，或者懂得了却依然我行我素，对他人的感受和健康毫不在意，在公共场所旁如无人地吸起烟来，自己在那里吞云吐雾的好不快活，却苦了身边的人。由此我不由得想到了一个事情，就是中国人的味道。

我有一次坐校车听一位女老师讲，经常有学生把包子带进教室吃，味道特别的难闻，闻了都想吐，实在是受不了。我对她的这个抱怨很能理解，我也很讨厌闻到包子的味道，尤其是那种菜包。我有时在路上走，当边走边吃菜包的人从身边经过时，都会闻到那种刺鼻的怪味，坐公交车时看见旁边有吃菜包的，更是无比的难熬，赶紧把鼻子捂住了。还有一种不知道放了什么调料的煎饼,当有人把它带进办公室时,屋子里都会弥漫着那种令人作呕的怪味,只能一走了之,躲过这个"风头"再说。泡面的味道也是浓烈难闻的,去年一位乘坐高铁的妇女,因为不堪忍受旁边乘客泡面的味道而发起飙来,使用各种难听的语言对那位乘客进行辱骂。我也不赞成她的这种激烈反应,更不赞成她使用各种辱骂的语言,但我很能理解她的那种心情。以上提到的这些味道自己闻起来都不觉得臭,相反还觉得香喷喷的,吃起来津津有味,然而当自己不吃,闻到别人发出这种味道时,却会觉得臭不可闻,就像开头提到的那位仁兄所说的那样。毕竟我们都是人,都长着一个同样的鼻子,都有着一种同样的嗅觉。

  那么,这种现象是否具有中国特色呢?在我这个去过许多国家、经常在外面游历的人看来,说具有中国特色也不为过。在国外类似的这种味道也不能说绝对没有,但更多闻到的是一种香味,最常见的就是咖啡的味道了。泡面在国外的超市也有卖,但销量并不大,远不如中国,更不会像我们这样在车上,在各种公共场所毫无顾忌地吃了。这类现象在我们这里比比皆是,人们习以为常,以至都久而不闻其臭了,其根子恐怕还在于我们国民的公德意识极为淡薄,甚至压根就没有意识到自己的这些行为是否会影响他人,从而就导致了既用这种味道把人熏倒,也被人用这种味道熏倒的现象,产生了独特的中国人的味道。我们在个人的生活日用方面,只要经济条件具备,很快就会把外面的一套学过来,甚至还"青出于蓝而胜于蓝",个人穿戴得十分整洁美观容易做到,一天洗一次甚至几次澡也容易做到,而不会在乎是否浪费水资源,然而不给他人以及公共场所带来不卫生却很难做到,不让自己的味道把身边的人熏倒却很难做到，甚至压根就不在乎，压根就没有这种意识。这恐怕是谁也无法否认的中国特色吧。这种独特的味道，就足以把我们挡在了现代社会的门槛之外。

　　周立波曾经在他的清口相声中调侃说，上海人的文明素质高，所以喜欢喝咖啡，而其他地方的人文明素质低，所以喜欢吃大蒜，从而招来了一片骂声。其实，他的这个段子有两说。他认为喝咖啡是文明的表现，而吃大蒜是不文明的表现，这并没有什么错。我们国人喜欢吃大蒜也是事实，在餐馆的许多菜肴中都要加入蒜料，那种浓烈刺激的味道自己吃起来的确十分开胃和尽兴，但在旁人闻起来却是十分不好受的。上海人的文明素质会高一些也许是事实，但说上海人不吃大蒜却言过其实了。他们吃不吃大蒜，只要到当地的菜市场看看就知道了，总不能说这些大蒜都是卖给外地的"阿乡"吃吧。上海人也都是从全国各地去的，与整体的中国可谓完全融为一体，而不可能脱离母体散发出咖啡独有的芳香。周立波所说的更多只是一种美好的愿望，而不是一个事实。

　　我们的文化和行为方式都是积习难改，都带着因袭的重负，而且这两者又是互相制约，互相拖后腿的，所以要改变中国人的这种味道是很难的。随着我们国家经济实力的强大，开始要用我们的文化去同化别人。随着我们走出国门的人越来越多，出国就跟出差似的，我担忧的是我们中国人的味道还会不断地向世界各地渗透，把世界各国原有的味道给驱除了。事实上，这种现象已经开始发生了。

2019 年 1 月 17 日

我们被老板剥削了吗

老板,在以前就是掌柜。这种社会角色被消灭几十年之后,在改革开放的春风中又产生了。这时不知为什么,也许是因为是掌柜、资本家这些称谓过去长期被当作剥削和腐朽的代名词,已经变得灰头土脸的,于是就换了一种名称——老板。老板老板,用久了也就约定俗成了,而且其外延也不断扩大,经营着庞大产业的叫老板,做小本生意的也叫老板,私营企业主叫老板,国有企事业单位的领导也叫老板。更加离奇的是,高校里的研究生导师在学生眼里也成了老板,学生在为其打工,做各种的事情,从而能够顺利地毕业,并顺便从他们那里也沾点光。连神圣的学术殿堂也刮进了这种风气,染上了铜臭味和官场气息。我们不能不感叹起吾国吾民的神奇——许多新鲜名堂时间久了其含义都要发生变异,以至变得面目全非了。本文的老板不从这五花八门的广义来谈,而是从它的狭义即私营工商业主来谈。

经过多年的传统意识形态教育,老板一词似乎就是剥削的代名词,他们的高收入与普通打工者的低收入,他们的阔绰生活与普通打工者的拮据生活形成了鲜明的对比,因此成了一个既让人羡慕又让人嫉妒的群体。虽然改革开放后提倡致富光荣,以先富带动共富,但这种根深蒂固的社会心理一时半会儿还很难消除，而且在特殊时期还会兴风作浪起来，去年出现的"民营企业退场论"在社会上就掀起了一番不小的风浪。

1949年天津刚刚解放的时候，实行过一段时期过"左"的政策，从而使工商业受到了很大打击，许多工厂都停产歇业了，资本家们惶惶不安，有的在等待观望，有的把资产转移到海外。与此同时，大量的工人也失业了，市面上萧条了下来，经济陷入了很大的困境。在这样的背景下，刘少奇到天津进行了实地调查，了解情况后发表了讲话，对资本家进行了安抚，鼓励他们安心进行生产，并提出了著名的"剥削有功论"。这种观点不久后就受到了批判，从此无人敢再提出来了。它与我们当时要消灭私有制和剥削阶级的理想是相违背的，虽然符合实际，对发展社会生产力是十分有利的，但在政治上不正确，因而只能屈从于理想。然而，这种理想高歌猛进的结果是碰得头破血流，30年后又不得不重新允许私有经济的存在，从理想的天空回到现实的地面上来，从而带来了经济社会的大发展大繁荣。但我们仍然不够脚踏实地，仍然时而凌空蹈虚起来，于是就出现了许多年来在所有制问题上的犹疑和徘徊。

其实从市场经济的角度看，这种剥削说是需要进行适当反思的。各种的生产要素都参与了生产，都参与了价值的创造，其中企业家即老板也是十分重要的生产要素，他们不但投入了资金，还进行了经营管理，而这同样也是十分重要的，甚至是最重要的要素。因此，他们参与收入的分配是必要的也是合理的。一旦缺少了他们，经济社会的发展就失去了动力，创新就失去了主体（创新的主体并非技术人员，而是企业家，因为他们最能看到创新的机遇和方向，最能产生创新的灵感，然后组织资本和人才进行创新)。从这个意义上讲,就不存在谁剥削谁的问题,收入分配中的比例关系由各种生产要素的市场稀缺程度即供求关系来决定,在公平的法律法规下通过市场的谈判和博弈机制来实现。如果资方违反了有关法律法规,违背了公平正义原则,不给劳方提供安全的工作条件,严重压低劳方的工资,则是对劳方正当权益的损害,可以说是剥削。而如果劳方的力量过于强大,提出过高的要求,从而让资方难以生存下去,则是劳方对资方的剥削。如果是政府对企业摊派各种苛捐杂税,对他们竭泽而渔,则是政府对资方的剥削。前一种剥削人们容易看到,也是经常予以抨击的,后两种剥削人们却不容易看到,但也是客观存在的,其危害性也是很大的。

员工只要完成了工作任务,尽到了自己的职责,其收入和待遇都是有保障的,各种经营上的风险都落不到他们的头上。而老板一旦自己的产品不为市场所接受,就要面临亏损甚至血本无归的风险,出了任何安全生产事故和产品质量事故都是第一责任人,因此拥有产品的"剩余索取权"也是天经地义的,不如此就不足以激励他们的积极性。从未有过打工经历的学者或许会在那里高唱资本家剥削工人的老调,而有过打工经历的员工就会真切地感受到,当生意兴隆、顾客盈门的时候老板就会容光焕发,喜上眉梢,可当生意惨淡、门可罗雀的时候,他们就会愁眉苦脸,心中无比的焦虑,因为收入减少甚至没有了,而各种的开销却一样都少不得,员工的工资一天都不能拖欠。这时候,员工其实也挺心疼老板的,也与他们一样的焦急,因为这种光景要是再持续下去,离关门歇业也就不远了,而到那时自己也只能喝西北风去了。

那么，我们对资本的力量是否就可以放任自流了呢？非也。资本的天性就是尽量扩大自己的所得，其实更准确一些，应该说这是人类的天性。如果缺少必要的外部制约机制，老板就很容易做出各种违法乱纪的事情。工作条件的恶劣、工资待遇的低下等还只是问题的一个方面，市场上的各种坑蒙拐骗行为，譬如生产假冒伪劣产品、偷税漏税等，也会层出不穷。马克思说的资本有百分之一百的利润，就会使人不顾一切法律，有百分之三百的利润，就会使人不怕犯罪，甚至不怕上绞刑架的危险，这并非夸张之辞。恩格斯关于英国工人阶级状况的研究报告也是实际生活的写照。然而，面对资本的这一弊端，我们不能泼脏水时连孩子也一起泼掉了，只能通过建立健全各种规章制度并加以严格的执法，对资本进行有效的驾驭，从而做到扬长避短，兴利除弊。这是必须做到的，也是能够做到的。恩格斯写下《关于英国工人阶级状况》几十年后，英国工人阶级的状况不就有了很大改观？

中华人民共和国成立初期尚在实行新民主主义的时候，不少的私营工商业者存在着行贿、偷税漏税、盗骗国家财产、偷工减料等各种不法行为，通过勾结有关官员牟取不正当的利益，给国家和社会造成了不小的危害，以至送到朝鲜的医用物资都出现了假冒伪劣产品，给战场上的伤员造成了巨大危害。因此，当时开展"三反五反"运动也是事出有因的，同时也是必要的。改革开放后，我们的民营企业又重新发展壮大了起来，但在极大地促进经济社会发展的同时，也存在着部分民营企业违法经营、非法牟利的问题。譬如，许多豆腐渣工程都是民营企业承揽的，许多的假冒伪劣产品都是民营企业生产的，许多的经济失信行为都是民营企业留下的，更为恶劣的是，社会上还存在着一些工作条件极其恶劣、严重损害工人利益的"血汗工厂"以及限制人身自由的"奴隶工场"，所有这些也都是事实。但这同时也是有关部门管理不到位的问题，而不简单是民营企业的问题。倘若仅仅是所有制造成的，那么我们重新回到过去就万事大吉了。然而我们都知道，国有企业同样也会出现这些问题的，当年造成严重后果的"三聚氰胺"事件就发生在一家老牌的国有企业。我们同时也无法想象，在"干多干少一个样，干好干坏一个样"的国有企业体制里，还能保证有多高的产品质量，特别是在创新方面还能走得多远。过去正因为国有企业的一统天下，才造成了长期产品品种单一、花色很少的局面，现在市面上商品琳琅满目，同时质量也提高了，各种的创新不断地涌现，这正是拜市场经济以及民营企业之赐。

面对资本力量的各种弊端，面对民营企业的各种非法经营，人们的观点是一致的，都认为这类行为是不正当的，政府必须依法予以打击，以维护工人的正当权益，以维护正常的社会经济秩序。在这一问题上，社会是具有高度共识的。我们不妨求同存异，下大力气对这类现象进行治理，对资本的力量进行有效的驾驭，从而使其纳入良性发展的轨道，更好地造福于社会。

2019 年 1 月 29 日

黑心老板的"超级剥削"

我前面发过一篇叫《我们被老板剥削了吗》的文章,对传统的那种"资本家剥削工人"的观念进行了反思,认为这两者之间并不存在所谓的剥削关系,他们都共同参与了价值的创造,必须按照市场经济的原则以及公平正义的原则,合理地分配企业的收入,他们一损俱损,一荣俱荣,结成了命运共同体。这是在正常情况下而言的,即双方都遵纪守法,在公平合理的规则下进行博弈和合作,而不包括那种不遵纪守法、不公平合理的情况。然而,社会上又确实存在着许多黑心老板,他们侵害了员工的正当权益,有时甚至达到了触目惊心的地步。

这些年来,各个地方都存在着许多拖欠农民工工资的现象,尤其每到年关的时候,这一现象就会集中地爆发出来。这些从农村进入城市的农民工,从事的往往都是又脏又累又危险的活计,有限的打工收入对他们的家庭是至关重要的,许多事情都要指望着它,生活开销要靠它,子女上学要靠它,生病住院要靠它,一旦拖欠了,就会使他们的生活陷入巨大困顿之中。更何况这是他们合法的劳动所得,没有任何理由可以赖账不发。然而,现实中这类现象却屡屡发生着。为了讨回自己的血汗钱,许多农民工费尽了周折,使出了浑身解数,有时还未必能够如愿以偿。其中有前往堵门的,有上演跳楼秀的,有在街头跳"骑马舞"的,造成了十分不良的社会影响。我有一次下班的时候,校门被一群前来讨要工钱的农民工堵住了。他们拉着一幅"还我血汗钱!"的白色条幅,吵吵嚷嚷的。我们单位已经付清了工程款,工人找不着施工单位,所以只能跑到这里讨个说法来了。这类行为冲击了正常的社会秩序,也是不值得肯定的,但他们要是工资不被拖欠,就不必出此下策了。有人或许会说,他们可以通过法律的途径来维权,但这得花不少的钱请律师,得耗不少的时间走程序,最后即便打赢了官司,也还不一定能如数拿到钱,因为法院的判决得不到执行,打法律白条的例子也并不少见。即便最后拿到了钱,也为此付出了大量的时间和精力,这种看不见的"机会成本"却无从得到补偿。

为了解决这一老大难的问题,政府出台了相关文件,规定必须实行保证金制度,施工单位如果拖欠农民工工资,可以先由业主单位或者政府垫付。然而,由于种种原因,这一制度在许多地方并没有得到很好的落实。其实,我们换一种思路也许可以更有效地解决这一问题。就像假货一样,我们的市场上之所以假货充斥,让消费者不堪其苦,一个很大的因素就是造假售假者的违法成本太低了,消费者买到假货只能"买一赔二",而且索赔的渠道还很不畅通。即便这样,当年出了一个王海还在社会上引起了巨大争议,似乎他通过打假得到的钱是来路不正的,由此可见我们观念的落后。我们一方面痛恨于假货的横行,另一方面又对造假者过于的宽容。国外之所以很少有人造假售假,这与他们所要面临的巨大违法成本是分不开的。在一些国家,一个人要是买到了假货,就意味着可以发大财了,可以向法院起诉，胜诉了可以得到巨额的赔偿。我们不但打假可以借鉴这种思路，治理拖欠农民工工资现象也可以借鉴这种思路：农民工的工资被恶意拖欠后可以上诉到法庭，一旦胜诉可以得到高额的赔偿，从而那些无良的施工单位就不敢以身试法了。当然，这又必须建立在一个前提之下，即法院的判决是会得到切实执行的，而不是打白条。

还有层出不穷的黑工场老板，他们通过各种手段把社会上的智障、残疾、流浪等人员骗去打工，有时甚至正常人也不能幸免。这些被拐人员在极为恶劣的劳动和生活条件下，无偿地为他们长时间地劳动，人身自由被完全限制住了，生病了也得不到救治，活脱脱就是一个令人发指的人间地狱。去年黑龙江和内蒙古境内破获了一起重大的强迫劳动案，52名男子（其中不少人是智障、聋哑、文盲和流浪人员）被诱骗和囚禁在工地工厂数年，没有报酬地每天干活12小时以上，19人共用两条毛巾，不能刷牙也不能洗澡，有人被打到吐血、牙齿脱落，生病只能硬挺着，逃跑被抓回去会遭受毒打……直到2018年4月底，这些人员才被警方解救出来。2019年1月4日，该案件的4个团伙13名罪犯被一审法院判处有期徒刑。

对于以上提到的这些黑心"老板"，已经不是什么剥削与否的问题了，他们已经严重违反了法律法规，严重违背了公平正义的原则，尤其是那些非法囚禁智障人员的不法之徒，他们更是完全突破了人间道德底线，完全践踏了社会人道原则，无论持何种政治立场的人都会拍案而起的。然而，对那些无良的"老板"讲道德，又无异于对牛弹琴，他们要是具有基本的道德感，就不会干出这种伤天害理的事情了。要消除这类现象，从根本上说要通过建立健全法律法规，尤其要做到严格执法，发现一起查处一起，使他们为此付出足够的代价。

2019 年 2 月 27 日

翟天临:"打假警察"被打假

刚过去的央视猪年春节联欢晚会有许多节目还是可圈可点的,尤其是一些小品作品,虽然与人们的期待尚有一定的差距,但在当下的文艺创作环境中能够达到这样的水准亦算难能可贵了。其中蔡明、葛优主演的《"儿子"来了》,因为有了大腕葛优的加盟而让观众眼前一亮,春节后很是火爆了一阵。在这个节目中,当前流量明星翟天临也扮演了一个打假警察的角色。这位翟姓演员原本人气不是很高,但通过一个"学霸人设",很快就变得人气爆棚起来。

他2006年考入北京电影学院表演本科班,2010年升入本校硕士研究生,2014年考取本校电影学专业博士研究生,并于2018年6月29日毕业。春节前的1月31日,他又在微博上晒出了一张被北京大学光华管理学院录用为工商管理博士后的通知书图,并配文"新的旅程,小翟要加油!",跨界进入了工商管理领域。如果他的这些学历都货真价实而不是注水的话,也真可谓牛人一个了,我等吃瓜群众不能不佩服得五体投地。

然而,正当他正春风得意马蹄疾的时候,却遭遇了一场人生的滑铁卢。春节刚过,去年他在一场直播里的一句"不知知网"被翻了出来,瞬间引爆了一连串的地雷。好事的网友一经搜索，发现他博士毕业了，却没有发表过正儿八经的学术论文，知网上仅能检索到两篇具有学术性质的论文，而且其中一篇还涉嫌抄袭剽窃他人著作，文字复制比达到40.4%。同时，他的硕士论文也被网友爆出抄袭陈坤的本科毕业论文，他的高考成绩、同期博士的论文发表状况等话题也相继引发了热议。于是乎，一个"学霸人设"的光鲜形象就雪崩似的坍塌了，一个扮演打假警察的演员变成了打假的对象。这实在太富于戏剧性了！在我们这个神奇的国度，什么样的事情都有可能发生，在这个各方面都处于剧变中的社会转型期，各种匪夷所思的事情更是层出不穷地发生着，无论多奇葩的事情都会出现，都在不断地突破人们的想象。

事情刚捅出来的时候，我的直觉是，翟天临的博士学位固然是水货，他抄袭剽窃的证据也是十分确凿的，但不会被动真格地处理，博士学位不会被取消。他论文的文字复制比达到40.4%，比这更赤裸裸的抄袭剽窃却又安然无恙的还大有人在。但不久之后，一连串让我始料不及的事情却发生了。2月14日，翟天临发布微博向有关方面进行了道歉，表示虚荣心和侥幸心理迷失了自己，并正式申请退出北大博士后科研流动站工作。2月16日，北京大学发布调查说明，检讨了自身工作上的失误，并确认翟天临存在学术不端行为，对其进行了退站处理，停止其合作导师招募博士后的资格。2月19日，北京电影学院再次发布调查说明，决定撤销翟天临的博士学位，取消其导师的博士生导师资格。至此，整个事件得到了较为圆满的解决，基本上可以尘埃落定了。

之所以还能得到这样一个大体可以接受的结果，这首先得益于网络。正是有了异常发达的互联网,人们可密集地进行发声,揭露和谴责这样的行为。面对这汹涌如潮和穷追不舍的舆论,有关方面也很难对当事人进行包庇和敷衍处理,不给出一个说得过去的结论很难把舆论平息下去。正是有了各种发达的自媒体,每个公民都可以成为"记者"和"评论员",揭露和谴责社会上的各种不公现象,发挥出巨大的舆论监督作用。然而,我们对此也不可过于乐观,许多比翟天临还要恶劣的学术不端行为,由于当事人具有巨大的活动能量,特别是具有权力的背景,而得不到揭露,或者被揭露了却得不到应有的处理,公众对之却徒唤奈何。这些人拿到了注水的文凭以及教授、博导等头衔,极大败坏了学术和教育的风气,却照样风光无限的。翟天临固然也是个走红的明星,也拥有一定的社会资源,但说到底只是一个演员而已。

其实,对于学术和教育界危害最大的还不是这些镀金的明星们,而是那些具有权力背景的人。正是由于权力没有受到有效的制约和监督,没有在权力与学术、教育之间建立起一个有效的隔离机制,致使权力之手可以伸到学术和教育中来:一方面是可以进行干预,使学术和教育资源的分配按照他们的意志进行,同时他们本人也可以近水楼台先得月,利用权力之便得到各种注水的文凭以及教授、博导等头衔,从而做到官学双收,赢家通吃。只要没有切断这个污染源,没有使二者有效地隔离开来,学术不端的现象就很难得到根治。处理一个流量明星固然也会大快人心,也会达到些许激浊扬清的效果,但从根本上说是无关宏旨的。

在这一事件中,大量网友之所以会投入巨大的热情,反映了人们对各种造假现象的痛恨。当今社会造假成风,学术和教育界本应更加干净，却也变脏了，甚至有过之而无不及。因此，一旦发生了热点事件，人们就会群情激昂，一窝蜂地加入到人肉搜索当中，形成了铺天盖地的舆论压力。不论世风如何日下，求真之心都是人身上一种压抑不住的天性，这也是我们还要不懈地追寻真相的信心所在。同时，它也反映了对社会公正的追求。虚荣之心在所难免，得陇望蜀亦人之常情，但所有这些又必须建立在真实的基础上，不能违背公平正义的原则。那些流量明星们在"注意力经济"的时代个个都已经红得发紫，赚个盆满钵满了，却还要赢家通吃，猎取一个注水的博士和博士后头衔，从而树立起一个通体发亮的"学霸明星"形象，就会使公众的心理产生严重的不平衡。当他们的西洋镜被拆穿之后，舆论就会哗然起来，公众就会一哄而上，把他们的老底掀了个底朝天。

　　翟天临已经公开认错了，虽然还显得有些避重就轻，但能够走出这一步已经不容易了，不少情节比他更为恶劣的公众人物还缺乏这样的勇气。他如果在演艺上具有真正的实力，不妨在艺术的道路上踏踏实实地走下去，干好自己的本行，而不要打肿脸充胖子，去当什么"学霸"。同时，我等吃瓜群众也应当从这一事件中反思一番：我们对翟天临们进行揭露和批评是完全正当的，但我们有必要对他们进行人肉搜索，像节日的狂欢似的把他们所有的隐私都暴露于光天化日之下？对于翟天临这样一个性质并非十分恶劣的青年演员，我们是否也要给他一个改过自新的机会？

2019 年 2 月 22 日

城市要不要禁烟花爆竹

我们中国人在过年过节以及红白喜事和庆典活动中，烟花爆竹总是少不了的。它们在给人们带来喜庆和欢乐的同时，也存在着各种巨大的危害。它们容易引发火灾事故，每年这样的火灾事故不计其数，造成了巨大的生命和财产损失。人们忙于过年的时候，消防队员却最为紧张和忙碌，必须随时待命出征。它们会制造出严重的噪音，使人们不堪其扰。如今的烟花爆竹与以前已经完全不可同日而语了，威力大得惊人，尤其是烟花，响起来就像炮声似的，可谓震耳欲聋，让人心惊肉跳。逢年过节，小区里的烟花爆竹竞相燃放起来，安装在车上的警报器也被触响了，顿时到处都跟鬼哭狼嚎的。一些小孩受到了惊吓，也加入了大合唱。一些有病的老人受到惊吓后病情加重了，有的甚至一命呜呼。常人也不堪其扰，原本在静心做一些事情，顿时就做不下去了，等着它过去，却又响个没完没了。更要命的还是空气污染。燃放鞭炮不但会产生大量的微小颗粒物，使空气的pm2.5指数急剧地升高，还会产生大量的有毒气体。至于烟花的污染就更严重了，它含有许多金属和重金属，这些金属燃烧后会弥漫在空气中，会落到土壤和水里，进入人体后会对健康造成巨大的危害。人们随着生活水平的提高，对环境的要求也越来越高，环境意识越来越强了，防污治污是政府面临的一项艰巨任务,治理烟花爆竹已经变得越来迫切了。

然而,在如何治理烟花爆竹的问题上社会却一直存在着争议。20世纪90年代,许多地方曾经出台了政策,在市区包括县城禁止燃放烟花爆竹。实行禁放后,人们就用播放录音替代,这也不失为一种可取的办法。在实行这一政策的过程中,收到的效果是十分明显的,同时人们也没有太大的抱怨。可后来不知何故又放开了。说是由禁改限,只能在限定的时间和地点燃放,实际上却是一放了之,除了市中心的一些重要地段,人们随时随地都可以燃放,并未听说相关部门有出来执法的,或者哪个违规者被依法处理了。声音是可以传播的,很难确定是在什么区域燃放,所以政府要是没有严加取缔,是很难限得住的,人们在传统的惯性下也就继续燃放下去,反正从中得到的喜庆和欢乐是自己的,而造成的危害却是社会的。其实,只要政府下定决心把它们禁掉,大部分人还是会拍手称快的。

烟花爆竹禁售了,必然会影响到这个行业,会使一些地方失去了一个主要产业,然而这又是事关重大的事情,我们要有大局意识。从事这一行业的企业和个人可以进行转产和转行,进入一些没有危害的行业,这样的行业还是很多的,也是可以创造出来的。不能因为一时和局部的困难而无所作为,从而使这一问题久拖不决。

人们或许会把民意抬出来,认为如果由人大来立法,特别是由民意来表决,支持燃放的意见会占上风。民意是要得到尊重的,但民意也是有其适用的范围,并非什么都可以由民意来表决,譬如剥夺一个人的自由权利就不能由民意来表决。而燃放烟花爆竹这种会危及他人生命安全的事情也不能由民意来表决。

  人们或许还会把传统抬出来。传统是不能轻易丢掉的，但这个问题也不是绝对的。在烟花爆竹方面，最早的传统是燃放爆竹，其他的都是后来才出现的。我们要是真正回到传统就要都去燃烧竹子，而不是燃放鞭炮。传统是一直在变化和发展的。在从前的农耕社会时代，燃放烟花爆竹还不会成为一个问题，因为那时它们的威力还不大，农村的人口也不密集，所造成的危害还没那么大，而且当时人们也不知道其危害性。而现在不可同日而语了，城市人口的密集度使这种危害倍增了，同时随着技术的进步其威力也更加巨大了，人们对其危害性也越来越清楚了，因而再放任下去显然已经不合适了。

  20世纪90年代城里禁放烟花爆竹时，人们想出了用播放录音来替代的办法，这还是很有智慧的，可后来为何又要把这一智慧给丢了呢？我们的传统是凡事都要图个喜庆和吉利，但这可以通过不同的途径来满足。我们说到底应该朝着更加科学昌明，更加环保健康的方向发展。新加坡和中国香港很早就取缔烟花爆竹了，大陆地区的厦门也取缔很久了，这些都是华人生活的地方，并没有因此而使传统文化失落了，相反传统文化还保留得更好，人们更加的温、良、恭、俭、让。有一年春节期间，我和母亲、大姐一行游完厦门后坐夜班车回福州。当车行到同安这边时，我看到了令人惊异的一个场景——同安这边可以燃放烟花爆竹，一颗颗的礼花弹射向天空，散开了一朵朵绚烂的烟花，蔚为壮观的同时又让人感到十分的烦躁，而厦门那边却静悄悄的，充满了一种安宁祥和，更加的令人心向往之。

2019年2月28日

当我们面对狗患时

当前,狗患已经日益成为一个棘手的社会问题,它严重影响着公共秩序,每年各地关于恶犬伤人、致人死命,以及狗主人倒打一耙的新闻可谓层出不穷。对于这一问题该如何治理,社会上存在着不小的争议。爱狗人士的心情是可以理解的,本人小时候也曾经养过狗,也体验过那种狗通人性,对主人无比亲昵、乖顺,甚至可以与主人进行沟通的生活。但不能因为爱狗就可以将他人以及社会的利益置之脑后,就可以遛狗不拴绳,就可以让狗随地排便,就可以让狗的噪声扰民等等。我说这句话可能更有发言权,因为我有一次也被别人家的狗重重地咬伤过,在床上躺了几天。

那次我带小孩出去,从一个小区穿过。他坐在儿童自行车上,我推着他慢慢走。忽然我感到后面似有一阵风过来,未及反应过来右脚后跟已经重重地挨了一下。回头一看,一只两眼射着凶光的黑狗正冲着我,旁边还有一只小狗,它们猖猖狂吠着,还想伺机再扑上来。我的脚后跟被咬破了,鲜血不断地渗出来,钻心的疼痛。过了一会儿,狗主人才跟了上来,喝住了自己的狗。她骂了它一声,说怎么又去咬人了。可见这狗此前至少已经咬过一次人了,她却仍然不拴狗绳。我问她把我咬成这样了,要不要赔点钱。她倒也很干脆,说我给你200元,打疫苗三针一共要168元。我看她这么干脆，也就同意了，不想多计较。这也是我们社会的一种"惯例"，狗把人咬伤了只要赔点医药费就可以了事，至于给他人造成的皮肉之苦、留下的伤疤就可以不必考虑了，给他人造成的误工损失以及精神损害就更不在话下了，对方提出来还会认为是一种无理要求。后来我疫苗以及破伤风的针打下来就已经超过200元了，人无端被咬伤了还要往里贴钱，确实太傻帽了。更重要的是，我从此心里留下了阴影，一见到狗就发毛起来，远远就躲开了。

许多人遛狗都不拴绳，让狗满地跑着。一些较真的路人跟他们理论起来，他们就说狗又不会咬人，似乎不会咬自己就也不会咬别人了，对自己乖顺就对别人也乖顺了。他们退一步还会说狗又没咬到人，似乎把人惊吓得到处躲闪就不算什么了。尤其是那种大型犬，不要说小孩，就是大人都会害怕得要命。我有一次带着儿子在一个公园玩耍，突然窜出一只大狼狗。它朝我们跑了过来，我儿子大惊失色，吓得"哇哇"大叫起来。我赶忙用一根棍子抵挡起来，但根本抵挡不住。还好这时狗主人叫了一声，它才掉头跟随其离开了。这个狗主人哪怕一声道歉都没有留下，他随心所欲地让自己的爱犬在公园里跑着，无论把别人吓成什么样都可以不当一回事。

对一些极端爱狗的人士而言，爱自己的宠物胜过爱自己的亲人，都已经把它们当作自己的儿子、宝贝。他们自己在外面悠然地溜达着，同时也要让"儿子"变得自由起来，于是就把狗绳解开。在他们的眼里，自个儿的舒心畅快才是最要紧的，别人的人身安全都是无关紧要的。我有一次在北京的北海公园附近走着，一只未拴绳的狗朝我跑了过来，我拿起雨伞准备反击。狗主人走过来时还不悦地质问一声"干吗",他非但不管好自己的狗,别人需要防身时似乎都让他感到满心的委屈。人们跟这些无良的狗主人理论,还会被反骂过来,动手打了向自己攻击的恶犬还会遭到狗主人的反击。这样的事情层出不穷,都已经变得稀松平常了。

对这些无良的狗主人讲什么道德,要他们自觉做到文明养狗在我看来几乎就是对牛弹琴,是不会有多大效果的,不然就不会苦口婆心地呼吁了这么多年,这种现象非但没有好转反而更加严重了。他们都是以自我为中心,只活在自己的世界里,只在乎自己的痛快而不顾他人的安危,对他们讲一通的道理是很难听得进去的。因此,问题的关键并不在于这些人,而在于有关部门未能履行起应有的职责,未能有效地治理这一社会问题。我们亟须做到的是,政府要出台相应的法律法规,对不文明的养狗行为予以应有的惩罚。

恶犬伤到人了,不是简单赔个医药费就可以了事的,而是要赔偿各种的损失,增加他们的违法成本。遛狗不拴绳、带大型犬上路、狗噪声扰民等各种扰乱公共秩序的行为都要予以相应的处罚。然而,许多地方这样的法律法规却迟迟未能出台,这很是让人困惑不解。是认为这个问题尚不够严重、不够重要还是因为什么?其实,这也是一个与老百姓的利益息息相关的民生问题。政府的职能不仅是为了发展经济,也不仅是为了维护社会稳定,还有一个很重要的方面就是要对社会进行有效的治理,让社会变得更加有秩序,让人们有一种安全感。政府有效地治理不文明养狗的现象,这是完全可以做到也是完全应该做到的。在有些国家,狗在外面排出粪便,狗主人必须负责清理。要我们的狗主人在外面清理狗粪恐怕须等到猴年马月，但要求拴上狗绳这要求总不算太高吧。

我是一个曾被狗咬过，被狗吓破了胆的人，在路上、在公园看见遛狗的人自觉地拴着狗绳时，心中就会充满了一种由衷的敬意。有一次，我看见一个牵着狗的女孩迎面走过来，就停下来对她说道，你们养狗的要是都有拴绳，我叫你们爷爷都行。人们也许会说我这样太没骨气，太窝囊了。然而，生活在这样的现实中，不这样又能怎样呢！

去年某些地方的政府出台了"禁狗令"，引起了社会上的一片叫好声，可见这一问题已经相当之严重，民众早就盼着这种政策出台了。我当初也高兴了一阵，希望其他地方也能跟上。让我失望的是，后来又很少听到此类消息了。即便出台了这类文件，我仍然不敢过于乐观。首先它们是否规定了具体的执法部门和具体的处罚措施？处罚的标准又是否定得过低？是否只是不痛不痒的，缺乏足够的震慑力？更为重要的是，这些规定都明确之后，又是否会得到严格执行？不严格执行又该如何进行问责？媒体和公众如何进行监督？否则，估计又是像无数的文件和政策一样，只是出于一时的社会热点问题而采取的应急之策，实际上并没有得到真正的落实，从而成为官样文章和一纸空文。从目前的情势看，恐怕我们还得继续困惑不解下去。

2019 年 3 月 6 日

建房子是为了拆房子吗

我有一次在自家楼下的公交车站候车,看见一位老大娘和一位老大爷在聊天,聊的是关于房屋拆迁补偿的问题。老大爷说他家房子面积小,只补偿了两套,不过也够一家子住了。老大娘说她家补偿了10套,现在拆迁的政策很照顾百姓,有人随便搭个鸭棚都能算面积,也能得到相应的补偿。她说她家还算少了,补偿20套的都不稀奇,甚至还有30套的。她说她这些房子出租出去可以收取许多房租,一套每月至少也有两三千元,只是装修起来要花一大笔钱。老大爷说这怕什么,只要卖掉一套就什么都够了。你们这样补偿10套20套的,等于一个楼道上去都是你们的。我此前通过读书看报和道听途说,也知道现在社会上许多拆迁户都变成了暴发户,从政府那里拿到巨额的补偿,但百闻不如一见,这次亲耳聆听到当事人的讲述,亦算是眼界大开,长知识了。

在现有的土地制度下,政府通过低价征收居民的土地然后再高价转让给开发商,从中获得大量的财政收入,产生了"土地财政"这种"路径信赖"。同时,房地产又是一个拉动性极强的支柱产业,通过这种"大拆大建"的发展模式,地方经济获得了快速的发展,城市的面貌发生了日新月异的变化。然而,它同时也是一把双刃剑,在这一过程中也存在政府的补偿标准过低等问题,从而使民众的利益受到很大的损害。尤其是一些郊区的农民,他们的土地被征收后却缺少新的就业机会,也享受不到应有的社会保障,从而沦为"三无农民",生计变得十分困难。因此,各地关于土地的维权抗争事件此起彼伏,成为社会的一个很大不稳定因素,造成了巨大的社会问题。面对这种形势,各级政府也相继出台了一系列政策,逐步提高了房屋拆迁和土地征收的补偿标准。

每个人都是"经济人",都是精于算计的。于是为了多得到补偿,人们就开始拼命地建房,一层一层地添上去,五层六层、七层八层的比比皆是,甚至十几层的也不罕见。这还不够,人们还在屋顶上、空地上拼命地进行违章搭盖。在城中村,在城乡接合部,可以看到大量简易搭盖起来的房子,它们并不是为了居住,而是为了得到拆迁补偿。这种私搭乱建的现象会极大地增加拆迁成本,因此在政府与拆迁户之间就展开了复杂的博弈,有门路的通过疏通各种关系拿到满意的补偿,没门路的就在拆迁现场"一哭二闹三上吊",有声称要从楼上跳下去的,有提着煤气罐要与拆迁人员同归于尽的,可谓花样百出,无奇不有,最后政府往往出于维稳的需要,用钱来摆平,尽量满足拆迁户的要求。在这种背景下,社会上就出现了所谓的"拆暴户",出现了所谓的"拆二代",他们不必通过辛苦的劳动,通过一次拆迁就可以一夜暴富,坐拥数十套的房产,依靠房租就可以过得十分滋润。

我有一个朋友家在福州郊区的一个村子,城市扩张后变成了城中村,他们就把房前屋后的空地都盖成了房子,四层五层地盖上去,未拆迁前可以出租给外来的务工人员,每个月都能收到不菲的房租，等到拆迁了，更是可以提到一整串的安置房钥匙。

  我还有一次在鼓岭游玩。为了躲中午毒辣的太阳，就坐在一棵树下休息。刚好几个当地农民在干农活的间隙也围在那里歇息闲聊。一个妇女说，政府要开发这一带的旅游区，房子不让建了，干脆把我们的房子也征收走，一户补偿千把万，我们去城里花几百万买房子，剩下的也足够生活了，不必像现在这样还要下地劳动。动辄都是千把万的巨额补偿，怪不得人们都在盼星星盼月亮，盼着政府来拆迁。建房子是为了拆房子，拆房子是为了成为"暴发户"，这就是许多老百姓心目中的"致富经"。

  我并非眼红这些"拆暴户"，也不认为他们多得到一些补偿是不应该的，而是认为，这种把拆迁当作致富捷径的现象从社会层面看是否存在不尽公平合理的地方，对社会经济的发展是否存在一定的弊端？这些住在城市近郊以及棚屋区的居民，可以因为区位的优势而享受到了城市化的巨大好处，这对那些住在偏远地方的人公平吗？人家只能眼睁睁地看着他们不费吹灰之力就一夜暴富，而自己起早贪黑地干却只能图个温饱，有的甚至尚未摘掉贫困的帽子。在城市化的进程中他们的土地升值了，但这并不是他们的功劳，而是属于整个社会的功劳，因此对土地增值的部分进行征税也是理所应当的。

  即便那些"拆暴户"，他们固然已经一夜暴富了，开着宝马和大奔，出国旅游更是家常便饭，但这同时也会使他们变得不思进取起来——只需要坐享其成，在这金山银山上一辈子都不必发愁，子孙后代也不必发愁。人只有通过自己的努力奋斗，实现自我的价值和自我的发展才是有意义的，才是真正有幸福感可言的，坐享其成、不愁吃不愁穿的人生其实是十分苍白和贫乏的。更何况，还有许多人因为这样的生活来得太容易而变得堕落了，过起了糜烂的生活。珠三角一带就有许多"拆二代"变成了"白粉妹"。2017年在杭州发生的保姆纵火案，凶手莫焕晶据说就是东莞的一个"拆二代"，过于优越的生活条件使她很早就染上了赌瘾，结果因为欠下赌债而酿成了这个大祸。

我们这种大拆大建的城市化模式，在拉动经济发展的同时，也产生了极为严重的经济社会后果。GDP的增长不是衡量经济社会发展的唯一标准，须知就是不停地雇人挖沟、填沟，也是可以拉动经济发展的，也是可以产生GDP的。在特殊时期譬如20世纪30年代美国新政时期可以采用这种非常的手段，但在平常时期恐怕没有人会认为这是正常的吧。而现在我们这种大拆大建的模式就有点类似于它。我们建筑物的平均寿命大大低于国际标准，许多建筑都是尚处于青壮年期就被拆除，其中有建筑质量的因素，但更重要的还在于要通过拆建来拉动经济的发展。同时，我们的旧城改造以及在郊区的"灭村运动"往往都是以改造和整治的名义进行的，这看起来似乎没有错，但这些旧房子拆掉以后，由于管理跟不上，人们在其他空地上又很快建起了房子，又是在等着拆。

我们国家俨然已经成为一个巨大的工地，到处都是热火朝天的施工场面。这其中有合理的一面，但难道就没有多余和浪费的一面吗？世界上几乎一半以上的水泥和钢材都是被中国消耗掉了，这对于世界的资源和环境而言都是不堪重负的。我们是一个负责任的大国，但我们如此粗放式的发展，如此惊人的消耗和排放，又很难说是一个真正负责任的大国。对世界的影响是不能不考虑的，但更主要的还是要由自己来承受这种发展模式的恶果。我们的环境问题已经日益严重，其中越来越大的因素就是建筑领域造成的——建筑不但要消耗大量的资源和能源，还会排放出大量的粉尘，对雾霾天气的"贡献"不容小觑。

我们是一个长期处于农业社会的国家，历史悠久又丰富多彩的乡村文化习俗是我们的根，是我们一向引以为傲的，也是我们这些年来的一个旅游大卖点。随着城市化的高歌猛进，喧嚣的城市生活和严重的城市病使人们又开始向往乡村。政府无疑也意识到了这个问题，开始提出要复兴我们的乡村文化习俗，要人们去乡村寻找乡愁。然而，在这种急功近利的发展模式下，从近郊蔓延到远郊，一片片的乡村都应声倒下了，在废墟上建起了一幢幢高楼大厦，已经拆到的地方人们纷纷成了"拆暴户"，尚未拆迁到的地方人们盼着何时拆到我家门。所谓乡愁其实只是肚子吃圆之后说说而已，人们看中的其实还是那数以十套计的安置房或者数以千万计的补偿款。我们到哪里去寻找乡愁？也许只能去遍布各地的"人造"历史文化名村寻找，或者去书本中寻找了。

2019 年 3 月 7 日

一起网络谣言引发的思考

2018年12月19日下午,某微博博主发布了一条"小偷偷电瓶车被电死,家属索赔20万,一分不能少!"的信息,说的是武汉的刘先生停放在楼下正在充电的电动车被小偷看上了,小偷在偷电瓶时意外触电身亡,家属向刘先生索赔20万赔偿金,最后经法院调解,刘先生赔了5万元的精神损失费。该条微博还链接了信息出处,系某报本日的一篇评论"小偷偷电瓶车身亡车主要不要赔偿"。然而,就是这样一条没头没尾(缺少时间、地点,也没有明确的人物)并且前后矛盾(到底是偷电瓶还是偷电瓶车)的"新闻"却立即轰动了全国,社会舆论界像炸了营,无数的网友都在热议和转发。至20日上午11时42分,这条微博的阅读量就达到1.5亿,讨论量达2.1万,百度检索的网页多达41.9万。一桩小小"新闻事件"一时牵动着无数人的神经,从人们的留言来看,几乎一边倒都是对法院这种离奇调解的不满和讥讽,并引申开来对社会上类似现象的抨击。

我当时也觉得这太不合理,太荒谬绝伦了,自己偷鸡摸狗意外身亡了,家属还要进行索赔,并且一分都不能少!如此一来,到别人家鱼塘电鱼被电死的偷鱼贼也可以索赔,从公家线路偷电而被电死的也可以索赔,这个世界岂不乱了套?然而,这些年来社会上怪现象频出，多奇葩的事情都有可能发生，发生这种事情也不是没有可能的。我觉得太匪夷所思了，很想写一篇评论文章，但想想还是先放一放再说，等到事情冷却下来后再写才更有把握，反正自己又不指望在媒体上发表，不需要跟别人抢时间。更何况这年头同时也是谣言满天飞，一个引起轰动的事件是否确有其事也还得打个问号。万没想到的是，第二天形势就急转直下，武汉市法院出来辟谣说经全市各区法院认真反复核查，武汉市区两级法院从未受理过此案。楚天都市报记者探寻新闻源头得知，这条信息并无真实可靠的事实根据。原来一桩引起全国轰动的案件居然是一起彻头彻尾的网络谣言！我庆幸自己当时没有"闻风而动"，急于去写评论，否则又要出来更正，搞得十分尴尬、狼狈。

其实，去年7月份网络上就开始出现类似消息了，前后出现过几个不同的版本，但都缺少具体的时间、地点和当事人，因而没有在舆论界发酵起来。直到这次出现了"武汉刘先生"这一相对明确的所指，才顿时引爆了舆论界。

一起舆论界的乌龙事件算得到澄清了，但它却很值得我们进行深思。事件在网络上曝光后一夜之间就传遍了全中国，人们都对其中的破绽不假思索，都信以为真，异口同声地对这种匪夷所思的现象进行声讨。并且从去年7月份开始类似的消息就在网络上流传了。一个拙劣的谣言能够在网络上流传得这么广、这么久，这无疑是事出有因的，深刻地反映了一种社会心理。如此多的人轻易听信这种谣言，并热衷于传播这种谣言，充分说明社会上类似的荒谬现象已经太多了，无论多么离奇的事情都会发生，人们都相信它们是真实的。从某种意义上说，这也反映了人们对一个公平合理社会的呼唤，对各种不公平合理现象的痛恨。

有关部门应当从这一事件中总结出必要的经验教训，就是要积极地呼应人们的这种要求，在社会治理中履行好自身的职责，无论是在哪个领域和哪个环节，都必须严格执法、公正执法，使各种社会问题都能得到公平合理的解决，使人们不断感受到社会的公平正义，不断提高政府的公信力和社会的诚信度。否则，政府的公信力就会不断丧失，社会的诚信度就会不断下降，就会产生一种"塔西陀陷阱"，即当政府的公信力完全丧失之后，无论是做好事还是做坏事人们都不会相信了。在这种情况下，社会就会进入一种溃败的局面，无论对于政府还是对于民众都是十分危险和可怕的。我们的这起舆论界乌龙事件得到澄清了，但只要我们的社会管理水平没有上去，今后类似的事件还会不断地发生。

同时，这件事情在反复地发酵，说明是有人在恶意地操纵。他们出于何种目的不得而知，但肯定有一种唯恐天下不乱的反常心理，并且事实上也已经造成了十分不良的社会影响。社会上类似的现象还有很多。虽说言论是自由的，在无法及时确认信息来源真实性的前提下，必须允许人们发布的信息存在一定的出入，但言论自由并非要保护这种恶意的造谣传谣，无论多自由的国家都是要追究其法律责任的。我们国家也出台了这方面的法律法规，一些典型的案件也得到了处理，但还有更多的则没有得到处理，大都澄清真相后就不再进一步追究责任了，这次也不例外。这种现象多了，就会使那些别有用心的人变得更加肆无忌惮起来，使网络变成了法外之地。

我们希望社会变得更加的公平正义，对不合理的尤其是荒谬绝伦的现象深恶痛绝，这种心情可以理解，但我们同时还必须牢记——只能用正义的方式去追求正义，即使抱着再高尚的动机也应注重手段的正确，否则只会南辕北辙。社会一旦进入这样的陷阱，就会变得极度无序起来，谁都不是赢家，只要那些唯恐天下不乱，趁机浑水摸鱼的不义之徒才会得到好处。在这一事件中，媒体负有不可推卸的责任，他们没有经过核实就把一条不实的消息发布出去了，应当从中反思一下自己的职业良知。社会上的吃瓜群众也有责任，当一条吸引眼球的谣言出现时，他们总是热衷于推波助澜。我们要自觉养成不信谣不造谣的习惯，不要盲目跟风，更不要什么越奇葩越不可理喻，就越喜欢听信什么。

2019 年 3 月 11 日

明星的"人设"及"流量数据造假"

我在中学的阶段，曾经对演艺界的明星十分感兴趣。青春期的人通常都有这种追星的情结，我的同桌就因为听到另一个同学谈到当时风靡华人世界的巨星刘德华的奋斗经历，而被深深地打动并狂热地崇拜上了他，以至把自己作业本上的名字都改成了"刘德华"。我上大学后对明星就不感兴趣了，不再关注娱乐圈的各种新闻、绯闻，也不知道娱乐圈最近又流行什么风格，又产生了哪些当红的明星。

今年春节刚过，翟天临的学术门事件发生了，一时间社会上闹得沸沸扬扬的。我对娱乐圈的各种八卦新闻毫无兴趣，但对社会上学术造假的现象却是一直关注的，于是就上前仔细地围观了一番。不看不知道，一看才发现如今娱乐圈流行的许多术语自己都不知道，譬如"流量明星""明星人设"等等，不得不感叹自己这些年在这方面确实信息太闭塞了，看来得抓紧时间补补课，充充电，不然就会严重地落后于时代，与社会脱节开来了。后来又看到了关于流量明星数据造假的新闻以及相关评论，觉得这作为一种社会现象实在有加以关注的必要。

据说这是一个娱乐至死的时代，人们尤其是年轻一代把大量的精力和热情投入娱乐圈中，盲目地追星，疯狂地追星，明星的一举一动、一颦一笑、一招一式、一种发型、一款时装，都会吸引无数粉丝的关注和模仿。明星的情感问题、八卦新闻，更是牵动着粉丝们的神经，一旦曝光出来就立刻刷了屏，成为"今日头条"，成为街谈巷议的热门话题。一个人一旦成了明星，就会成为媒体和社会的宠儿，走到哪儿都是狗仔队追逐的对象，都有粉丝们热情献上的鲜花和掌声，真是莫愁前路无拥趸啊！更重要的是，他们因此具有了巨大的市场价值，各种的邀约不断，片酬和出场费节节攀升，各种的品牌代理更是会找上门来，露一露脸就黄金万两。人气越高，市场价值就越大，收入就越高。

　　正因为如此，许多人做梦都想着成为明星。以前的一位著名女跳水运动员曾经对媒体记者说过，当名人有什么好的！这其实是站着说话不腰疼，该得到的名利都已经得到了，或者说已经不需要得到更多名利了，就抱怨起当明星给自己带来的各种苦恼。当明星固然会给自己的生活带来各种的干扰，至少使自己的隐私空间变得很小了，但这也是当明星必须付出的代价，许多人还乐此不疲，一旦风光不再了还会感到无比的失落。尚未成为明星的男男女女还在那里巴望着呢。这从每年艺校高考的火爆就可以充分看出来。明星的梦工场——北京电影学院今年计划招生520人，还包括不需要艺考的，但报考人数达到了6万，都不只是百里挑一了。还有许多进不了艺校的年轻人为了实现自己的梦想，来到著名的影视城——横店当群众演员。他们中许多人的经历都是十分感人的，他们之所以远离家门在这里苦苦地奋斗，就是为了有朝一日能够脱颖而出，成为一个明星。

　　然而，能够成为明星也是很不容易的，往往必须经历常人难以想象的艰辛，许多人经过多年的奋斗还未必能够实现梦想。于是，许多人为了实现自己的明星梦，就想到了投机取巧，试图走捷径。为此人们想出了各种招数，有的靠搞噱头，靠各种出位的言行来博取人们的眼球，制造出轰动效应来，从而成为"网红"，例如芙蓉姐姐、木子美和凤姐等。虽然这些人走红的手段并不那么的正面，但好歹并没有造假，也没有什么违规之处，因而社会倒还予以了适当的宽容。更多的则通过各种的"人设"以迎合粉丝和大众，从而使自己的人气变得爆棚起来，由一个并不出众的演员变成了一个闪闪发亮的明星。什么最深情人设、高情商人设、小仙女人设、老干部人设、吃货人设、学霸人设等等，不一而足。这也没什么不妥，只要这种人设是名副其实的，建立在真实的基础上。然而，许多明星的人设都是名不副实的，甚至是恰如其反的，玩的都是黑色幽默。俗话说纸包不住火，躲得过初一躲不过十五，这种虚假的人设是迟早都会露馅的。而他们的真实面目一旦暴露出来，人设的光环立刻就会发生崩塌。粉丝的追星都有非理性的一面，他们追逐你的时候会追得昏天黑地的，抛弃你的时候也会一哄而散，并且还会一人一口唾沫把你淹死。这正应了那句老话：出来混总是要还的。

  如今是一个网络的时代，是一个"注意力经济"的时代，一个人的走红离不开网络，在网络上的流量决定了他能否成为明星，决定了他的市场价值。于是就出现了所谓的"流量明星"，即那些深受欢迎、粉丝众多的明星，他们的人气由流量来体现，也是靠流量来维持着。为了成为流量明星，人们就在流量上做起了手脚，并且还不是个别现象，而是一个普遍现象。他们都是公众人物,这种没有底线的公然造假行为无疑会对社会风气造成很大的危害,对于大量急于成名的青年也是一个极大的误导,使他们感到只要能够暴得大名可以无所不用其极,不必顾忌什么道德和法律。在流量数据造假上,我本人也亲自感受到了。去年底我在某个知名论坛上开了个账户,发了几天帖子后就有提供专业阅读评论、让你的帖子保持在版块首页的粉丝粉上了,同时还收到许多陌生人发来的短信,提供的也是这类有偿服务。我压根没指望自己成为什么名人,因而就一笑置之。

然而,社会毕竟还是正气占主流的,这些虚假的人设以及流量数据的造假都遭到了普遍的唾弃。一个人如果真具有演艺方面的才能同时也具有这方面的志向,就应当脚踏实地,练就过硬的基本功,兢兢业业地干好自己的本行,一步一个脚印地走下去,而不要一心想着短平快和一夜成名,不能为博取眼球而搞各种噱头,更不能为成为明星而不惜造假。正道直行也许是十分漫长和艰辛的,但唯有如此才能使自己得到磨砺和成长,才能在艺术的道路上行稳致远,同时对演艺事业的发展也才是有益的,对世道人心也才是有益的。要想成为一名优秀的演员首先要有一颗诚心,要真诚地面对生活,真诚地面对艺术事业,容不得半点虚假。同时还要有一颗恒心,能够耐得住寂寞,不管路途多远多坎坷,都能够持之以恒地走下去。唯有如此,明星才能成为一颗恒星,而不是一颗转瞬即逝的流星。

2019 年 3 月 13 日

国民的谦卑

打天下的时候通常会保持一种谦虚谨慎的态度，打下天下之后就容易骄傲自满起来。李自成率领的农民军在进军的路上可谓枕戈待旦，团结一心，奋力向前，打下北京城后很快就失去了这种进取精神，整天忙于排座位，分战果，结果很快又被清兵赶出了北京城。1944年，抗日战争即将取得胜利，我党领导的革命力量已经发展壮大起来，如何防止革命队伍骄傲情绪的滋长以及腐化变质，这是必须引起重视的一个重要问题。为此，郭沫若写下了著名的《甲申三百年祭》，其目的就是要人们吸取这段历史的经验教训，不要重踏历史的覆辙。

在1949年3月举行的中共七届二中全会上，毛泽东作了一个政治报告，提出："因为胜利，党内的骄傲情绪，以功臣自居的情绪，停顿起来不求进步的情绪，贪图享乐不愿再过艰苦生活的情绪，可能生长。……中国的革命是伟大的，但革命以后的路更长，工作更伟大，更艰苦。这一点现在就必须向党内讲明白，务必使同志们继续地保持谦虚、谨慎、不骄、不躁的作风，务必使同志们继续地保持艰苦奋斗的作风。"那时革命即将取得全国胜利，我们党即将执掌全国的政权，由一个革命党变成一个执政党。执政以后我们所面临的考验将会更大，许多过去所熟悉的经验已经用不上了，许多过去所陌生的任务又摆在了面前。同时革命成功后,各种骄傲自满、追求享受、革命意志衰退等消极现象都会滋长起来。因此,这时提出"两个务必"可谓正当其时,事先就要给人们打上思想的预防针。中华人民共和国成立初期,我们还是经受住了各种考验,能够继续保持良好的作风,各方面工作都取得了很大的进展,革命胜利成果得到了巩固,国民经济得到了恢复和发展,同时对于我们肌体内生长出来的一些消极现象也及时进行了清除,像著名的刘青山、张子善,因为贪污腐化而被处以极刑。在1956年9月举行的中共八大上,毛泽东在致开幕词中提到的一句话后来成了名言:"虚心使人进步,骄傲使人落后。"它不但出现在学校的课本里,在社会上也到处都能看到这样的标语。我小时候经常上福州来,在一处新村的墙上还可以清晰地看到这样的大字标语,而那时已经是20世纪80年代了,可见这个标语在社会上是广为流传的,只要认字的人都会看到,已经为人们所熟知了。

然而,要真正做到谦虚谨慎又谈何容易!需要反复地进行提醒这本身就说明了,在一系列的成功面前,在各种的诱惑面前,要始终保持谦虚谨慎的作风是很不容易做到的。

经过30多年的改革开放,我们的经济社会取得长足的发展,2010年超过了日本,一跃成为世界第二大经济体,现在正在由大国向强国迈进。我们所取得的成就是举世瞩目和举世公认的,不但改变了中国,也改变了世界,我们对自己要有足够的信心。然而在这一过程中,我们同时也出现了一种需要引起重视的现象,即骄傲自满的情绪也在不断增长着,在国民中日益充满着一股虚骄之气。近些年又出现了所谓的"新四大发明"，不切实际地夸大我们在高科技和新兴产业领域的发展成就。我们不但在硬实力上正在向世界第一大步迈进，在软实力上也对世界产生越来越重要的影响。在这种虚骄之气下，我们就看不到自己所面临的各种挑战和所存在的各种短板，甚至还会把缺点当优点，从而使许多亟须解决的问题被掩盖起来了，严重阻碍了我们的进一步发展。在这种虚骄之气下，我们就不会再虚心地学习别人长处了，从而会严重阻碍我们的进步。

我们有一个心结是急于赶超美国成为世界第一大经济体。其实以我们的人口总量和地域面积，只要我们在经济上保持正确的发展方向，能够长期稳定地发展下去，实现这一目标只是早晚的事情。但我们不要为赶超而赶超，为成为第一而成为第一。GDP无疑是很重要的，但更重要的是要提高国民的幸福指数，使人们能够安居乐业，社会能够和谐发展。我们经济上去了，道德却不断地滑坡，科学文化事业的发展相对滞后，环境恶化的趋势未能得到扭转，社会治理能力未能得到提高。因此，我们必须更多看到自己的不足，把更多精力投入转变经济发展方式上，投入社会的法治和道德建设上，要把更多的财力用于解决民生问题，治理生态环境。我们现在不差钱了，发展的压力减轻了，正是解决这些问题的时候了。

2019 年 3 月 20 日

我们的戾气从哪里来

眼下越来越出现一种现象，就是社会上的戾气变得越来越重了，人们动辄恶语相向，捋袖揎拳，动辄白刀子进红刀子出，动辄做出各种极端的反社会行为，而且很多都不是因为什么了不得的大事，而只是日常的琐事，甚至只是出于对社会的各种不满，就要杀人泄愤，报复社会。人们似乎都变得越来越心浮气躁了，常常因为插队的事情而吵起架来，甚至大打出手。车行驶在路上，稍有不畅就会不停地按响喇叭，虽然明知于事无补，也要借此发泄心中的烦躁和郁闷。那些报复社会的人通常都是生活中被侮辱被损害的弱者，并且大都挑选比他们还要弱的对象下手，这是让人十分不解的地方。其实，这恰恰更能说明社会戾气现象的存在。如果都像人们通常认为的那样，要"冤有头，债有主"，就只是报复具体的对象，而不是报复社会了。

改革开放之后，我们的物质欲望开始得到了承认，甚至为了拉动经济的发展，还要进一步刺激人们身上的物质欲望。一种被长期压抑的人性得到释放后往往会产生报复性的反弹。这表现在人们都开始向钱看了，金钱成为衡量人生价值的唯一尺度，而精神上的追求被冷落了，高尚的情操变得像空气一样稀薄了，人们的道德意识日益淡化了，旧的道德体系已经被抛弃了,而新的道德体系却未相应建立起来。这种经济发展高歌猛进,而道德建设严重滞后的局面带来了许多社会问题。人们的物质欲望不断地膨胀起来,为了实现这种欲望许多道德底线都失守了,人们已经可以为了钱而干出各种伤天害理的事情。但欲壑难填,不可能所有的欲望都能得到实现,于是人们就开始感到了焦虑,欲望越膨胀,这种焦虑感就越强。在这种失范的社会上,不道德的人可以畅行无阻,而老实人却总是碰壁吃亏,于是人们不由会发出良心又值几个钱的慨叹。在这种失范的社会上,人们长期耳闻目睹各种不合理的现象,似乎身边已经没有可信的人,没有可信的食品了,能不处于一种极度焦虑的状态?

为此我们就要改变那种"一手硬,一手软"的状况,在发展经济的同时,还要大力推进社会道德建设。这种道德建设是要在全社会范围内建立起一个符合经济社会发展规律、符合人性、切实可行的道德规范体系,而不是过去那种违背经济社会发展规律、违背人性、脱离实际的道德规范体系,像那种"毫不利己,专门利人",一个青年为了捞起一根集体的木头而被洪水冲走的过于高调也不人道的道德规范,就不宜再提倡了。

从个人方面说,我们要不断提高自身的道德修养,建立起自觉的道德意识,形成道德的习惯,使我们都能够以一种善意对待这个世界,都能够与人为善,和睦相处。我们不能遏等社会风气好转之后才变得善良起来,社会风气的恶化是我们每个人造成的,我们每个人都与有责焉,同时也只有依靠我们每个人的努力才能改变现状。我们不能改变别人,但可以改变自己,我们每个人都从我做起了,这个社会就开始改变了。一个有德性有情操的人，会像一缕清风吹拂社会，像一盏灯照亮黑暗。

　　社会戾气现象的加重还源于社会的不公正。在当下的社会，还存在着许许多多不公正、不合理的现象，像权力的滥用、社会的两极分化等，都已经使人们心理变得越来越不平衡起来，对社会的不满程度也与日俱增，心情也变得日益烦躁。这种状态在网络上已经充分地体现出来了。这些年来网络上出现了一种令人忧心的现象，就是人们越来越热衷于使用各种暴力语言了。人们在现实中无处发泄，于是所有的不满都集中在网络上发泄了，各种极端的语言就出现了，网民之间一语不合，就火力全开。社会上一旦出现什么敏感事件，不少人就会唯恐天下不乱，开始在网络上推波助澜，甚至不惜造谣传谣。一旦时机成熟，网络上的这种戾气就会转化为现实中的暴力，从而会使社会陷入一种混乱和动荡之中，这是十分令人担忧的。

　　许多明确针对当事人的恶性报复事件，也都是某种不公正的行为造成的。这些年社会上发生了许多刑事案件的败诉方对主审法官进行暴力袭击的恶性案件，都是因为对判决结果的不满而引发的。许多病人暴力袭击主治医生的案件，也都是认为自己的利益被医生坑害了。法官是维护社会公正的最后一道防线，司法要是不公正的，就会使人们对社会绝望，从而铤而走险。医生要践行救死扶伤的人道主义，他们如果不以病人的健康为重，为了谋取自身利益而对病人进行过度治疗，甚至是草菅人命，而由于存在严重的信息不对称，患者又很难通过正常的渠道得到救济，往往也会铤而走险，对医生痛下杀手。这些恶性案件当然是要依法予以严惩，但仅限于法律的手段又是无法有效消除社会上的这种戾气的。须知那些报复行凶的人是不在乎这种法律惩处的，他们事先就已经看到了自己行为的后果。

要有效消除社会上的这种戾气现象，我们就必须不断加强社会治理体系和治理能力的建设，不断地完善各方面的制度，使权力得到合理的行使，使社会秩序得到有效的维护，使人们从方方面面都能感受到社会的公平正义，从而就会消除人们对社会的各种不满，人与人之间就不会那么的剑拔弩张和视如仇寇，人们就会对社会以及他人充满了一种温情和敬意。

社会戾气现象的严重还与我们人文思想的缺失密不可分。我们提出了以人为本，这个方向是十分正确的，但我们尚未对其实质内涵进行深入的探讨，更谈不上在现实的层面得到有效的落实。以我的理解，以人为本必须建立在深厚的人文主义思想基础上，而这种思想资源在我们的文化传统中又是十分缺乏的。迄今为止我们还缺乏一种个人的人格尊严和自由权利的意识，还没有学会尊重每一个人的人格尊严和自由权利。无论在社会上还是在家庭里，我们往往都不会尊重一个人的独立人格和自由选择。然而，人又总是有自己的人格尊严，总是向往着自由的，这一天性要是长期受到压抑，就会产生人格上的扭曲，一旦有机会就会以一种极端的形式表现出来。

影响很大的"北大学子弑母案"凶手已经抓到了，虽然目前案件还在调查当中，但根据已经披露出来的信息，这一悲剧的发生可能与凶手曾经与一个性工作者产生爱情有着很大的关系。不少人会从人渣、中国教育失败这样的角度对这一案件进行反思，但窃以为更需要反思的却是，我们过去是否把人当人，是否学会尊重每一个人的独立人格和自由选择。在常人眼里，一个前途无量的学霸爱上一个性工作者，这是做父母的所断难接受的，含辛茹苦地把你培养进了北大却堕落到这个地步！我想说的是，性工作者就不是人吗？她就不配享有一个人应该有的人格尊严和自由权利吗？一个北大学子就注定要高人一等，就一定不能爱上一个性工作者吗？因此，我们还要大力进行人文思想的建设，要好好补上这门课，要学会把人当人，尊重每一个人的人格尊严和自由权利，使人性得到很好的舒展，从而才不会以各种极端的形式表现出来。

我有一次从网络上看到一个刊物对一个同性恋者的长篇跟踪采访。那个小伙子带着自己的伴侣回到内蒙古的老家过春节。他家人已经接受了这个现实，儿子对母亲开玩笑说我干脆找一个女的结婚算了，他妈笑着说你就不要再去害一个姑娘了。他父亲晚上出来散心，站在月光下的雪地里，抬头望着天空，心中突然涌起了一股伤感，不禁潸然泪下。我看了心里也一阵发酸。生活中会出现许多我们所难以预料的事情，作为从传统社会中出来的父母，谁又不希望自己的儿子能够成家立业和生儿育女呢？但我同时又感到了一丝欣慰，他们夫妻俩已经接受了这一生活的现实，虽然有时不免还有些伤感。他们已经学会如何为人父母了。

2019 年 5 月 1 日

家乡的食事

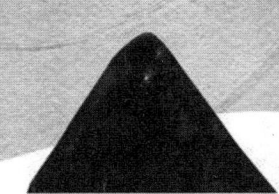

酒席

在我们连江的乡下,去赴宴称作去吃酒,这指的是那种相对隆重的婚丧嫁娶的酒席,普通的酒席是不能算的。在我小的时候,人们的生活水平还很低,操办酒席是一件很大的事情,一般人家只有长女出嫁,特别是长子娶亲时才隆重地操办一回。为了办好这场酒席,这家人要提前很久就开始筹备了,要攒够钱,同时还要备足自家出产的糯米、花生、番薯粉等食材以及家酿的红酒(一种用糯米和红糟酿制的米酒)。当家的为此操够了心,然而这同时也是人生的一件大事——把儿媳妇娶回家,在邻里乡亲中是一件很有面子的事情,人似乎也长高了几分。相应地,吃酒席也是一件十分隆重的事情,不论大人小孩,这时都得穿戴一新地去赴宴。一年难得遇到一次这样的场面,无疑是一件很值得期待的事情。平时都是粗茶淡饭、清汤寡水的,这时可以大快朵颐,吃到各种平时吃不到的美味佳肴。当然,人们去吃酒席还有一项更重要的任务是要多带些菜回家,让没去吃的家人也开开荤,同时也给一家人留下今后几天下饭的菜。因此,酒席上夹菜的"夹"已经衍化为夹菜带回家的意思,一场酒席很丰盛就是很有得夹,可以带很多的菜回家。

"仓廪实而知礼仪,衣食足而知荣辱",在那个温饱问题都尚未解决的年代,当酒席上那些平时日难得一见的色香味俱全的菜肴出现时,可想而知人们会是多么垂涎欲滴,又是多么迫不及待。这时候吃相就无从讲究了,什么慢条斯理和温良恭俭让就更不知为何物了。像鱼丸、炸鱼、大块肉之类可以分成份的还好,手快手慢都少不了自己的一份,无非成色和分量会差一些。而那些无法分成份的,就需要眼疾手快才能收获更多了。菜肴尚未端上桌,人们就已经拿好筷子和调羹,在桌旁蓄势待发了。菜肴一落桌,人们就开始筷子和调羹并用,奋力地争抢起来,这时候使用"夹"已经不足以形容人们的动作了,必须使用一个更贴切的词——"扒"。杯盘相碰时发出的叮当声,人们夹菜时发出的呼呼声,顿时响成了一片,眨眼间一道菜肴便风卷残云,一扫而光了。然后又开始安静下来,人们收拾着面前的战利品,把菜吃掉一些,更多的则要装进袋子带回家,并轻松地拉点家常,同时还要等着下一道菜肴,做好接着战斗的准备。

  在酒席上,人们争抢归争抢,却不会因此而伤了和气,因为彼此都心照不宣,都把这当作一次节日的狂欢,当作改善全家生活的一次机会。人们并不觉得这种做法有什么不妥,相反不这样做才是不可思议的。我后来还有些怀念这样的日子:虽然过得有些艰难,但还有丰盛的酒席可以成为我们生活中的期待,还有多夹些菜回家与家人分享可以成为我们需要完成的使命。当生活日渐好起来之后,人们吃相也开始变得文雅了,酒席上也无人争抢了,甚至都无人把菜带回家了。这时候,我们回过头来看过去的那种吃相,就会觉得粗陋不堪。然而,此一时,彼一时。

在吃酒席对生活如此重要的年代，由小孩去赴宴就显得不合算了，一是吃得少，二是夹得少，无法带更多的菜回家。因此，除了近亲的酒席可以带小孩去，让小孩坐在边上一块儿吃之外，往往都是大人去赴宴，只有这样才能充分利用起酒席的价值。

有一次，我大哥的一位同学结婚，由我母亲去赴宴，我们几个兄妹在家里等着她回来。我是老小，平时到晚上没有母亲陪伴在身边就会感到惶恐不安，然而这天晚上却没有，因为我知道她是去赴宴的，过不久会给我们带各种好吃的菜回来。我们等呀等，终于把母亲给等回来了。在浓重的夜幕中，她提着沉沉的一个袋子走进屋来。袋子打开后，她把各种香喷喷的菜肴小心翼翼地取了出来，我们各自吃了一些，更多的则要留在以后几天慢慢享用。她取着取着，突然取出了一片肉，一片已经嚼过的肉。她说她当时本想吃进去，但想想又吐了出来，还是带回家给我们吃。连这一片肉都舍不得吃，可见她那天晚上的酒席其实并没有吃进多少东西，大都带回家给我们吃了。

什么是母爱？这片肉就已经将其诠释得淋漓尽致了，更多的语言都是多余的！我之所以必须善待自己，不甘平庸，不懈地奋斗着，其中就有这沉甸甸的母爱在背后鞭策着，从而让我不敢懈怠下来，否则我就会愧对她，愧对她给我们带回来的这片肉！

2018 年 8 月

荔枝

我平生第一次见到并且吃到荔枝,大约是在四岁的时候。在那个年代,我们乡下人的生活水平还很低,一日三餐尚且未能吃饱,吃水果更是一件奢侈的事情了。苹果、香蕉、菠萝等这些现在十分寻常的水果,我当时都未曾见过,更别说吃过了,只见过当地偶有种植的枇杷、杨梅、龙眼等水果。荔枝乃是我们福建一带盛产的水果,按说当年我也应该见过,但或许由于产量过少的缘故,在我们那个穷乡僻壤还真未曾见过。我只在村头小学旁的一个陡坡上见过几棵荔枝树,却没见过它们结的果。我父亲常年在外打工,走南闯北到过不少的地方。他有一次从福州回来,给我们带回了几斤荔枝。这是我第一次见到荔枝,此后好多年就再也没有见过。

那次父亲回来后,全家都喜气洋洋的。在院子里,他正由一个上门服务的师傅理发,不知是谁剥荔枝给我吃。我记得荔枝的个头很大,赭红色的果皮十分粗糙,剥开后却露出了晶莹洁白的果肉。放在嘴里咬一口,肥厚的果肉柔韧而富有质感,十分的甜,又略有一点酸,同时还带着一股沁人心脾的清香。可以想见,那种口感、那种滋味,对于那时的我来说会是多么弥足珍贵的一次体验,又是多么的难以忘怀!我小时候特别嘴馋,哪个亲人给我零花钱,或者给我买零食,我就会亲近谁,就会跟谁更有感情。而在这一点上,我父亲恰恰是十分吝啬的。他是一个惜钱如命的人,一生只懂得挣钱、攒钱、养家立业,很少给我们零花钱,也很少给我们买零食,因此我对他向来是缺少感情的。然而,这次却是一个罕见的例外,他给我们带回了乡下难得一见的荔枝,一脸慈爱地看着我们吃,整个家庭充满了一种浓浓的温馨和爱意。

12岁时,我来到我们县城对岸的一个村镇上读初中。那里属于平原地带,我们的校园有好几棵树龄已经很大的荔枝树。它们的枝干有些光滑,向四周高高地伸展着。披针形的叶子四季常青,质地有些硬,风吹起来"哗哗"作响。每年的三四月份,树上开满了一簇簇浓密的花朵,散发出一阵阵的清香,许多的蜜蜂在上面忙碌地穿梭着。不久后,嫩绿的荔枝就长出来了。随着它们一点点地长大,颜色也逐渐转成褐色,再转成红色,就开始成熟了。有一种虫子很会吃荔枝果,必须喷洒农药才会有收成,否则,果实基本上都会被吃光,最后只留下几颗高高地挂在枝头,惹人眼馋,却摘不到。

有一年的暑假,承包果园的人采摘完荔枝之后,树上还零星地残留着一些难以摘到的果实。我一个身强力壮的同学爬上树,用棍子把高高地挂在枝头的荔枝打下来,我负责在下面捡。摘完后把荔枝带回宿舍,开始分配劳动的果实。由于主要的功劳在他,分配的权力自然也在他。他把大部分并且成色好的都分走了,留下几个次的给我。然而也不赖,自己付出的一点劳动也得到了些许回报!这是我第二次吃到荔枝,并且还是通过这种给人打下手的方式获得。

我上高中之后,人们的生活水平已经提高许多了,同时市面上的荔枝也多了起来,价格也不再那么昂贵了。这时候,荔枝已经不再是什么稀罕的只能看着眼馋的水果了,只是价格还有些高,尚且不能放开肚皮吃。再后来,荔枝的产量持续提高,价格低廉到普通人都可以放手买了。这时候,我们甚至还会产生一种心理,觉得荔枝吃多了对身体有什么害处等,而这在以前是无从想象的。

"一骑红尘妃子笑,无人知是荔枝来。""日啖荔枝三百颗,不辞长作岭南人。"这些是我们在中学语文课本上熟读过的诗句。从前只有达官贵人甚至只有皇室成员才有资格吃到荔枝,或者只有官员被贬谪到瘴疠流行的岭南一带才有机会吃到荔枝,如今由于产量的大幅提高,由于保鲜和运输技术的发达,北方人也能吃到新鲜并且价廉的荔枝了,寻常百姓也能吃到这种曾经的皇家贡品了。我喜爱吃荔枝,除了荔枝本身好吃之外,还因为吃荔枝时会产生一种奇思妙想,即当年只有皇家才能吃到的荔枝,如今我也能吃到了,从中体验到了一种当皇帝的感觉,更体验到了一种人人平等。我们曾经以"土豆加牛肉"作为共产主义社会实现的标志,不妨也作一番联想,想象在杨贵妃以及苏东坡他们的年代,人们会以什么作为大同世界实现的标志?也许会是荔枝吧。倘若如此,当年人们所向往和追求的大同世界如今已经实现了。

我也已经是一个当父亲的人了,儿子跟我小时候一样,嘴巴很馋,典型的"吃货"一个,我总是尽量满足他在这方面的合理需求。他也喜爱吃荔枝,我就经常给他买。"食色,性也",只有吃得饱才能正常地生存下去,只有吃得好才能更好地生存下去。同时,人们还会进一步讲究下去,从而吃出一种品位来。我们社会发展的一个重要内容，就是要更好地满足人们在这方面的需求。人们虽然不只为吃而活着，同时还有比吃更重要的，但它毕竟是生活的一项重要内容。当儿子荔枝吃得十分开心和满足时，我心里也会感到由衷的欣慰。当然，如果在饮食上不加节制，一种东西吃得过量，以及过多地吃那些不健康的食品，就会走向我们愿望的反面，即由追求高质量的生活变成带来身体上的痛苦。同时，如果我们把过多的精力耗费在满足口腹之欲上，就会把许多更重要的事情荒废了，使一个丰富多彩的人生变成了一个单调狭隘的吃喝人生。

2018 年 9 月

炸鱼

本篇所谈的炸鱼不是泛指放在油锅里炸过的鱼,而是特指我的家乡连江乡下的一道特色菜肴。炸鱼通常选用那种又大又长的鳗鱼,剖洗干净后把脊骨两侧的肉齐整整地剖下来,切掉边角的部分,再切成一段段差不多大小的长方块,然后加入白糖、虾油、味精等佐料,以及一种叫红丹的色素,搅拌均匀后再腌上一阵以充分地入味。鱼腌好后一块块拿出来沾上番薯粉,然后放进油锅里炸。炸熟后捞出来时,油锅会发出一阵猛烈的嗞啦声,一股浓浓的鱼香扑鼻而来。刚出锅的炸鱼是最好吃的,又酥又香,但这时候又往往是吃不到的,因为要备在那里用于上席或者祭祀,端上桌时已经变凉变硬,风味和口感都差多了。以后要吃了,通常要先放到锅里蒸一下,虽然变得不酥脆了,但鲜美的鳗鱼味又出来了,同样让人胃口大开。过年过节特别是办酒席的时候,这是必备的也是主要的一道菜,酒席要是缺少了炸鱼便不能称其为酒席。除了味美之外,还因为它们可以存放几天不会变质,在生活水平低下的年代人们带回家后可以留着慢慢享用几天,供一家大小下饭,同时也开开荤。我小时候也很喜欢吃炸鱼,有一次居然在一个极有戏剧性的场合吃到了一块刚出锅的炸鱼。

我家附近有一个年纪很大的老婆婆,她的牙齿差不多掉光了，整天都是笑口常开的，对人十分和蔼可亲。我经常看见她背着一个竹箕，拿着一把竹夹到处拾牛粪、狗粪什么的，积起来用于肥田。忽然有一天，这老婆婆过世了。由于已经上了高寿，属于喜丧，其儿孙也有一定的经济实力，于是就隆重地给她操办了一场丧事。

小孩本来就嘴馋，我童年时由于缺吃少喝，因而就显得更嘴馋了，用家乡话说就是"很受吃"。然而，我虽然嘴馋，脸皮却很薄，十分腼腆，别人给的东西往往都不敢接，更不敢开口向别人要，所以往往只能馋在心里，看着别人吃香喝辣的，自己只有在那里吞咽口水的份儿。

这是我平生头一次看见人家操办这么丰盛的酒席，那些美味佳肴在强烈地诱惑着我，我很想走到那里去。倒不是要吃到什么，只是想进去瞧一瞧，闻一闻那味道就足够了。去他们家需要经过一个弄子，我慢慢地走了进去。快到里面时，看见那老婆婆的长孙正披麻戴孝地坐在那里，就停住不敢再往前走了。我心里打起了退堂鼓，但又不甘心就此半途而废，于是又背贴着墙壁一点点地往前挪。他一直在看着我，我又胆怯了起来，迟疑地观望了一会儿，最终退了出去。如是者三，我都没敢走进去。不知又过了多久，我发现他已经离开了，于是就鼓起勇气走了进去。里面有一个院子，摆着好几张桌子，桌上放满了各种食材，一个老厨师正在忙碌着。我看见他把很大个儿的青蛾切开，取出肉来，还看见他把一个个的鸭蛋打开，把蛋液倒进一个盆里。

我正站在那里贪婪地瞧着，享受着这精神的盛宴，忽然听到父亲在叫我——他也在里面帮厨。他把我带到主人家的厨房里，他在那里负责炸鱼。他偷偷把一块刚炸好的鳗鱼塞到我手里。它还有点烫手，闻起来香喷喷的。我正要开始吃，他立即制止了我，说不要在这里吃。他把我带到屋前的一个边门，叫我从那里走出去，然后就又进去做事情了。边门出来就是我们祖屋厅堂的后厅，一抬头就赫然看到一口黑漆漆的棺材停放在那里，顿时感到毛骨悚然起来，让人进退两难。我真想转身退回去，但是又怕手中的炸鱼被人看见。我只能硬着头皮往前迈了。我瑟缩着从棺材边走过，想快又不敢快，生怕有什么追上来。这时，我看见一个堂伯母正站在坡上她家的门前，顿时就像抓到了一根救命稻草，心里踏实了不少。她看见我手里拿着炸鱼，就叫我从她家旁边的一条小路走回去。我摆脱了窘境，开始边走边吃起来。然而，由于刚惊出了一身冷汗，这炸鱼我并没有吃出什么味道来。

后来生活变好了，吃炸鱼并非什么奢侈的事情了，想吃都得吃，甚至还会觉得这是一种高热量的油炸食物，不很健康，因而还不敢多吃。然而，我永远难忘小时候吃过的这块炸鱼，倒不因为它的味道，而因为我吃到它的这种过程，因为吃食来之不易，吃得惊心动魄。为了让我吃到主家的一块炸鱼，父亲和我就像做贼似的。我现在也已经为人之父了，儿子想吃什么我都尽量给他张罗。满足口腹之欲乃是人之常情，我们一辈子的奋斗，在很大程度上不就为了过得更好一些，吃得更好一些吗？然而，我们又不可沉迷其间，同时还要不时地回望一下来时的路，要明白美好的生活来之不易，是要通过自己的辛勤劳动才能创造出来的。我们要珍惜这样的生活，不要步入歧途，从而失去这样的生活。

2018 年 9 月

采菇

我们的村子处于群山环抱之中,下过雨后山林中会生长出各种的蘑菇来。蘑菇五颜六色的,最常见的是淡褐色和浅灰色的两种,有的菇盖长得大而扁,由苗条的菇柄托着,显得亭亭玉立,有的长得小而厚,菇柄也很粗短,看上去胖墩墩的。刚采回来的蘑菇水灵灵的,十分鲜嫩,根部还带着一些松针和腐殖土。蘑菇有些是可以食用的,而且味道还很鲜美,有些则是有毒的,误食会引起中毒。每到蘑菇生长的季节,人们经常上山采菇来改善一下生活。我家人有一次上山采菇,结果全家大小都吃得中毒了,所幸蘑菇的毒性不是很强,过后又都慢慢恢复了过来。

采菇要碰运气,有时会采到很多,满载而归,有时一个都采不到,无功而返。我有一次跟随大姐她们去采菇,翻山越岭走了半天,也没有发现蘑菇的影子,最后只能失望地打道回府了。要是幸运采到蘑菇了,全家就可以开怀地美餐一顿。先将蘑菇洗干净后切成片,一般是炒成一盘,鲜美的味道会让人胃口大开。要是想吃得更讲究一些,还可以用来做锅边(我们当地叫鼎边糊)的辅料。锅边做好后,揭开锅盖,顿时香气四溢,吃起来格外可口,可以一连吃几碗下去。吃不完的蘑菇,则把它们切片晒干,以后要吃时再拿出一些。晒干的蘑菇变得黑乎乎的，也失去了原来的鲜美和口感，但却另有一番风味。

　　我长大一些之后，经常跑到山上玩耍，顺便采摘点什么。有一次我和几个伙伴来到山背后一片松树林里玩耍。那是春夏之交的时节，树木长得郁郁葱葱的，地上铺着一层松软的针叶。我们正欢快地戏耍着，忽然我发现树下长着蘑菇，惊喜地叫了一声，伙伴们闻讯后都赶了过来。这蘑菇是常见的浅灰色那种，长得十分肥硕，遍地都是。于是，大家顾不上玩了，分头拾了起来。蘑菇的根扎得不深，轻轻一拨就起来了，我们个个都采了许多，带的竹篓都装不下了。我们满载着收获，兴高采烈地返回家。

　　快到家时，邻居的一个妇女（她丈夫和我同一个辈分，她平时待人挺有礼数，显得十分热情，我们平时都按她丈夫名字的最后一个字叫她M嫂）看见我提着满满一篓蘑菇回来，就边打招呼边向我走过来。她说，这种菇有毒，不能吃的，要丢进粪池里去。我听了有些不大相信，这蘑菇好好的，怎么就不能吃了？她看我还在犹豫不决，又说要是能吃的话，早就被大人采完了，还能留给你们小孩拾不成？我这时开始相信了，就说那我就把它们丢进粪池里去吧。她说不用了，我可以帮你拿去丢。于是，我就把所有的蘑菇都给了她。于是这些蘑菇就顺理成章地进了她的肚子。

　　孩提时代的我单纯且心软，总不愿意把人多往坏处想，对人多不设防。我尤其想不到的是，这个平时和蔼可亲、一脸慈祥的M嫂也装着一肚子的坏水。我也没有多留个心眼，既然蘑菇有毒，我自个儿可以把它们丢掉，她为何这么好心要为我代劳？再说都快到家了，应该拿回去给母亲看看再说。然而，所有这些都已经无法假设了。

　　看着别人劳动成果眼馋，就想不劳而获，费尽心机地欺骗到手，这是十分可耻的！而对一个涉世不深、心地单纯的小孩进行欺骗，则更是无耻之极！然而，这种人不论什么时候都会有。对于这种人，我们必须多加防范，"害人之心不可有，防人之心不可无"。那些骗子恰恰利用人们的善良，施其伎俩并且屡屡得手。对恶的宽容，就是对善的伤害。我们只有都不轻信他们，才能让他们渐渐失去市场。我们只有严厉地惩罚他们，让他们得不偿失，他们才会有所收敛。骗子少了，我们才能生活在一个更加文明、和谐的世界。

2018 年 9 月

杨梅

　　我童年时没吃过什么水果,甚至也没见过什么水果。然而,杨梅却是从小就见过并且吃过的。我家附近的一位婆婆在老宅背后的山上有一棵很大的杨梅树。它长在一个陡坡上,树龄已经很大了,树干很粗,需要一个人合抱,树皮也已经发暗、皲裂了,但是枝叶仍然长得十分茂盛,巍峨的树冠撑出了好大一片浓荫。它的品种也很好,结出来的杨梅很大个儿,熟透后红里透着黑,相当的甜,又带着一股酸,吃起来十分爽口。我吃过许多这棵树长出来的杨梅,经常牙齿都被酸倒,吃饭时都咬不动东西了。小学时学过一篇关于杨梅的课文,这是我印象最深的课文之一,就因为它与自己所见过以及吃过的杨梅十分契合,是最贴近我们生活的文章之一。班上同学还在课后谈论起这篇课文,因为大家都感同身受。

　　杨梅是一种常绿乔木,但是春天雨水下过之后又会生长出新的嫩叶来,显得越发翠绿好看了。春天是给人以希望的季节,不久之后我们就可以吃到杨梅了,这无疑是十分让人企盼的。杨梅的叶子从枝条的顶端均匀地长开,椭圆形的,表面有光泽,十分青翠怡人。花骨朵也从枝条的顶端生长出来,看上去很不起眼,不知什么时候就开过了,一簇簇翠绿色的果子就密密麻麻地结在树叶间,像一粒粒可爱的小圆球似的。果子一天天地长大了。当它们还很青涩的时候,我们就迫不及待地到树下去拾了。那婆婆家道比较富裕，很早就已经搬到新房去了，杨梅树交给仍然住在这里的亲属代为看护，因此看得不严，只在树腰处围上一丛刺，不让人爬上去而已，小孩平时在树下拾捡都是允许的。我们都很感谢她，让我们的童年拥有了一个"果园"！

　　杨梅在生长过程会不断地掉下一些，我们在地上细细地搜寻过去，拨开枯枝败叶，拨开草丛，发现一个可以吃的就一把抓到手，生怕被人抢走似的。然后或者放进嘴里吃掉，或者放进兜里留着慢慢享用。果子哪怕仍是酸涩的，对于我们的味蕾也是一个莫大的刺激，吃起来也是津津有味的。等到杨梅开始红熟之后，要是捡到一个两个，我们就甭提有多开心了，吃着酸甜可口的杨梅，似乎那就是人间至好的美味。经过我们的反复踩踏和扒梳，杨梅树下的地上变得异常干净整洁，草也像被细细地梳过似的。这地方有些陡峭，被开辟成一层一层的，边上还有一处被开采过的岩石，人们在这里需要留心脚下。有一个小孩一脚踩空掉了下去，头上挂了彩。即便如此，我们还是天天都来光顾。在这里可以待上半天也不觉得乏味——既可以拾到果子吃，又有伙伴在一起玩耍。同时，长时间地在这块方寸之地上扒拉着，渐渐拉近了我们与大自然的距离。我们可以看见蚂蚁在地上爬行，飞虫在草丛出没，鸟儿在天上飞翔，风吹得草木沙沙地响，阳光斑斑驳驳地从树荫洒下来，这一切都令人感到格外的亲切，久久地凝望着，仿佛已经进入它们的世界。

　　采摘杨梅的时候，那婆婆委托她的后生亲属爬上树用竹竿打，另外有人在树下捡。我们不能到树下去，但可以在边上捡到一些便宜，等他们采摘完后还可以到树下打扫战场，运气好的话又可以捡到一些。树上还残留着一些杨梅，我们还可以爬上树用棍子敲，有时也能敲下几颗来。这时候果子已经熟透了，因而特别好吃。

有一年，不知是因为收成特别好还是什么，这位婆婆格外慷慨，给附近的邻居每家分一盆杨梅，我们家也分到满满的一盆。这下我可以放开肚皮吃个够了。然而，这满满一盆的杨梅似乎不如自己从树下拾到的有滋味。"物以稀为贵"，东西稀有时会显得弥足珍贵，多了之后反而不稀罕了。这也是为何我们生活富裕起来之后并未感到太多的满足，相反在以前那种困难的日子里却有着更多的憧憬，因而更加令人怀念。生活是不能没有奔头的，一旦实现了一个理想，就要树立起一个新的理想，从而才会重新产生生活的激情。在实现生活理想的道路上，虽然充满了艰辛与挫折，但同时也会使生活变得充实起来。只要理想实现了一点，离目标就接近了一步，心中就会充满了欣慰。

我渐渐长大了，生活也渐渐变好，水果也渐渐变多了，吃杨梅已经不是什么稀罕的事情，甚至还嫌它酸，吃多了会倒牙齿。更何况人长大了，也不会再到这棵杨梅树下拾果子吃了。然而正是在这棵杨梅树下，我度过了许多快乐的童年时光，它给我带来了许多乐趣，得到了许多满足，也留下了许多怀念。我渐渐长大了，它也渐渐变老了，开始变得枯萎起来。我再也没有到树下去了，但偶尔路过时还会下意识地回望它一眼。再后来这棵杨梅树枯死了，只剩下黝黑的树干孤零零地矗立在那里。但是，它会永远留在我的生命里，活在我的记忆里。

2018 年 9 月

糖

喜欢吃甜食，这大概是人的一个生理本能，甜蜜的味道总是能够陶醉人们的味蕾，从而产生一种愉悦感。由此衍生开来，一切美好的事物都可以用甜来形容：生活过得好叫作过得甜甜蜜蜜的，美好的时光叫作甜蜜的时光，甚至清新的空气也可以叫作甜美的空气。人们追求自己的人生理想，经过不断努力后实现了，就会品尝到生活的甜蜜。人们对需要帮助的人慷慨地伸出援手，帮助其实现人生的理想，成人之美，也会从中分享到生活的甜蜜。

甜最直接的出处就是糖，糖果。在生活匮乏的年代，给人一块糖就是一种馈赠，吃到一块糖就是一种美好的享受。而且糖有很高的能量，人们经过辛苦的劳作之后喝上一碗糖水，不但觉得苦尽甘来，而且有助于恢复体力。在生活困难的年代，糖不但使人们品味到生活的甜蜜，也使人们有更多的力量去面对生活。在那样的年代，糖也显得十分珍贵，一般的来客大都只以白开水招待，只有近亲来了才会奉上一碗加了白糖的开水。外公也在同一个村，他有时会到我们家来。他已经上了年纪，路走远了就会气喘吁吁的。父亲让他坐定后，就会吩咐我们说："去，给外公冲一碗糖开水！"这就是我们对他的一种孝敬方式了。我平时嘴馋的时候，就会打开橱柜，用调羹舀出一些白糖，然后用舌头舔，让白糖在嘴里慢慢地融化，甜丝丝的滋味在周身荡漾着。有时用开水冲白糖，那就是我童年时的"饮料"了。橱柜里有时还会有块状的红糖，取出一小块来含在嘴里，口感是沙沙的，甜味更加浓烈。

在我的童年阶段，最经常的零食记忆要数糖果了。那时没有太多的零食，大人给一粒糖吃便喜之不尽了。同时物价水平也低，一粒糖两分钱，而且还可以单个地卖。大人平时忙于干活，小孩长到四五岁就很少有人看护，由自己四处去玩了。小孩嘴馋，经常向父母讨零花钱买零食，而当时唯一买得起同时又喜爱吃的就是糖了。因此，"娘，给我两分钱！"就成了我童年时经常挂在嘴边的一句话。让人欣慰的是，这一要求一般都能得到满足。

那时个体的食杂店尚未兴起，人们买东西都要到村中心的供销合作社（我们都习惯地叫合作社。其实它名不副实，只是一个官办的商业机构罢了。然而在过去那个年代，我们所需要的日常用品都得从这里买。其品种倒也齐全，只是花样比较单一）。在合作社高高的曲形柜台前，我小心翼翼地把钱递了上去，售货员就从货架上取出一粒糖果递给我。我从光线暗淡的合作社走到外面，首先把糖拿出来细细地端详一番。它用糖纸包裹着，打开后就露出了它的真面目——其形状介于方形和椭圆之间，是褐色的晶体状，两面还印着一些花纹。它硬邦邦的，咬起来会咯嘣咯嘣地响，然而我都舍不得咬，而是含在嘴里轻轻地吮咂着。我必须让它慢慢地融化，尽可能地延长这享受甜蜜的时间。合作社一带是村里最热闹的地方，人来人往的，许多人物都在那里出现，许多事情都在那里发生。我边吃着糖，边好奇地打量着这眼前的一切，可以独处半天也不觉得寂寞。

后来人们的生活水平提高了，个体的食杂店也多起来了。个体店铺进的货品大都是时新的，花样繁多，糖果除了粒状的之外，还有各种的棒棒糖。棒棒糖各种形状都有，给我印象最深的是圆形的那种，好似一轮满月，下面用一根细细的竹棒擎着。各种颜色的都有，水红色的、浅绿色的、淡黄色的，一个个插在镶着玻璃的柜子里，看上去琳琅满目的，分外诱人。我站在柜子前仰视着这些棒棒糖，心里说不出的喜爱。这种糖含的杂质少，因而吃起来更加的清甜，而且由于外形更加美观了，色彩更加艳丽了，我们都变得喜新厌旧了。可见吃不仅要满足人们的生理需求，还要满足人们的心理乃至审美的需求。我有时也能买上一个，常常是手里拿着这种艺术品似的可爱宝贝，端详了许久都舍不得下嘴。放进嘴里吮咂一下，甜丝丝的滋味沁入心脾，但又怕它化了，不时地拿出来再瞧一眼。

再后来，糖果又升级换代了，有了"龙虾糖"。这种糖用一种蓝白红相间的糖纸包裹着，糖纸上印着一只龙虾的图案，我们都形象地称之为"龙虾糖"。它用麦芽糖制成，长条形的，同时又是扁圆状的，颜色是白的，奇特之处在于又间杂着一些褐色的辅料，吃起来格外酥脆，又甜又咸，别有一番风味。这时糖不再那么珍贵，因此我们便没有耐心含在嘴里慢慢地吮咂了，而是含一会儿后便咬了起来。这时我们也不是几天才能吃到一粒糖，而是一天吃几粒都不成问题了。然而一个新的问题也来了，就是要吃到味道正宗的龙虾糖必须靠运气——市面上出现了许多假冒伪劣的龙虾糖，吃起来硬邦邦的，全然没有那种又酥又甜又咸的口感。我们在经济得到发展的同时，也面临着假货充斥的问题；在财富得到实现的同时，也面临着失去诚信的问题。

　　长大后，糖果对我来说更不在话下了，而且经过耳濡目染也知道糖吃多了会蛀牙，糖分摄入过多对健康不利，于是逐渐就不怎么吃糖了。然而它在我的记忆中，仍然占有着一个重要的位置。

2018 年 10 月

阳桃

阳桃是我们家乡常见的一种果树，有些人家在田间地头，或者在房前屋后种植阳桃树。这种果树的寿命很长，枝繁叶茂，终年常青。它有一个奇特之处在于，其他果树的花果都是在枝条的顶端生长出来的，下端由绿叶托着，而它则是在枝条的任何地方都可以长出来紫红色的花茎，然后又次第分叉出小的。花开起来时一串串的，每朵只有米粒般大，紫红色的，虽不起眼，却十分繁多，在浓密的绿叶丛中星星点点、密密麻麻的。花开过后就结出细小的阳桃来。阳桃开始时也是一串串的，在生长的过程中由于养分供应不上，会不断地掉落一些，最后每条花茎一般只剩下一两颗肥硕的果实。长成的阳桃整个看上去呈椭圆形，头部有些平，尾部有点尖，颜色是绿的或黄绿的。它有五个瓣，横切成一片片的，恰好呈现星星的形状，所以在国外又叫作"星星果"。

我们村的阳桃都不是现在时常吃到的十分香甜的那种，而是非常酸的，然而却是我童年时格外喜爱的一种水果。那种尚未成熟，在树下随便都能捡到的生涩的阳桃我吃过不少，而那种已经成熟，酸甜并且多汁的阳桃却很少吃到。一个邻居跟我玩得还算要好，他家在村外的田边地头种有一棵阳桃树。有一次我到他家要一个阳桃，他不加拒绝，进屋拿出一个很小并且已经蔫了的阳桃给我。但它好歹已经黄熟了,吃起来虽然口感差了许多,但仍有那种香甜的味道,很是让我尝到了甜头。我们村有一个人在自家房前种了一棵阳桃树,收获了很多阳桃,有时还拿去卖。有一次村里演酬神戏,我还看见他在礼堂卖阳桃。黄熟的阳桃被横切成一片片星星的形状,再用白糖拌腌一下,看上去十分诱人。这棵阳桃树不但使他自家可以吃上水果,而且还能带来些许收入,因此他看得格外重。一年,他的邻居要盖房,便要砍掉阳桃树伸到自己地基上的枝干,但这就像要割去他的心头肉似的,死活不同意。于是两家起了很大纠纷,甚至闹到了法院。结果当然是砍掉了阳桃树的枝干。这也侧面反映出他对这棵阳桃树的感情,以及那个年代阳桃对人们的重要性。

我们的小学在村头的一处山坡上,下面一户人家在屋旁种有一棵阳桃树,树龄已经很大的,树干十分粗壮,枝叶异常茂盛,阔大的树冠覆盖了很大一片地方,年年都会结出累累的硕果。阳桃的产量很大,再说味道太酸无法拿去卖钱,最多送给亲戚朋友一些,因此主人家平时都不看管,只要人们不爬上树就可以了,跳起来把树枝拉下来摘,或者用棍子敲,用石头扔都是允许的。树旁有一条小路可以通往我们的学校,因此阳桃生长出来之后我们每天中午上学时都会顺便去采摘。阳桃的生长期很长,每年的四月份开花,然后慢慢地生长,到秋天时才会成熟。然而,它才长到手指粗时我们就开始"饥不择食"了。这时它还很苦涩,略带着一股酸,但是我们平时都很难吃到水果,因此吃起来也津津有味的。这时候阳桃密密麻麻结得满树都是,树下也落了一地,想捡地上的俯拾皆是,想摘树上的也伸手可及。我们在树下叽叽喳喳的,各自寻找着大点的阳桃,并漫无边际地胡吹乱侃着,倒也过得其乐融融。

阳桃再长大一些之后,变得不那么涩了,同时也变得更酸了,但是对于我们来说已经好吃多了,而且这时颜色也变得更加翠绿了,星星的形状更加显现出来。然而,由于果实在生长过程中不断地掉落而变少了,同时由于人们不断地采摘,低矮的地方几乎已经看不到果实了,因此这时要摘到阳桃就变得不那么容易。倘若幸运地摘到一个,就如获至宝似的。我们会用小刀把阳桃切成一瓣一瓣的,送进嘴里咬下去,脆得嘎吱响,浓烈的酸味刺激着味觉神经,让我们齿颊留香,回味悠长。秋天后阳桃变黄了,同时也更稀少了,只有高处才有果实,要用竹竿敲打或架起梯子才能摘到。这时主人家就不允许别人摘了,我们只能站在树下面仰望着枝叶间垂挂的一个个肥硕、晶莹的阳桃,眼馋得不行。我们每天中午依然会来到阳桃树下,一来图个热闹,二来碰碰运气,希望所以捡到一棵树上掉落的阳桃。有一次村里的电工为主人家修理电路,修完后为了酬谢他,阳桃的主人叫他把梯子架起来随便摘阳桃。我们眼看着他摘下许多已经成熟的又大又黄的阳桃,心中满是羡慕。

后来水果多了,橘子、苹果、梨,都已经不在话下了,这种酸不拉叽的阳桃就没有人看在眼里了。很多年以后,我有一次回乡,在村头又看见了这棵阳桃树。树还是那么的茂盛,上面挂满了阳桃。这已经是阳桃成熟的季节,一个个都长得很肥硕,黄澄澄的,看上去分外诱人,然而却没有人来采摘,落得满地都是。我不了解情况,就回去向我姐夫打听了一番,这阳桃还有没有人要,可不可以去摘。他说没有人要了,可以随便摘。第二天晚饭后,我又去了那里,伸手摘了几个阳桃,想尝尝这童年时很想吃却从未吃过的黄熟的阳桃到底是何滋味。拿回家后,我咬了一口,脸立刻酸得缩成了一团,再也无法吃下去了,只好把它们丢弃了。随着生活水平的提高,人们的味觉也发生了神奇的"变化"。

2018 年 10 月

吃肉

在我们家乡一带，肉通常指的就是猪肉，吃肉就是吃猪肉。在我童年时，牛是农业生产中不可缺少的畜力资源，要用来耕田，而不是用来吃肉的。再则人们大多信佛，吃牛肉也成了一种禁忌，虽然不十分严格。山羊是见得到的，但数量也不会多，羊肉十分昂贵，供给有钱人家吃罢了，一般人只见过山羊咩咩叫着在山上吃草，瞧见掉在路上的黑黑的羊粪蛋，而没有尝过羊肉的美味。而猪却是我们最主要的肉食来源，也是生活中不可缺少的部分。虽然如此，我们也不是经常就能吃到猪肉，只有逢年过节时才能美美地吃上一顿。能经常吃肉的就是大户人家了，看一户人家是否富有只要看其家人有没有经常光顾肉案便知道了。有一次，我在村中心的市场，看见一个妇女买了一盆肉端回去，心中好生羡慕。

猪肉有不同的部位，也可以有不同的做法，其味道都是不一样的。我最喜爱的是焖上排。上排瘦肉多，肉质紧实，还带点肥肉，有骨头却又不多。剁成小块后加入酱油，再加点白糖，放在锅里焖。焖熟后浓郁的肉香会飘得很远，强烈地引诱着人们的味觉，让人垂涎欲滴，食欲大开。偶尔吃上一次这样的焖猪肉，可谓"绕梁三日，回味无穷"。有一次我很久没有尝到肉味了，便对母亲念叨不已。这让嫁在附近的姐姐听到了,她便叫姐夫去肉摊割点肉回来让我开开荤。那天我去上学,经过肉摊时看见姐夫正在那里买肉,知道他们要兑现承诺,让我吃上一回肉了。中午回到家,饭桌上果真摆着一碗香喷喷的焖猪肉。我喜之不尽,操起筷子就夹一块放进嘴里。好久不知肉味了,现在可以大快朵颐了。然而,由于边际效用递减的原理,多吃几块肉后也觉得不过尔尔。一种美味只有少量品尝时才是香的,只能闻其味道却吃不上时就更是香,而连味道都闻不着只能在脑海中想象时才是香到了极致。东西吃多了就味同嚼蜡,而饿上两天就连草鞋板都吞得下去(这是我们家乡的一句方言),这时可谓吃啥啥香。

  肉自然是瘦的好吃,肥肉我从小就害怕,哪怕很久没有肉吃了也不想去沾肥肉,那种一口咬下去就滋出油来的肥腻腻的感觉总是让我心生畏惧,望而却筷。然而,瘦肉中也要带点肥的才更好吃,口感才不那么柴。肥肉不好吃,有一次却是例外。肥肉条加入白糖,再裹上一层番薯粉,然后放在油锅里炸。我忘记了是在谁家,吃时肉尚未变冷,那种又酥又甜、肥而不腻的感觉真是妙不可言。我从未想过肥肉居然这么好吃,此后就再未吃到这样的肥肉了。吃东西也是一种缘分,可遇而不可求。肥肉人们一般不吃,却可以熬成猪油,我们平时吃的油就是猪油。那时我们也没有别的油料可供食用,只有这种常见而且廉价的猪油。买回"油板",去皮切碎后放在锅里煎熬。熬好后把油渣打捞干净,再把油舀进缸里。滚热的油倒下去时会发出一阵猛烈的嗞啦声,我很喜欢听到这种带有金属质感的声音,像是一首欢快的音乐。油渣往往也舍不得丢弃,将其回锅跟菜蔬混搭煮过后,绵绵的,带有一股焦香,也别有一番风味。猪油冷却后凝固了，变得十分洁白，炒东西时就用调羹挖出一块。这油非常香，有时把它拌在米饭里，没有菜就可以把饭吃完了。

后来吃肉渐渐不成问题了，肥肉就更没有人吃了。各种的植物油也多起来了，猪油也渐渐没有人吃了。植物油买回来直接就可以食用，不像猪油还要熬制一番，很是麻烦。再后来随着健康知识的普及，人们也开始知道猪油含有大量的饱和脂肪酸，吃多了会导致心脑血管疾病，因此更是很少吃了。但它又确实是香，人们生活质量提高后又吃起了猪油，久已不用猪油的酒席又用上了，厨师用它可以烹饪出更加美味可口的菜肴。有些人不相信科学知识，对猪油有害健康不以为然，这也就罢了，科学的知识无法为他们所接受，只能是一种悲哀。还有些人也知道猪油对健康有害，却仍然挡不住美味的诱惑，这也是无可奈何的事情。在美味与健康之间，往往是难以权衡的。倘若把健康看得更重要，肥肉以及猪油就应当不吃为好。

生活条件好了，猪肉也随时可以吃到，然而这时人们又感到肉不如以前那么好吃了。除了产生味觉疲劳这一因素之外，还因为以前家养的猪没有吃饲料以及各种的激素，都是吃糠、番薯叶以及野菜长大的，因此生长得慢，肉就显得特别香。而后来养猪场规模化养出来的猪，肉就不可能保持这种味道了。

猪肉比起牛羊肉价格要低廉得多，对于一般人而言，牛羊肉无法当作家常菜吃，要经常吃肉，还得吃猪肉，猪肉仍然是生活中一个非常重要的部分。现代医学表明，猪肉也是一种红肉，含有对健康有害的成分，但同时又能提供大量人体所需要的营养，如果像素食者那样不吃，甚至如果吃得太少，都会导致营养不良,使人体的免疫力下降,从而更不利于健康。因此,猪肉恐怕还会一直陪伴着我们的生活。对于想吃肉又不太吃得起牛羊肉的中低收入群体而言,物美价廉的猪肉无疑是最佳的选择。

2018 年 11 月

"搓搓丸"

"十里不同风，百里不同俗"，别的地方冬至怎么过的我不曾了解，但我们家乡每年的冬至，却是我童年时很喜爱的一个节日，其原因自然也离不开一个吃字。

我们那里为何要这么过冬至、此种习俗有何来历等我向来不知晓，也没有兴致去问个明白。只记得每到冬至的时候，母亲前一天晚上就把米浸泡在桶里，籼米和糯米按一定的比例搭配好，第二天放进石磨里磨成米浆，然后再把米浆倒进一条白色的布袋，扎紧后放在并排的两根扁担上，上面压着一块洗净的石头，慢慢地把水分榨干，变成了粉浆即"荠"。接着还要掰几块"荠"煮熟后和生的"荠"一块放在一个又低又大的木桶里揉，揉匀后就可以用来做"搓搓丸"了。天黑后，我们全家手洗干净后围坐在一起，各自分一块"荠"，再从中揪下一小团来，放在掌心搓起来，搓着搓着就搓出了一个圆滚滚的丸子（因此之故，我们当地称之为"搓搓丸"）。我们还会兴之所至地捏一些家畜，最常见的是猪，不仅因为其造型简单，容易捏出来，还因为猪是我们生活最离不开的动物，我们会下意识地想到它。此外，我们还得捏几个稻草垛。"荠"搓圆后双手对压成饼状，从大到小地层层往上垒，顶部再安上一个尖顶。其寓意想必是六畜兴旺、五谷丰登吧。那时的小孩远不如现在有那么多的玩具,有橡皮泥什么的可以玩,因此这就相当于我们的橡皮泥了。每年的冬至我们可以尽情地发挥自己的想象力,想捏啥就捏啥,想咋捏就咋捏,捏得不好也没人笑话,捏得不好还可以推倒重来,畅畅快快地过把原始艺术的瘾。

当然重头戏也是我们最喜爱的是做我们当地的一道美食——"油板"了。掰下一团"荞",先搓成球状,再用一只手托着,另一只手的拇指在食指的配合下旋成一个袋状,然后把馅料放进去,再把袋口合上、捏牢,一个"油板"就做成了。其个头比饺子略大,呈椭圆的形状,中间的口部被捏扁后形成一道优美的弧线。馅料首先要有黑芝麻,以及白糖、炒熟后压碎的花生,最后还要拌上少量的猪油。由于猪油是用猪油板熬成的,所以这道美食就叫"油板"。母亲做过多年的"油板"了,手法十分纯熟,个个又整齐又耐看。我们也想一试身手,可总也做不好,做得大小不一,怪模怪样的。无论做什么一旦进入一定的艺术层面,不但需要多做多练,熟能生巧,还需要具有一定的天分,一定的艺术细胞,需要心灵手巧,一辈子做不好"油板"的家庭主妇大有人在,它看似简单其实并不简单。

水烧开后,我们先把大个的"油板"以及各种的"家畜"投下去,最后再把小个的"搓搓丸"投下去。一会儿后水又开了,它们纷纷飘浮上来,再煮一会儿就熟了。这时我们都已迫不及待了,但还必须先捞起一盘供奉灶神。然后我们就一人舀一碗"搓搓丸",洒上点白糖,开吃。"搓搓丸"软软糯糯的,咬两下便嗞溜着从喉咙滑了下去。我们更盼望的还是吃"油板",甚至连"搓搓丸"不及吃完便被丢下了。"油板"煮熟后馅料已经融在一起了,送到嘴里咬一口,浓郁的、甜津津、香喷喷的味道溢满了嘴巴,沁入了心脾。吃得有些腻了,就喝一口汤水,然后继续吃。一年难吃几次"油板",今天可以放量吃,一直吃到腻为止,然后摸摸鼓起来的肚子,十分享受。在生活水平还很低下的年代,冬至的晚上我们却过得十分富足、甜蜜。

  第二天早晨,母亲还会在每面门上都粘几个昨晚留下的"搓搓丸"。过几天它们慢慢变干了,而这时又恢复起平日的寡淡生活,我的嘴巴又开始馋起来了。我盯着门板上的这些"搓搓丸",开始打起了主意。有一天我趁着家中无人,悄悄拿一根竹竿把它们捅了下来。它们已经变硬了,但还有点软,因此放在嘴里嚼很带劲,有一股籼米和糯米混合并且风干过的特有的香味。这样我就把冬至的快乐又延长了几天,这些给神仙享用的"搓搓丸"进入了我的腹中。

  后来,我向母亲打听了一番,知道了这个门上粘"搓搓丸"习俗的由来。传说古代有一个叫目莲的人,他心肠很好,其母亲心肠却很歹毒,被阎罗王下令捉进了地狱。目莲想念他的母亲,冬至这一天就做一碗"油板"给她送去,但都被地狱里的小鬼吃掉了。于是他就想了个办法,在"油板"里加入了黑芝麻,让小鬼觉得这是什么脏东西就不会去吃了。同时为了把母亲引回家,他还在门板上粘了"搓搓丸"。此乃传说,教育人们要孝敬父母。

2018 年 11 月

换糖

在我童年时，经常会看见邻村的一个人挑着一副糖担来叫卖。糖担是一副箩筐，其中一头上面放着一个四方形的木盘，盘上铺着一张塑料纸，里面包着一块同样是四方形的糖板。这糖是麦芽糖制成的，呈乳白色，清亮亮的，带有一道道平行的褶纹，有点硬又有点脆，在嘴里融化后显得有些黏稠，有着麦芽糖特有的香甜。挑糖担的人已经上了年纪，头发花白了，动作慢吞吞的，显得沉默寡言，但他做出来的糖却十分精致、地道。他挑着糖担，手中夹着一个带刃的铁板，以及一个小打铁锤，可以很灵巧地敲出一串串清脆悦耳的叮当声。糖通常不是用钱买，而是用废品换，旧塑料、废铜烂铁都行，挤空的牙膏管（以前的牙膏管都是铝皮制的）也行。过去人们的手头紧，但家中多少都有些废品，因而催生了换糖这一行当，卖糖人可以借以维持生计，我们也可以换块糖解解馋，可谓两全其美。

每当村头响起那种特有的叮当声时，我们便知道换糖的来了，于是开始四处搜寻，有没有什么废品可以拿去换。我们把废品送到糖担前，卖糖人翻看了一番，估了估价值，然后放进筐里，再切下一块相应的糖块。切糖时他把铁板的刃顶在糖板上，然后拿锤子用力一敲便断开了。我们就说太少了，他有时也会再敲下一小块来。这糖是用废品换的，切时又是用铁板錾下去，因此便称作"换錾糖"。我们取走糖，咬一块含在嘴里慢慢地吮咂，细细地品尝着它的滋味。

为了找到可以换糖的废品，我们挖空了心思，充分发挥了自己的"聪明才智"，家中有什么可以换的都找出来了，路边有什么可以换的也都捡起来了，可谓每一个旮旯都不放过。有一次我到处都找不着东西，发现自家茅房的遮蓬上衬着一块塑料纸，上面还盖一层稻草，防止雨水漏下来。我顿时灵机一动，计上心来：这块塑料纸不是可以拿去换糖吗？于是就把它抽出来拿去换了。

那年头生活中的废品并不多，而要拿废品换糖的人却很多，一来二去它就变成了一种稀缺资源，要找到也并非易事。找到了往往也只能换一小块糖，有时连这一小块也无从换起，只能听着那"叮叮当当"的声音通过空气传进自己的耳膜，眼巴巴地看着别人换了糖在那里享用。有一次邻居的一个老大娘拿了一个挺值钱的废品，换了好大一块糖。场上有很多人，她走到自己的近亲跟前一个个分过去。而我们只能眼巴巴地看着她"啪啪啪"地把糖块掰下来慷慨地送到别人手中。

在那个年代，通过换糖这一行当，实现了废物利用，变废为宝，既产生了经济效益，又保护了环境。我们通过找废品拿去换糖，既尝到了甜蜜的滋味，又产生了劳动之后的收获感以及成就感。只要给人们这种自由，保护人们的这种权利，人们的积极性和创造性就会充分地激发出来，社会财富就会充分地涌流出来。后来这个换糖人不来了，我们看不到这种糖担了。或许是生活变好了，人们很容易就能吃到糖，于是换糖这个行当渐渐消失了。但是生活中的废品还有，而且变得更多了，仍然可以废物利用，于是就有从事废品收购的，人们不是用废品来换糖，而是换钱了。我现在还会把家中的废品收集起来，然后拿到废品店卖，除了得到一点小钱之外，还能从中产生一种生活的乐趣。我有时也会叫儿子拿一些废品去卖，卖的钱归他所有，让他从小就培养起劳动的观念——有付出就会有收获，要收获就要去付出。这换到的仍然换是一种甜蜜。

2018 年 11 月

跋

经过近一年的写作,我的这部散文集终于杀青了。其间的酸甜苦辣很难用笔墨来形容,但我终于走过来了,交出了这份人生的答卷,虽然不完美,但也略可欣慰了。

我在自己的人生道路上得到过许多亲人、朋友的支持和帮助,他们知道我的人生追求,一直在关心着我,在这里恕我不一一指出,而是一并致谢!他们关注的目光使我不敢松懈下来,我没有勇气面对他们失望的眼神。此作也许无足称道,不会让他们太过失望我就堪以告慰了。

我是从这块土地上成长起来的,任何时候都离不开这个社会的哺育。对社会负起责任,有所回馈于社会是我一直的追求。我孜孜不倦地进行写作,也正是在努力践行这一点。如果我做得不够好,那是因为我的能力而不是因为我的态度。

我写作并非在玩文学,而是一种追求,通过手中的笔抒发自己的情感,也记录下这个时代的生活,以及我对社会的一些看法和认知。文章要言之有物和真情实感是我始终的追求，只是不知我做到了没有。

话不多说。此书即将付梓，就要与广大读者见面了，一切都让读者去评说吧。

2019年5月10日